游艺集

刘旭东 著

江苏凤凰文艺出版社

图书在版编目（CIP）数据

游艺集 / 刘旭东著. —南京：江苏凤凰文艺出版社，2023.11
ISBN 978-7-5594-7754-5

Ⅰ.①游… Ⅱ.①刘… Ⅲ.①文艺评论－中国－当代－文集 Ⅳ.①I206.7-53

中国国家版本馆 CIP 数据核字(2023)第 085284 号

游艺集

刘旭东　著

出 版 人	张在健
责任编辑	孙建兵
特约编辑	王　怡
责任印制	刘　巍
出版发行	江苏凤凰文艺出版社
	南京市中央路 165 号，邮编：210009
网　　址	http://www.jswenyi.com
印　　刷	江苏凤凰通达印刷有限公司
开　　本	880 毫米×1230 毫米　1/32
印　　张	11
字　　数	230 千字
版　　次	2023 年 11 月第 1 版
印　　次	2023 年 11 月第 1 次印刷
书　　号	ISBN 978-7-5594-7754-5
定　　价	68.00 元

江苏凤凰文艺版图书凡印刷、装订错误，可向出版社调换，联系电话 025-83280257

目 录

加强文艺评论,催生新时代文艺的似锦繁花

(代序)_____ 1

花 雅

小人物、大时代与民族精神

——评话剧《中山码头》_____ 3

锡剧《珍珠塔》的魅力_____ 6

创造性转化创新性发展的成功尝试

——评淮海戏《秋月》_____ 12

好戏都是磨出来的

——评话剧《生日》_____ 15

感人的力量在于人格与信仰

——评扬剧《鉴真》_____ 18

看《战马》有所思_____ 21

浅谈话剧艺术的"三来"_____ 23

好一朵"索玛花"_____28

看话剧《林则徐》想到的_____32

锡剧《刘胡兰》观后感言_____35

昆剧现代化的里程碑

　　——评新编现代昆曲《瞿秋白》_____38

儿童剧创作的上乘之作

　　——评《新安旅行团》_____41

一曲《渔歌》拉魂腔_____44

一部优美的抒情诗剧

　　——评锡剧《雪宦绣谱》_____46

令人称奇的红色淮剧_____49

京剧《张謇》的成功及其意义_____52

激赏的与期待的

　　——评扬剧《亚夫新传》_____57

经典的力量　创新的加持

　　——评2022新版话剧《家》_____62

化陈腐为神奇

　　——评昆曲《蝴蝶梦》_____66

动物西迁的史诗再现

　　——评话剧《西迁》_____70

诗化的《红豆》及其得失

　　——评锡剧《红豆》_____75

从小说到戏剧的成功转换

　　——评锡剧《涓生之路》_____ 78

活色生香的扬剧《郑板桥》_____ 81

大国重器的舞台呈现

　　——评歌舞剧《攀登攀登》_____ 86

歌柳

大有益于世道人心的弹词《牵手》_____ 91

寓教于乐　曲艺有意

　　——通州杯小剧场曲艺节目观摩印象_____ 94

无评话不扬州_____ 101

曲艺走亲亲更亲_____ 104

评弹铸碑颂英雄_____ 106

事非经过不知难

　　——评曲艺剧《盐阜往事》_____ 109

从《醉酒》看陈峰宁的相声艺术_____ 112

文化自信的生动注脚

　　——评中篇评弹《教我如何不想她》_____ 115

苏州评弹，有你真好_____ 119

音乐是语言之外的语言_____ 122

杂技、戏剧、影视艺术的成功嫁接

　　——评多媒体杂技剧《海星花》_____ 124

喜出望外的杂技剧

　　——评《渡江侦察记》_____127

史诗品格　震撼心灵

　　——简评江苏省《永远跟党走》大型群众歌咏文艺演出_____129

影灯

看《捉妖记》的几个想不到_____135

当代影视艺术如何转型升级？_____137

小荷已露尖尖角_____140

《百鸟朝凤》：电影的乡愁_____143

骷髅世界的人伦亲情_____146

鞠躬！《无问西东》_____148

《于无声处》得失谈_____151

脱颖而出的《国宝奇旅》_____155

《中国》：集成创新的历史片_____159

铁血长剧　英雄史诗

　　——评《跨过鸭绿江》_____162

《山海情》：乡村的打开与新生_____165

大河北、大手笔、大制作

　　——评纪录片《大河之北》_____168

看《觉醒年代》感言_____170

《人世间》的三点启示 ——172

历史与诗情的完美融合 ——178

云 章

"李家山水"的新景观 ——183

画画不易　画瓷更难 ——185

寻梦问道　深意在焉 ——188

走出小我　画出大我 ——190

田步石与其花鸟画 ——193

一切景物皆情物
　　——评陆庆龙的油画 ——195

诗情画意　画意诗情
　　——评高建胜的画 ——198

画境禅境心境
　　——评陈国欢的画 ——201

古意新意与诗意
　　——评毕宝祥的山水画 ——204

大格局、小细节、真功夫
　　——评浦均的青绿山水 ——208

莫把丹青等闲看 ——211

用优秀的精神食粮丰富人民精神世界 ——215

国画是开在中国文化大树上的花朵 ——218

最美不过人间风情

　　——《画说西善》观感ーーー221

梦圆小康　大美共赏ーーー224

什么是苏东坡的艺术精神ーーー228

得天独厚的江苏水彩画ーーー231

作家书法家的优势所在ーーー234

书法与文学的美丽联姻ーーー236

丑字可以休矣ーーー238

隽秀隽永，有法有度

　　——在"饮长风"西江长安诗书展览上的

　　　致辞ーーー241

生生不息的书法美ーーー244

圣人立象以尽意

　　——感悟江苏文化名人雕塑展ーーー246

名师出高徒ーーー249

小康大象　大美有形ーーー251

非遗的价值与力量ーーー254

杏　坛　诗者,心之花也ーーー259

生命的投射与自觉

　　——读冯诚的诗ーーー261

游历的记录　思想的文本
　　　　——评《风景河》_____266
别开生面的史与诗
　　　　——评长篇报告文学《大江之上》_____269
一个人可以活几辈子？
　　　　——评《一个老兵的家国情怀》_____273
小康之路的真实写照
　　　　——评长篇报告文学《世纪江村》_____276
乡村振兴的文学样本
　　　　——评长篇报告文学《振兴路上》_____281
交通强国的文学解码
　　　　——评长篇报告文学《"三"生有幸》_____287
新时代援疆史诗的动人篇章
　　　　——评长篇报告文学《和你在一起》_____293
大明生活的想象与还原_____299
读《金色乾坤》_____302
填补空白的非虚构写作_____305
美丽扬州的文学临本
　　　　——评《扬州夜访录》_____308
为历史保留的肉身_____311
值得珍视的《酷热的夏天》_____313

沙克,一位真正意义上的诗人
　　——评《诗意的运河之都》_____ 318
史诗的意义、价值及创作路径_____ 322
主题创作的四组关系_____ 327
融媒时代文艺评论的自处之道_____ 331

生命的三度(代跋)_____ 334

加强文艺评论,催生新时代文艺的似锦繁花
(代序)

在物质生活实现小康以后,人们对精神生活的要求一定会大幅跃升。某种意义上,艺术可以代替宗教塑造当代中国人的集体人格。它对世道人心、对生命个体的精神世界的丰盈充实,都有着不可替代的作用。因此,对文艺作品的创作和鉴赏可能是人们精神世界最重要的领地之一。而文艺评论是对文艺作品创作和鉴赏最重要的引导和发散,同样是一种复杂的精神劳动,不仅是审美的,还包含着社会的、历史的、伦理的、道德的种种价值引领。文学艺术是意识形态的重要组成部分。文艺评论的重要性不言而喻。它对意识形态安全,对文艺的繁荣,对国家文化软实力的提高,都有着举足轻重的影响。

新时代以来,中央对文艺工作和文艺评论工作高度重视。如果说文艺评论遇上了最好的时代,当不为过。

我觉得文艺评论界任重道远。对于当前的文艺评论,我有这样几个印象:

1. 文艺评论的理论基础比较薄弱,特别是对文艺的本体性缺乏

具有时代性系统性的权威的理论建构。

2. 文艺评论参差不一：文学评论强于艺术评论。艺术评论中戏剧评论、美术评论、影视评论要强于其他艺术评论。音乐、舞蹈、摄影、杂技、民间文艺等的评论相对式微。

3. 文艺评论向着两极化发展，一方面学院派文章曲高和寡，一方面是碎片化、口水式的文艺评论"汪洋恣肆"。

4. 文艺评论群众参与度高。大众化、感性化、情绪化、即兴式的评价比较多。

5. 文艺评论的传播方式有了革命性的变化，由以纸媒为主体，演化为以网络为主体。网络媒体浩如烟海，这导致文艺评论的普及性，前所未有。

6. 文艺评论的价值观呈现出复杂性。主流的、非主流的都有。

7. 主流的文艺评论存在着一味叫好，缺乏批评的现象。

8. 知名评论家少，缺乏广泛的社会影响力。

总体上看，文艺评论与文艺创作是不匹配的。学院评论深奥，媒体评论肤浅，网络评论芜杂。"大路货"的评论多，说到"点子上"的评论少。对受众有启发，对作者有共情，对作品有发扬的专业评论远远不够。一句话，当前文艺评论的现状与新时代的发展要求存在较大的差距。

当前文艺评论难以真正繁荣的原因在于缺少市场驱动。在市场经济时代，市场驱动是一切事物发展的第一动力。但文艺评论与市场经济难以相融。从业者注定了是清贫的。没有赤诚的情怀，难以持续，更难以为继。比如电视剧评论，一部长剧通常都有四五十集甚至上百集,看下来,写一篇评论不过千余字,至多数千字。投入产出,严重失衡。谁肯去花这个功夫呢？其他类型的文艺评论也有类似的问题。与创作相比,评论永远都是一个冷板凳。

文艺评论繁荣只能依靠有形之手。加强党的领导,建立相应的促进保障机制,是繁荣文艺评论的必要条件。在当前的时代背景下,我感到繁荣新时代文艺评论大有希望,有这样几点需要我们加深理解：

一是鲜明的政治导向。文艺评论要发挥价值引导、精神引领、审美启迪的作用,要把文艺评论的政治性、艺术性、社会反映、市场认可统一起来。这需要我们深刻领会。

二是强调构建中国特色评论话语。继承创新中国古代文艺批评理论优秀遗产,批判借鉴外国文艺理论,弘扬中华美学精神。不套用西方理论剪裁中国人的审美观点。建设具有中国特色的文艺理论与评论学科体系、学术体系和话语体系。这三大体系是新时代"强起来"在文化软实力方面的必然要求,又是当下最为欠缺的,当然应该成为新时代文艺理论和评论工作的重中之重。

三是倡导学术民主和艺术民主。从业者应当尊重艺术规律,尊重审美差异,鼓励学术争鸣,推动形成创作共识、评价共识、审美共识。

四是具有网络时代的特色。要用好网络新媒体评论平台,推出更多全媒体评论产品。要不唯流量是从,反对刷分控评。要健全大数据的评价方式,加强网络算法研究和引导。要重视网络文艺队伍建设。这些指导思想对我们加强新时代文艺评论工作提出了要求,开阔了视野,拓展了手段。

五是为文艺评论队伍建设出实招。要通过优稿优酬、特稿特酬为文艺评论健全激励机制。要改进学术评价导向,把文艺评论成果纳入相关科研评价体系和专业职称评审机制中。要将这样的要求尽快化为具体的政策和办法,让文艺评论工作成为有吸引力的职业和岗位。

文艺要繁荣,文艺评论就要繁荣。十九世纪的俄罗斯文学,离不开别、车、杜这样的大批评家。二十世纪八十年代的中国新时期文学,也是与文艺评论的繁荣相伴而生的。我相信,只要我们把党的指导思想落到实处,上下同心,新时代的文艺评论一定会催生出新时代文艺的似锦繁花。

花雅

小人物、大时代与民族精神
——评话剧《中山码头》

看话剧《中山码头》，我落泪了。

现在还有多少话剧能让人落泪呢？

话剧少，让人落泪的话剧更是少之又少。《中山码头》却做到了，我为它叫好！

《中山码头》好在故事紧凑，人物鲜活。它以南京沦陷为背景，描写了下关客栈吴有权一家的悲惨命运。从筹备婚礼，到城破家亡。从逆来顺受，到拼死反抗。一波未平一波又起。战争胁迫着人，战争改造着人，步步紧逼的情节氛围，让观众喘不过气来。一台戏，吴有权、孙坊长、康爷、虎子、晓月、小六子等人物都活灵活现地立起来了。

《中山码头》好在话剧艺术特征强烈，语言丰富，表演生动，艺术上乘。话剧是舞台艺术，局限太多，以话为剧，很见功力。一台剧，三场戏，只在客栈中发生和演绎，却将日军的进逼、政府的无力、军队的抵抗、市民的无奈，都直接或间接地呈现出来。台词不仅叙述了剧情，而且突出了人物个性，吴有权的粗、孙坊长的痞、康爷的雅、晓月的纯、虎子的慷慨、小六子的玲珑……都跃然纸上，加上演员恰到好处的表演拿捏，更显得鲜活生动。

《中山码头》好在主题向上，令人振奋。这一题材很容易写成悲悲惨惨凄凄切切的悲剧，但《中山码头》却写出了中华民族决不屈服的民族精神，满满的正能量。《中山码头》的人物是有"成长史"的。吴有权是个商人，他开始想的只是保住小家，保住儿子，保住儿媳及其胎中的孙子，但是侵略者让他家破人亡，他只有奋起反抗了。虎子本是一个青年学生，但是战争来临，偌大的中国放不下一张平静的书桌了，他不得不投笔从戎，浴血前线。晓月本是个小家碧玉，但是面对侵略者强加给中国人民的战争，她却义捐手镯，参与救护，直至最后牺牲。人物在情节中丰满，主题在故事中弘扬。艺术的感染力焕发出强烈的爱国主义激情，悲愤的力量让观众荡气回肠。

即使不是与话剧比较，即使放在同类题材的电影创作中去比较，《中山码头》也是一部上乘之作。近三十年来，以侵华日军南京大屠杀为题材的电影有《屠城血证》《南京大屠杀》《拉贝日记》《栖霞寺1937》《南京！南京！》《金陵十三钗》，等等。在这些作品中，《屠城血证》是最早的电影，也是给人留下印象最深的作品，其后的许多作品，都有这样那样的原因，没有取得太大的成功。而《中山码头》以小见大，匠心独运，写活了小人物，写出了大时代，写出了民族精神。无论是作为战争文学作品，还是作为战争戏剧作品，《中山码头》都有可圈可点之处。

从《中山码头》的成功中，我们至少可以得到一点启示：

艺术创作需走正路，才能成功。不能有太多的功利性。《中山码头》好就好在路子正。它创作动机单纯,老老实实地反映南京大屠杀背景下的市民生活,将国难当头的草民生存状态——从麻木到觉醒、从怯弱到勇敢、从侥幸到反抗,令人信服地呈现在舞台上,谱写了一曲爱国主义的英雄壮歌。

2015 年 11 月 12 日　于南京梦都大街

锡剧《珍珠塔》的魅力

《珍珠塔》问世一百多年了,从评弹到戏曲,从锡剧到越剧、扬剧、淮剧、梆子戏、电视剧,种类之多,影响之广,很少有其他题材能与之相比。我幼时常在农村广播里听到锡剧《珍珠塔》,却听不太懂。虽然听不懂,但这名字却是记住了。

后来陆续看过一些片段,如"方卿羞姑"之类的,对《珍珠塔》还是没有整体的印象。直到昨晚,看了周东亮主演的全本《珍珠塔》,才真正领略了这部经典的魅力,才知道它成为经典的原因。

概而言之,主要有三:

一是在于它的民间性。它起源于民间说唱,实际上是一部草根作品。虽然看起来说的是官府人家的故事,但实际上打上的却是民间的烙印。相国之孙方卿,因家道中落,从河南到襄阳向姑母借贷,反受奚落。表姐陈翠娥赠传世之宝珍珠塔,助他读书。不料,珍珠塔为强人所抢。巧的是,陈翠娥的父亲陈御史又从强人手中赎回了珍珠塔。方卿生死不明,陈翠娥睹塔思人,相思成疾。好在方卿高中状元,当了七省巡按,告假完婚,先扮道士,唱道情羞讽其姑,再与翠娥结亲。这样的故事熔传奇艳情、幽默滑稽于一炉,有着天然的吸引力。戏中对嫌贫爱富的抨击,对穷不失志的赞许,对知恩必报的肯定,弘扬的是民间最为认同的价值观,具有最广泛的群众基础。

二是在于艺术的完整性。《珍珠塔》历经百年,经过多少代人的打磨完善,情节无懈可击,结构干净有力,人物鲜活灵动,唱词大俗大雅,风格亦庄亦谐。其围绕主线珍珠塔做足了文章,从炫塔、赠塔、失塔、赎塔直至奉塔成亲,丝丝入扣。这一版中,暗写了"松亭许亲"和"当铺赎塔"两节,剪除了许多旁条逸枝,使全剧更为紧凑。戏中的一些唱段,堪称经典。如方卿与姑妈的对唱叫板,直接将民间吵架的情态搬上了舞台,其中,姑妈连用的十个比喻,真如舌绽莲花,让人过耳不忘。又如,陈翠娥赠塔,将珍珠塔包成干点心,反复叮咛,最妙的是弦外之音,将二人的心态刻画得惟妙惟肖。又如,《再见姑》中的十好十不好,更是将民间的麻衣相术用到唱词中,诙谐生动,风趣幽默,让观众会心一笑,感同身受。

三是舞台表演的精粹性。方卿的坚忍、姑妈的势利、翠娥的多情、姑父的仗义,都被演员完美地展示出来。周东亮有锡剧王子之称,唱腔高亢,音色优美,他人难及。他对人物的理解入木三分,对细节的把握细致入微。比如,翠娥赠塔一节,方卿接过点心包,手中一沉,险些坠地,令人叫绝。非大艺术家不能与人物贴为一体。又如跌雪失塔一节,他在舞台上一边翻滚跌爬,一边唱腔不断,而气息不乱。非真功夫不能如此也。

《珍珠塔》确是一部经典之作,它是我们民族的好东西。在强调文化自信的今天,我们更应该珍视它、传承它、弘扬它。我觉得它给我们的审美愉悦,即使与著名的西洋歌剧相比,也毫不逊色。谓予不信,且细细体会剧中几段唱词。

姑妈(唱):
方卿你若有高官做
日出西方向东行
方卿你若有高官做
满天月亮一颗星
方卿你若有高官做
毛竹扁担出嫩笋
铁树开花结铜铃
滚水锅里能结冰
方卿你若有高官做
井底青蛙上青云
晒干鲤鱼跳龙门
黄狗出角变麒麟
老鼠身上好骑人
方卿你若有高官做
除非是
重投胞胎再做人

方卿（唱）：
我饿死不吃陈家食
穷死不用你陈家银
冻死不穿你陈家衣
讨饭跳过你陈家门
我有官再到襄阳来
无官永不进你门

翠娥（唱）：
你拿了这包干点心
一路之上要当心
白天将它拎在手
夜间枕边放安稳
憩息将它怀中抱
赶路须防身后人
荒山野岭绕道走
过河涉水待风平
未到黄昏先投宿
天光大白才能行
表弟呀
失落点心非小事
你要当心这包干点心

方卿（白）：
小弟一定当心

翠娥（唱）：
你拿了这包干点心
一路之上要当心
你若把点心充饥肠
须看四周有无人
若遇不测遭危险
宁失衣包
莫失这包干点心
表弟呀
并非愚姐多叮咛
你要当心这包干点心
千当心来万当心
点心当中有点心

方卿（唱）：
人穷处处被人轻
一包点心
千叮嘱来万叮咛
当心说了几十声
还是手不舍来心不肯

难道它是

灵芝磨粉做成饼

难道它是

龙肝凤肺做馅心

难道它是

长生不老神仙食

难道它是

吃了起死能回生

难道它是

价值连城无处觅

想不到

我人穷不如干点心

  这样的唱词,奇思妙喻,机锋迭出,又非常契合人物心理,台上台下、酣畅淋漓,怎不让观众大呼过瘾!

2017 年 10 月 10 日

创造性转化创新性发展的成功尝试

——评淮海戏《秋月》

一方水土一方人,一方人物一曲戏。

《秋月》是我看的第一部淮海戏,让我甚为欣喜。不仅对淮海戏有了全新的认识,也对拉魂腔有了更深的感悟,又因之而多了一分心得。

淮海戏和淮剧一样,都发源于江苏,亦发祥于上海。二者之间的区别,淮海戏流行于淮安、宿迁、连云港一带,淮剧流行于淮安、盐城、泰州一带。淮剧以建湖话为基础,淮海戏以沭阳话为基础。此外,拉魂腔是淮海戏最主要的音乐特点。

作为一部曾经获得梅花奖的好戏,《秋月》名不虚传。时隔多年,时过境迁,仍然能打动人心,可见其具有恒久的魅力,是一部能够留得下来的作品,非常难得。主角许亚玲的表演,炉火纯青,是全剧的灵魂人物。她唱腔优美,表演生动而精准。尤其剧中秋月与师弟二龙的两段双人舞,精彩之极,前者如怨如慕,后者如泣如诉,堪称舞台上的神来之笔,让人激赏不已。

我以为,《秋月》更有四个值得肯定之处:

一是舍弃了传统戏曲常用的大团圆的结局。

《秋月》是一部古装剧,讲述了一位淮海戏艺人秋月悲惨的故事。为了治好儿子遗传的眼疾,她违反班规挣取手术费,引起了误会,被赶出了戏班。在失手杀了盗取她钱财的李三后,她为了救治儿子的眼睛,毅然放弃减刑求生,慷慨赴死。该剧一改光明的尾巴,将"人生有价值的东西毁灭给人看",亲情、爱情、师徒情、姐妹情,在戏中展现得淋漓尽致,尤其是秋月的母爱之情,可谓感天动地。《秋月》无疑是一部苦情戏,苦情戏具有先天的感人力量,它让观众为剧中人一掬同情之泪的同时获得心理上的优势,从而得到心灵的慰藉。

二是剧作淡化了具体的时代背景。

虽然从剧中人物的装扮服饰看,故事应当发生在清末民初,但故事的内容其实与这一特定的时代背景并无多少关系。如果换一个导演,同样的台本,改成任何一个并不特定的朝代,几乎一点也不影响人物的命运和全剧主题的展现。就文本而言,这是很有意思的尝试。虽然它在一定程度上钝化、弱化了该剧社会批判的锋芒和力量,但却将观众的情感聚集于人性和人物的命运上,使该剧具有了一种难得的抽象性和普遍意义。

三是革除了传统戏曲脸谱化的毛病。

剧中没有一个极致的反角或坏人,比如,剧中的李三是一个落魄的文人,先沦为赌徒,再沦为蟊贼,竟偷了秋月为儿子积攒的手术费。但他良心未泯,妄想扳回老本再还给秋月,在争夺钱财被秋月刺伤后,他自知性命不保,却要秋月快快逃走。这一人物的复杂性在许多文学作品中,尤其在传统戏曲中是十分少见的。以往的戏曲中,正派、反派往往非白即黑,泾渭分明。又如监斩官这一形象也同样具有新意,一句唱词流露出他的矛盾和无奈,明知秋月可怜,却无力回天。传统戏曲中监斩官往往只是一个符号式的人物,谁会在一个符号身上多费笔墨?而《秋月》的编剧却赋予了这一人物不一样的复杂性。可见此剧文学追求的不俗。它注重的是复杂的人性,抵近了人性的真实。

四是音乐处理上推陈出新,脱胎换骨。

有意思的是,淮海戏的音乐一直处于发展改进之中,从最初的三弦,到后来的板三弦,逐渐加入大锣、小锣、铙钹等,以至再加上二胡、淮海高胡、琵琶、唢呐、笛子等,可谓越来越丰富,越来越精彩。而《秋月》的音乐更为大胆,西洋乐器的加入,使这部淮海戏顿时高大上起来。剧中的好多唱段在小提琴的伴奏下,分外动人。这让我想起了驰名世界的小提琴名曲《梁祝》,它的原始旋律正是从越剧《梁祝》中得到了启发。也许,淮海戏中的拉魂腔,经过天才的改编创造,也能够产生类似《梁祝》那样的名曲。有志有才的作曲家应当从地方戏曲的音乐中吸取营养,因为它们具有天然的民间性,而民间的音乐往往是最动人的。

总之,淮海戏《秋月》,既有创造性转化,也有创新性发展。比如上述西洋乐器的加入对传统淮海戏音乐的改造就是创造性转化,又如,对于淮海戏来说,《秋月》这一剧目的创作成功就是创新性发展。在强调坚定文化自信、弘扬优秀传统文化的今天,《秋月》的成功令人欣慰,对于戏曲的创造性转化和创新性发展,无疑都具有启示意义。

2017 年 11 月 15 日

好戏都是磨出来的
——评话剧《生日》

南通是话剧之乡,果然名不虚传。昨晚在更俗剧场看《生日》,我很感动。剧场内座无虚席。四幕话剧,从头到尾,演员投入,观众专注,没有人中途离场,没有人交头接耳。剧终谢幕,观众长时间鼓掌,不肯散场。这说明南通观众喜爱话剧,真懂话剧。一个城市拥有这种话剧氛围,很让人羡慕。一部描写改革开放四十年变迁的话剧,能让观众如此激动,说明观众对现实题材的文艺作品如饥似渴。这让我们感到欣慰,更感到责任。

这部话剧是由南通市文联策划创作排演的,得到了中国文联艺术基金的扶持。我要祝贺演出成功,也要感谢中国文联的大力支持,感谢南通文联为我们抓出了一部好戏。

《生日》要想走得更高更远,还要再下功夫进行打磨。现在已经有了很好的基础,值得投入人力物力,把它打造成精品甚至经典。

刚才几位专家都提出了很好的意见,有些就是金点子。我都很赞成。我觉得这部四幕话剧结构是好的,是向《茶馆》致敬的。四个人物,四十年沉浮,世事变迁,家国情怀,在这部话剧中得到了很好的表现。

如果再上层楼,我觉得还要在几个方面下功夫,一是历史眼光或曰主题,二是人物设计,三是人物的语言要个性化。

所谓历史眼光,就是上天之眼。对改革开放四十年的成就和变迁,要有一种大的历史视野。这一视野可能主要通过剧中母亲王瑛这一人物来体现。她是一个离休干部,既是改革开放的亲历者、参与者,也是一个观察者、评判者。她的人生、阅历、思想、观念及其既是主观的又是客观的双重视角,应当能够承担起这一重任。所以,某种意义上,她是一个象征,是我们这个社会的底色。主题要更突出更集中。现在主题是变迁,是沉浮,是发展,是进步。但我认为仅有此是不够的,还应当更鲜明、更深刻。我们应该通过剧情,通过人物及其命运,表达更为深邃的主题。这一点值得编导认真思考和寻找。

人物设计是话剧的重中之重。王瑛的三个儿女,二男一女,在这四十年中,都经过了沉浮或浮沉。他们的命运,让人唏嘘,让人感奋。可能是因为原剧名定为《逐梦浮沉》的缘故,对每个人物的塑造都着重在命运的变化上了,对性格的反差关注不够。我觉得编剧在王瑛的老大、老二之间,一定要设计出性格的反差。这样剧情才可能更有张力。

人物语言的个性化是话剧的魅力所在。众口一词,不是话剧;各说各话,才是珍品。老大庆国,先是云南返城的知青,而后是倒爷、商人,又变成了阶下囚,再成了企业家,其语言应当是杂色的,有变化的。老二庆海,从工人,到厂长,再到处长、局长,语言也应当有几个层次。老三庆江，先出国后海归，又是个医生，她的语言应当打上职业的跨国的烙印。而母亲王瑛是个革命老太太。她的语言特色更是耐人琢磨。之前曾有过几个类似的人物形象，如《人到中年》中的部长夫人秦波和《编辑部的故事》中的牛大姐，但那些是反讽的，不适合此剧。我们可以借鉴，千万不能照搬。我对这一人物的理解是"新时期中旧道德的楷模、老革命中新思想的代表"，当然这里的旧道德要打个引号，是指革命文化和传统文化中必须坚守的价值理念。

修改这个剧本，我觉得还要继续丰富人物的前史。成功的话剧，呈现在舞台上的人物和剧情都只是海面上的冰山或冰山的一角，其实海面下的冰山更大更深。这就是人物的前史。只有将人物的前史想好了，想透了，想丰富了，想具体了，人物才能带着戏上场，才能出细节，才能真实到逼真的程度。

这个剧从初排到再排，已经有了很大进步。尽管条件简陋，还是成功的。艺术总是与局限伴生的。有时局限反而是好事，甚至没有局限，就没有艺术。我们已经看到它的成功，我们有信心它会改得更好，走得更高更远！

2019年3月8日

感人的力量在于人格与信仰

——评扬剧《鉴真》

扬剧王子李政成确实是有号召力的。他一出场,总要引起阵阵喝彩。他演的鉴真扮相之俊美,时时让人想到唐僧。这可能是观众在看新编历史扬剧《鉴真》时共同的感受。当然,鉴真只是唐僧之一,不是玄奘。他慈悲,执着,坚忍不拔。六次渡海,九死一生,百折不回。其人格的力量、信仰的力量,也是这部扬剧感人的力量。

用扬剧反映扬州的鉴真,是再好不过的。这种题材与形式的贴近性,对于扬州观众来说有一种得天独厚的亲和力,对于扬州以外的观众来说也有一种不可替代的熨帖。有人说戏曲就是中国的歌剧,那么,这部新编历史扬剧就是另一部歌剧《鉴真东渡》。

歌剧《鉴真东渡》曾将鉴真六次东渡艺术化为一渡幻海、二渡愿海、三渡迷海、四渡觉海、五渡心海、六渡慧海六个部分,是诗化的鉴真,阳春白雪。扬剧《鉴真》却用写实的方法,几乎把鉴真六次东渡的真实故事都融入了剧情,让观众有一种大事不虚的历史真实感,平易近人。诸如日僧邀请,朝廷禁令,守将阻挠,海上风暴,崖州脱险,等等,剧情和历史都是基本吻合的。剧中人物在历史上也有名有姓。鉴真以外,日僧荣睿、普照,弟子祥彦、如海,采访使班景等均史有其人。

不过,仅有历史是不够的。历史剧首先是剧,然后才是历史。作为戏剧的《鉴真》,它在剧情设计和人物构造上均颇见功力。它并没有拘泥于历史。鉴真的一心向佛,矢志不渝,是全剧的核心动力。编剧对其余人物的命运和形象都作了大胆的创造、改变或合并。祥彦、荣睿的蹈海死谏,如海的先举报后幡然悔悟直至壮烈牺牲,班景对鉴真的先缉拿后追随,都给人留下了深刻印象。有三段戏特别令人难忘。一是守将挡关,僧徒死谏。二是剧中《治疗》一节,鉴真以青蒿入药,舍身试药,以致目盲。三是如海在风暴中攀桅落帆,直至摔亡。这些戏都是编导的艺术创造,是大胆的虚构,既传奇,又精彩。它符合历史的可能性,达到了艺术的真实性。

舞台呈现同样让人震撼。视频与道具的结合,将海上的惊涛以及与风暴的搏斗等,都生动地展现了出来,观众犹如身临其境,感同身受。如海的表演值得称道,扬剧程式与杂技的结合,高难度动作出人意料。唱腔激越而感人,鉴真哭徒一段几乎催人泪下。

由此观之,真实的剧情、鲜活的人物、生动的表演、优美的唱腔精彩地集中在这部《鉴真》的舞台上。说它是一部成功之作、精品之作,当不为过。

然而,我对于这部扬剧还有两点建言:

一是主题的开掘和题材的拓展还可以更深更宽一些。现在的剧情,只是写了鉴真的东渡或者东渡的鉴真,而对鉴真到日本后的作为几乎没有涉及。这是大多创作者面对这一题材时都会做出的选择。因为这样写，戏剧冲突相对容易构成，戏剧主题几乎是天然成形的，戏剧的完整性很好达成。但这样写，对这一题材的价值有些可惜。如果不甘平庸的艺术家能够补写一些甚至将戏剧的重点内容放在鉴真到日本后的作为、成就、贡献和影响上，就更好了。鉴真东渡当然是为了弘扬佛法，但他客观上带去了大唐的文化，如果将这种文化交流的成果而不仅仅是弘扬佛法的成果展现出来，作品的主题将得到突破和升华，它对人类的现在和未来都会有借鉴意义和启示价值。克罗齐说一切历史都是当代史，历史剧更是如此。《鉴真》的精神指归如果站到这样的高度，一定会引起更大的共鸣。当然，这样写，也许就是另外一部《鉴真》了。

　　二是地方戏要有地方戏的特色，可以借鉴京昆，但不能失去本色。扬剧应该有泥土的芳香、草根的气息。即使在历史剧中也是可以保留这一特点的。近年来，扬剧推出了《不破之城》《衣冠风流》等新编历史剧，它们都是精品，在雅化的道路上走得很远，但也给我带来了一丝隐忧，扬剧的雅化可能弱化了扬剧本身的特色。

2019 年 4 月 2 日

看《战马》有所思

一

能够在江苏大剧院看到国家话剧院演出的舞台剧《战马》,应该感到幸运且幸福。

这不是一般意义上的艺术享受,而是顶级的艺术体验。

它真正让我大开眼界。看这种演出,是能够长见识的。

舞台上的木偶马已经出神入化,几乎可以闻到马的皮毛的味道。这在我五十多年的人生体验中是空前的,也是难忘的。

二

《战马》写的是一战中的故事,英德两军在法国的土地上交战。这种题材,我以前几乎没有接触过。但从《战马》中看到当代欧洲人对战争的态度,值得玩味。

似乎没有人纠结于战争双方的是非功过,或者说这些是非功过已经远离当代欧洲人的生活。这部舞台剧只是从人与马的感情维度,反衬战争的残酷愚蠢,反映人性的力量和光辉。

历史的已归历史。它可以烛照当下,也可以指向未来,历史需反思,但没有必要纠结于其中。这种对历史和历史题材的态度值得我们学习。

三

《战马》是一部舞台剧,也是一部木偶剧。或者说是一部由人和木偶共同完成的舞台剧。这本身就是一种创新,一种嫁接。

莫波格的原创小说、英国国家剧院的改编、南非的木偶,种种元素叠加在一起,创造了一部奇迹。

这种创新应当带给我们怎样的启示?

艺术创作需要跨界融合。

在全球化的时代,艺术创作也是可以在全球集成要素的。

2019 年 6 月 12 日

浅谈话剧艺术的"三来"

回到家乡参加这个论坛,有一种特别的感觉。一百多年前,张謇先生在南通创办伶工学社,开创了中国戏剧教育的先河,足以让我们自豪。一百多年后的今天,南通又提出创办"话剧之乡"的创意,更是让我们感到骄傲。这是一种文化的传承,也是一种历史的回响。尽管南通的方言很难懂,但南通之于话剧,话剧之于南通,有一种特殊的情缘。近年来,南通出产的话剧如《张謇》,如《生日》,如《董竹君》,如《索玛花盛开的地方》,都达到了相当高的水平,话剧俨然是南通一张靓丽的名片。

以"话剧与城市发展"作为论坛的主题,很有意义。借此机会,我想谈一谈话剧艺术的"三来",即"不忘本来、吸收外来、面向未来",这也是新时代话剧艺术发展之路的前进方向。

不忘本来,意在吸取本民族的历史文化营养;吸收外来,要求具有世界眼光,博采众长;面向未来,则是一种价值追求和精神指向。与许多其他艺术不同,话剧的"本来"是从"吸收外来"开始的。这是中国近现代艺术史上很有趣的现象。与之相类似的,还有油画、小提琴、钢琴、歌剧、舞剧等。因此,今天,我们考察话剧的不忘本来,可以有两个维度,一是指中国话剧所立身的中国特色的历史文化背景,二是指话剧本身的传统。

回溯中国话剧艺术百年的发展历程,虽经历了曲折艰辛的探索,但也有不少高光时刻,值得记取。从"五四"前后点起新剧的火种,到二十世纪三十年代走向成熟,到中华人民共和国成立后话剧的国家化、政治化、正规化、专业化,再到新时期探索剧的层出不穷,中国话剧的艺术光芒闪耀在历史星河之中。在这些高光时刻里,我们始终能看到"本来"与"外来"的博弈,两者关系从对立到和谐的发展历史,见证着中国话剧不断成长、不断进取的生命活力。百余年的经验更是告诉我们,只有处理好"本来"与"外来"的关系,中国话剧的发展才能迎接更美好的"未来"。

话剧是在新文化运动中应运而生的。它从一开始就承担了唤醒民众、改造社会的使命。这从早期剧社的名字就可见一斑,诸如开明社、进化团、励群新剧社、新民社、觉民社、启民新剧社、文明新剧团。还有南通的更俗剧场。从这些名字中也可看到话剧人是有文化自觉的,是要用话剧来移风易俗、开启民智的。这就奠定了中国话剧现实主义美学传统的基础。

也是在这个阶段,话剧第一次出现了"土派"与"洋派"之争。洋派是从欧美陆续归国的留学生,他们身处"吸纳新潮,脱离陈套"的时代,刻意贬低传统戏曲,特别尊崇西方话剧的规范,坚守话剧的纯粹性,但却遭到了观众的拒绝。土派,不守话剧的规矩,借鉴传统戏曲的唱念做打,主张即兴表演,又失之油滑。

其实，传统戏曲的唱念做打与话剧艺术有着天然的契合。念，就是对白；唱，多是抒情；做、打则与形体表演相通。只要理解打通它们之间的内在联系，是可以相得益彰的。洪深改编的《少奶奶的扇子》就证明了这一点，它的大获成功，使西方的话剧同中国人的欣赏习惯得到了初步的契合。

二十世纪三四十年代的中国饱经忧患。民族危难之际、战火纷飞之中，话剧扮演着唤醒民众、救亡图存的角色，逐步走向成熟。高度的民族危机感，使得剧作家勇敢面对中国社会发展和民族命运中的重大问题，关怀人以及人类的命运，在现实主义的道路上走得更深远，以"现实主义＋浪漫主义"的方法，形成了诗化现实主义的传统。在这个阶段，中国话剧在汲取西方戏剧艺术精华的基础上，实现了创造性转化。它遵循千百年来形成的民族的审美心理、欣赏习惯、艺术趣味，从中国传统戏曲中吸取方法和力量，把诗的艺术精神、艺术思维、艺术语言凝结在话剧之中，使之成为中国现实所需要、为中国人民喜爱的戏剧种类，诞生出一批杰出剧作家的经典剧目，如曹禺的《雷雨》《日出》，田汉的《回春之曲》《放下你的鞭子》，郭沫若的《屈原》，夏衍的《上海屋檐下》，于伶的《夜上海》，吴祖光的《风雪夜归人》，陈白尘的《升官图》等，其中《雷雨》被公认为是中国现代话剧成熟的里程碑。

这是话剧艺术的黄金期。在吸取外来艺术方面，也曾有主动大胆的探索，比如曹禺的《原野》就借鉴了西方现代主义戏剧的手法，取得了很大的成就。但是这一艺术探索的进程却因抗日洪流的冲击而中断了，直到二十世纪八十年代才重新回潮。

中华人民共和国成立后，话剧艺术曾经走过向苏联学习和民族化运动两段历程。可以看作是不忘本来、吸收外来的新的注脚。只是这时的吸收外来，不再是面向西方戏剧，而是全面转向了苏联戏剧，引进苏联的戏剧理论，搬演苏联的现成剧目。另一方面，话剧的不忘本来达到了新的高度，开展了民族化运动。这一运动发端于延安时期。中华人民共和国的建立，使民族自信心空前高涨，话剧的民族化或者说中国化被提到更高的高度。所谓民族化就是向传统戏曲学习。"五四"时期曾经被轻视的传统戏曲的特点和价值重新得到了重视。经过磨合沉淀，终于催生出老舍的《茶馆》这样的杰出代表作以及田汉的《关汉卿》、郭沫若的《蔡文姬》等优秀的历史剧。

改革开放前后，话剧艺术为拨乱反正、思想解放发挥了重要作用。话剧《于无声处》，曾经产生了全国性的影响。二十世纪八十年代以后，话剧在电视的压迫下，观众锐减，但话剧人的创作激情不减，开展了探索剧的创演。这个阶段的话剧，其战斗使命虽已转型，但关注社会、关注人生，坚守责任感、使命感以及人的价值、精神内涵等人文传统。伴随着改革开放的步伐，西方现代的各种哲学观念、艺术思潮和流派纷纷涌入国内，现代主义探索人、探索人心、探索深藏在人内部的隐秘灵魂的理念，表现主义、象征主义手法，意识流、荒诞派的艺术特点，"间离效果""史诗剧场""残酷戏剧"等观念和方法的引入，对中国话剧的理论探索和艺术实践产生了重要影响。就话剧而言，西风的再次东渐，既是主动的，也是被动的，是话剧寻找出路的结果。这个阶段的话剧舞台精彩纷呈、绚丽多姿，各种题材、样式、风格的剧目在话剧百花园中绽放，以《我为什么死了》和《屋外有热流》拉开探索剧的序幕，以《绝对信号》开启了新时期小剧场运动的先河,儿童剧、军旅剧、历史剧、民族剧各展风采,诞生出《狗儿爷涅槃》《桑树坪纪事》《商鞅》等一批脍炙人口的佳作。

二十一世纪以后,在电影、电视、新媒体、互联网等多重因素的冲击下,话剧艺术受到了空前的挤压。话剧本身虽有式微之势,但话剧为影视业培养输送了精华力量,提供了基础性支撑,可以说,中国话剧用几十年的发展为影视业做好了重要铺垫和准备。不论是种瓜得豆,还是种豆得瓜,这都是话剧人当初面向未来时始料未及的。

新时代以来,随着院团体制机制的改革调整,话剧艺术似乎到了发展的瓶颈期,既有挑战,也有机遇。值此由全面小康向全面现代化迈进的历史时刻,中国话剧如何寻求突破?如何获得发展?从百年来的发展史中可以得到启发。我以为就是要真正做到"不忘本来、吸收外来、面向未来"。

要真正理解这一思想的深刻内涵。不忘本来,要从话剧百余年历史中传承扬弃,更要从中华美学精神中吸取营养。不仅要从传统戏曲中,还要从传统曲艺以及其他艺术中吸取营养。吸收外来,不仅要面向当代西方的戏剧实践,还要真正放眼世界,博取各民族的优秀文化成果,为我所用。面向未来,要在题材选择、主题表达、形式创新上代表着历史前进的方向。要永葆理想主义激情,话剧作品要温暖人心,要给人慰藉,给人力量。只有这样,话剧艺术才能为人民需要,受人民欢迎,才能获得不竭的生命。

2020年12月6日

好一朵"索玛花"

从1988年开始,江苏海安与云南宁蒗,两个山海相隔的地方,开始了一段长达三十多年的佳话。文教昌明的海安连续派遣十多批教师支持宁蒗教育,抒写了一部山海传奇。"海安舅舅"给"小凉山"带去了知识,改变了一个个山里孩子的命运。

这个故事有许多文学作品作了反映。我知道的就有电视剧和报告文学。电视剧叫《八千里路云和月》,我看过剧本。报告文学是《支教》,是作家蒋琏先生写的,激情满满。昨天,有幸看了话剧《索玛花盛开的地方》(以下简称《索玛花》),喜出望外。

《索玛花》是一部高水平高质量的话剧。与其说它是一部话剧,不如说它是一部综合的舞台艺术。话剧以外,还兼容了戏曲、摇滚、山歌、视频等多种艺术手段。它让我有观赏舞剧《永不消逝的电波》的感觉。这是中国话剧艺术近年来的重大收获,是中国话剧艺术百年来的最新尝试,是中国话剧艺术不忘本来、吸收外来、面向未来的成功范本。

真诚,是《索玛花》最宝贵的品质。作为一部反映主旋律的话剧,它让我感到惊奇、惊喜。没有说教,没有口号,而是以艺术的方式切入现实,逼近生活。这一点尤为难能可贵。无论是主人公景大明支教的动机,还是宁蒗群众生活的窘迫,都真诚地揭示出来。没有拔高,没有粉饰。景大明、郭玉英、阿依朵、拉龙、老镇长、校长这些人物就像我们生活中的邻居一样亲切而熟悉。它始终聚焦于人物之间的情感,多情而不矫情。师生情、夫妻情、母子情、祖孙情、同事情,都让人动容。

《索玛花》具有很强的民族风情、地域特色。这在当下的话剧舞台上难得一见。其舞美、道具、服饰、人物造型、方言、山歌、音乐等元素的综合运用,使该剧充满活力,形成了强烈的风格特征。

《索玛花》的主题貌似在讲支教,其实重点在讲教育。它是一部教育问题剧。景大明将自己的教育理念在宁蒗进行了实践。教育不仅是知识的传授,更是健全的人的塑造。剧中,景大明与阿依朵、拉龙的故事最能说明问题。阿依朵的写作才华,让景大明如获至宝,他以自己的工资将她从贫穷的泥潭中拉起。拉龙的叛逆源于他远离父母产生的情感的孤独,景大明的关怀让他得到了温暖,人格得以成长完善。

《索玛花》的结构是复式的,双线交替,又融为一体。一边是景大明退休,原先的学生前来谢师的故事;一边是景大明支教,遭遇问题班的故事。时空跨度三十多年。这对演员和舞台调度都是极大的挑战,人物的心理、形体、情感状态以及戏剧场景都要瞬间切换,既要变化,又要统一。这种结构在话剧中很少见,在影视艺术中常用。这是影视艺术对当代话剧的渗透。没有影视艺术的普及,没有蒙太奇知识的基础,这种结构要观众接受,可能是有难度的。

《索玛花》对中国传统戏曲的借鉴,非常巧妙。舞台的抽象、道具的简化,将中国传统美学中尚意的特征作了淋漓尽致的发挥。其中用长凳组合变化的造型,分别象征着或汽车,或火车,或拖拉机,或骏马,真是让人叫绝。

《索玛花》的艺术视野是开阔的。从主题到情节,我们都看到好莱坞电影《死亡诗社》的影子。剧中景大明用"索玛花剧社"进行艺术教育的方法,很有可能就借鉴于这部电影。

我们评价艺术品常常用思想精深、艺术精湛、制作精良来要求。《索玛花》的制作是精良的。即使从剧中的视频内容也可以看出其制作的用心,它很好地将宁蒗的地域风貌呈现在观众面前。

思想精深、艺术精湛,已经有了很好的基础,但还有努力的空间。《索玛花》的故事,让我们感动,让我们感受到中华民族共同体是如何形成的。这可能是该剧主题还可以用力的地方。《索玛花》的艺术还有一些可以进一步完善的地方。比如,景大明的思想能否更丰富一些?他支教的动机固然是为了获得公办教师的资格,这一点无可厚非,但也可以赋予理想主义的一面。他毕竟是一个诗人。他对于教育是有自己的理念和追求的。如果是这样,他到宁蒗后的行为就有了更有力的支撑。顺带说一句,剧中似乎没有必要用景大明支教获得公办教师资格再让给妻子的故事情节。这种转让好像也没有政策依据。弄得不好,会让观众觉得景大明是在忽悠老婆。

拉龙的投毒留师,应该作些铺垫,否则不尽合理,显得突兀。景大明的妻子郭玉英的殉职是否必要?我理解这是编导想给景大明长期支教提供一个理由,但这样做,对人物是有伤害的。如果剧作能强化景大明的理想主义,可能就不需要用郭玉英的死"逼"他留在宁蒗了。

另外,话剧的结尾应当推向高潮,当断则断。要更简洁,更果断。不能与剧终谢幕边界不清。

总之,瑕不掩瑜。《索玛花》是我近年来看到的最好的话剧之一。我祝贺它成功!希望它能够越改越好,真正成为一部思想、艺术、制作"三精"的作品。

2020 年 12 月 6 日

看话剧《林则徐》想到的

看话剧《林则徐》让我想得很多。

这部话剧从朝堂对策,到虎门销烟,再到边衅四起、罢官谪戍,写了林则徐一生最为精彩的片段,所刻画的人物有道光、关天培、邓廷桢、王鼎、琦善、义律、穆彰阿等。话剧的魅力在于仅仅通过林则徐与这些人物的对话,即生动地塑造了林则徐的形象。剧中道光对林则徐的始用终弃、王鼎的尸谏、林则徐的夫妻夜话等都让人五味杂陈,感动感慨感叹。剧中的三首诗让我印象深刻,一首是少年林则徐的"海到无边天作岸,山登绝顶我为峰",一首是赴戍登程时的"苟利国家生死以,岂因祸福避趋之",一首是谪戍途中的"我与山灵相对笑,满头晴雪共难消",这三首诗完美地表达了林则徐的内心世界。林则徐是近代中国睁眼看世界的第一人。剧中他说,"广州之前,我只知中国,广州之后我看到了世界"。全剧结束在林则徐托魏源所写之《海国图志》上,振聋发聩。

话剧的形式感让人耳目一新。不分场次的结构,既是对历史内容的精心择取,也是对戏剧内容的完美呈现。这种结构是现代影视语言与传统话剧语言的崭新融合,是一种新型的舞台语言。舞台设计和舞台装置,更是充满天才创意。斜坡舞台,具有象征意味。长江黄河的灯带地图,让舞台变成了广袤中国的大地,自由而灵动。朝廷、广州、虎门、林府、定海、蒲城……不同的场景,任意切换。舞台上方巨大的装置,一面是镜子,一面是琉璃瓦顶。随着装置的升降,这一装置起到了神奇的作用。当它是镜子时,拓展了舞台,起到了亦真亦幻的效果。当它是琉璃瓦顶时,舞台变成了皇城,变成了朝堂,变成了大厦将倾的象征。多媒体的运用取代了传统的布景,因剧情所需而自由变化的背景,已成为舞台不可缺少的组成部分。剧中一些画面如滔天的海浪,造成的压迫效果,营造了全剧深沉凝重的氛围。

话剧进入中国百余年,完成了本土化的任务。先是现实主义的无缝嫁接,而后是现代主义的大胆探索;先是从形式到内容的全面追慕,而后是形式的积淀和内容的复归,话剧的发展也走了一条扬弃之路。今天的观众对于《林则徐》这样的话剧形式已经没有疏离感了。这也是一种了不起的历史的进步,从中可以看到中国大众审美水平的极大提高。

这两年我看话剧不多,但是印象中话剧的整体水平已今非昔比。话剧《张謇》《索玛花盛开的地方》,以及《林则徐》都让我惊喜。先不论内容,单是形式的创新,这样的话剧即使放到世界话剧的舞台上也应有一席之地。我相信说出这样的话,不是夜郎自大。新时代文化繁荣有时是在不知不觉中兴起的,话剧人功不可没。

林则徐是一个开创历史的人物。尽管人们常说鸦片战争是中国近代史的起点,我更愿意说虎门销烟是中国近代史的开端。这是中国人的觉醒和反抗。当年,英国人用鸦片平衡贸易逆差的做法,真是丧尽天良,鸦片战争使中国坠入半殖民地半封建社会的深渊,更是罪不可逭。但是,对待帝国主义的殖民是可能有不同的态度的:一种是奴化的,一种是抗争的。林则徐无疑是抗争的英雄。这对近代主流意识形态的构建起到了至关重要的作用。也正因此,今天我们强调中华民族的伟大复兴才有了坚实的基础。

这是我看话剧《林则徐》之后想到的。

2021年1月11日

锡剧《刘胡兰》观后感言

刘胡兰是个家喻户晓的人物。我从小学课本中读过她的故事，后来还看过《刘胡兰》的连环画。对这位"生的伟大死的光荣"的人民英雄，从小就有敬仰之情。

看了江苏省锡剧团演出的锡剧《刘胡兰》，感动、震撼。我以为这是一部上乘之作，是江苏戏剧主题创作的重要收获，它对传承红色基因具有独特的价值。在建党 100 周年之际推出这样一部舞台艺术精品，正其时也。可以说这是一堂优秀的艺术党史课。我注意到今天剧场座无虚席，观众情绪十分热烈，叫好声、喝彩声此起彼伏。这足可说明锡剧《刘胡兰》取得了成功！

我这样说还有几个理由：

一是剧作的出彩。刘胡兰的生命定格在 15 岁，她生活在 1932 年至 1947 年之间。这是中国现代史上的峥嵘岁月，抗日战争和解放战争的烽火硝烟构成了刘胡兰的人生底色，注定了她的苦难和不凡。剧作从她 8 岁争当儿童团长写起，写了她的成长、她的斗争、她的不屈、她的牺牲。剧作构建的人物关系简洁高效，情节结构清晰有力,情感主题强烈鲜明。整台戏节奏紧凑,流畅,饱满。

二是表演的出彩。这台戏集中了江苏省锡剧团的当家阵容,主角配角表演都很到位。特别是主演季春燕创造性地把握了刘胡兰的形象特点。她没有往"高大全"上去演,而是在表现刘胡兰革命激情的同时,在行为举止上又保留了某种孩子气,特别是她设计的特殊的台步和动作,让观众感到这个刘胡兰的不一般,达成了艺术形象塑造上的"这一个"。刘胡兰的英雄形象深入人心,要在舞台上立起来,赢得观众认可是很难的。这既要剧本提供基础,还要导演准确把握,更关键的是演员的天才表现。因此,我对季春燕的表演大加点赞!

三是导演的出彩。好的导演往往是无形的,但又无处不在。看《刘胡兰》印象深刻的是灯光,是舞美,还有锡剧唱腔的高亢与激越。同样值得称道的是舞台调度,是对人物和主题的把握。灯光的变化与时空的切换相呼应,实现了舞台调度的自由,保证了叙事的流畅。《刘胡兰》有较强的形式感,这种形式与主题表达相得益彰,使之具有了不同流俗的艺术品位。

当然,好戏都是磨出来的。作为首场演出,这部戏还显得有一些匆忙,还可以再做推敲。

第一,刘胡兰"闯关送情报"中情报藏于何处,应交代清楚。这是戏扣之一。第二,刘胡兰跳崖之后再出场,应交代她是如何"死而复生"的。第三,刘胡兰的爷爷作为一个胆小怕事的农民是如何觉醒转变的?第四,刘胡兰带领妇救会搭浮桥一节如何更能合理?此外,舞台表演以床单代门板,不如空手表演,更符合传统戏曲的特点。第五,剧初,谷县长不让群众挡刀。剧末,刘胡兰同样不肯让群众为自己牺牲,从舞台实际看,若改为不让群众挡枪更好。且这场戏刘胡兰出场,应当表现其从后台拨开人群,挺身而出,而群众为了保护刘胡兰,不肯让道,这样才能更感人。第六,剧中刘胡兰入党介绍人以陈书记为宜,且通知她批准入党也以实写为宜。第七,剧中反复出现的唱词"风徐来",宜改为"风吹来"。革命的风暴不可能是徐来的。第八,剧末,刘胡兰牺牲如何推向更高潮,要再斟酌。历史上,刘胡兰是在敌人铡杀了好几位同志以后,自己走向铡刀的。其悲惨壮烈,世所罕见,史所罕见。舞台上如何表现?结尾处是否可以再加一段合唱?

我相信,经过进一步的精加工,锡剧《刘胡兰》一定会走得更远。

2021 年 5 月 28 日

昆剧现代化的里程碑
——评新编现代昆曲《瞿秋白》

新编现代昆曲《瞿秋白》让我惊喜。

我读过罗周的剧本。剧本就让我击节称赞。我对瞿秋白这一题材是熟悉的。二十世纪八十年代,江苏拍过一部电视剧《秋白之死》,曾经轰动全国,获得当年飞天奖最佳电视剧奖。此前,我曾经读过他的《饿乡纪程》《赤都心史》,他翻译的《国际歌》。我知道他对鲁迅的推崇,他与杨之华的爱情传奇,他主持召开的八七会议,他的被捕和牺牲……因为这部电视剧,我还精读过当时还有争议的《多余的话》,对瞿秋白这一人物有了更多的了解和理解。近十年来又有评弹《江南第一燕》、电影《秋之白华》、组歌《霜红秋白》等各种类型的艺术作品。而所有这些在我看到罗周的剧本之后,都成为一种艺术审美前的储备,成了我为罗周剧本叫好的依据。我在罗周的剧本中看到了所有这些信息的汇聚,看到了我心中的秋白形象。瞿秋白是中国历史长空中一颗耀眼的星星,其"留取丹心照汗青"的光辉形象,是不能被忘记的。

罗周的构思十分精巧,四折八阕,双重时空。一重为正在进行时，写实，从秋白被捕到秋白就义。一重为过去时甚至是未来时，写梦。前三折分别写了秋白与母亲、挚友、爱人的诀别之梦，末一折写了宋希濂被审之梦。亦真亦幻之间，写尽了瞿秋白的生死大义，写活了瞿秋白的人格魅力。罗周的这种写法深得传统戏曲的精髓，结构借鉴了元杂剧，笔法一如《牡丹亭》和《红梅记》。罗周的文字极为精粹，增一字难，删一字也难。

　　一部昆曲，短短四折，却充分回答了瞿秋白是一个什么样的人，他为什么走上革命道路，他有着怎样的贡献，他有着怎样的亲情、爱情和友情，为什么一定要为主义而死等一系列问题，内涵之丰富，情感之真挚，思想之深刻，鲜有其俦！最让我感动的是剧中罗周对《多余的话》的洞察与解读。她可以说是秋白的隔代知音。

　　"秋白之死"这一题材无疑是沉重的。它与传统昆曲庄谐并重的特点是有冲突的。但罗周居然妙笔生花，融入了昆丑的元素。比如，中统特务念出"白花花的银子、锃亮亮的车子、高大大的房子、生五六个儿子、换两三回妻子，岂不美哉"的劝降词，让人忍俊不禁。又比如，刽子手学唱国际歌的黑色幽默，可称神来之笔，让人五味杂陈。

　　从剧本到舞台，导演之功，善莫大焉。传统昆曲的舞台极其精简，一桌两椅，可以变换出无数场景，演绎出无数故事。《瞿秋白》的舞美继承了这一传统，极其简练，舞台两侧一桌，一床，一为审讯室，一为囚室。两个表演区，自由切换时空。舞台两侧各立一面巨型白板，用以指代狱墙。灯光设计别具匠心，打出多种投影，强化舞台效果。抽象与具象的结合，创造了《瞿秋白》特有的昆曲之美。

演员的表演更是出神入化。舞台上,施夏明的形象气质已经与瞿秋白融为一体。虽然是昆曲的戏剧角色,但是演员的一举手一投足,都让我们毫不怀疑,这就是秋白同志本来的样子。我心中不禁感叹,施夏明仿佛就是为这一角色而生的。剧中王杰夫劝降一节,写得好、演得更好。二人以象棋对弈,表面上句句言棋,实际上句句诛心。戏剧舞台上人物语言的弦外之音是一种难得的境界,更是表演的难点。施夏明拿捏得准确到位,将瞿秋白坚强的内心世界——展示出来。这场"对弈"将如《沙家浜》中的"智斗"一样,焕发出永恒的艺术魅力。

扮演鲁迅的柯军,扮演瞿母的孔爱萍,扮演杨之华的单雯,都是知名的昆曲艺术家,都曾经获得过梅花奖,都非常称职地完成了各自的任务。一台昆曲,集中了这样的阵容,不是豪华,而是奢华。

总而言之,由于编、导、演的合力,昆曲《瞿秋白》才能够如此完整,如此完善,如此完美。我们总是在呼唤精品,呼唤经典。有时候经典出现了,我们尚不自知,甚至还不敢相信。

昆曲的现代化经过多年尝试,几乎成为禁区。但是一门艺术如果只能表现传统曲目,终究难获持久的生命力。近年来,江苏省昆曲院不甘平庸,勇于开拓,做了很多努力,先是《眷江城》,继而《当年梅郎》,现在又是《瞿秋白》。一而再,再而三,终成正果。这是昆剧艺术创造性转化创新性发展的里程碑。

2021 年 7 月 2 日

儿童剧创作的上乘之作
——评《新安旅行团》

新安旅行团是人民教育家陶行知先生"生活即教育、社会即学校"这一教育理念的实践和尝试,在中国教育史上,在现代文艺史上都是不可复制的奇迹。1935年,淮安新安小学的十几名孩子,组成了新安旅行团,开始了最早的"游学"。队伍从小到大,成员陆续结业,先后共计600多人参与。新安旅行团历时17年,行程5万里,足迹遍布大半个中国。在战乱频仍的年代,他们历经千难万险,吃尽千辛万苦,以各种文艺形式,一路宣传抗战,宣传党的主张,被誉为"民族解放的小号手"。这是一种文化的长征、文艺的长征、教育的长征,也是一种成长的长征。

新安旅行团的事迹已经积淀为红色历史文化,成为文艺创作的宝贵题材。但是,再大的IP资源,也要天才的艺术创作,使之转换成优秀的文艺作品。其实,这一题材的创作难度是显而易见的。

今年六一前夕,看到这部由中国儿童艺术剧院和淮安新安小学学生联合演出的儿童剧《新安旅行团》,真是不期而遇,深为感动。这是国家一流艺术团体与地方业余力量的合作,却是一场一流的演出,可喜可贺。

新安旅行团是天然的儿童剧题材。用儿童剧这一艺术形式表现新安旅行团的故事,应该是最为合适的。儿童剧除了具有戏剧的一般特征,还要适应儿童的心智特点和对事物的理解方式。我以为,儿童剧要有童心、童真、童趣。儿童剧不仅要寓教于乐,还要寓教于美。这是儿童剧最可宝贵的。以这样的标准来看待《新安旅行团》,我以为它都是当下儿童剧创作的一个重要收获,一部上乘之作。

该剧构思非常巧妙。在人物群像中突出塑造了陈默、冯则文、盛盈盈、汪校长等主要人物。陈默的母亲是烈士,父亲是八路军;冯则文的父亲参加过辛亥革命;盛盈盈的哥哥是对日作战的空军飞行员;汪校长则是陶行知的学生。这样的人物构成具有广阔的社会背景,人物的前史异常丰富。加上配角巴特父子、大块头父子、马市长、冯父、老革命等都各有个性,使得舞台呈现特别饱满充实。从中可以看出,其故事情节从历史叙事提炼而来,准确地反映了历史的烟尘,把握了历史的脉络。

双重时空的戏剧结构,赢得了叙事的自由,强化了主题的表达。当代时空中的人物对话主要承担了交代历史的任务。历史时空中的戏剧内容是该剧的重心所在。

儿童剧其实也有多种艺术形式。该剧选用了现代话剧这种方式相当讨巧。它打破了传统话剧三一律的局限,背景视频的大量运用,实现了舞台调度和时空切换的自由,使得戏剧进程十分顺畅。有时时空的转换干脆由人物直接交待。还有道具的使用,有一种卡通化的倾向,如火车、马,甚至稻草人(日军)等。这也可以说是从传统戏曲舞台上转换而来。所有这些元素,都符合儿童受众的心理特征,突出了儿童剧的假定性,丰富了该剧的艺术性。

细节难得。比如,剧中盛盈盈拿到饼子要等更饿的时候再吃的戏,看似不符合儿童心理,但却特别符合特定情境,让人心酸。这种细节在历史题材创作中实在难能可贵。

舞台艺术的一大优势就是可以反复打磨,越演越精。在祝贺《新安旅行团》首演成功的同时,我们当然希望它越改越好。建议从几个方面发力:一是加强抒情性。剧中的父子戏,如陈默父子,冯则文父子,大块头父子等,都可以更加感人。尤其汪校长和学生的感情,也应当情同父子。二是当代时空的戏要有戏,不要只满足于叙事、交代历史。三是个别台词要尽量口语化,以适应儿童的接受能力。

2022 年 6 月 1 日

一曲《渔歌》拉魂腔

长江流域重点水域禁渔十年,是新时代生态修复的重大举措,在中国历史上可能具有破天荒的意义。数十万渔民一时间洗脚上岸,牵动多少社会生产要素,带来多少矛盾困难,是一件难以想象的事。蕴含其中的一定是一座艺术的富矿,值得不同门类的艺术家去开掘。

小剧场柳琴戏《渔歌》为此作了有益的尝试。其构思之精巧,唱词之优美,情节之饱满,人物之生动,主题之鲜明,都给我留下深刻印象。

《渔歌》取材于对洪泽湖禁渔的生活故事,精心勾织了余家两代渔人的命运。余父用"绝户网"打鱼,不幸遇到风暴葬身湖底,死前拼尽全力将女儿余妹推出。女儿余妹离乡出走,随心仪的歌唱家追求爱情去了。儿子余哥因为贫困找不到媳妇,酗酒沉湖,只留下余母一人孤苦伶仃,守在湖边织网为生,好在有与余妹青梅竹马的同村大刘照顾。十年过后,余妹归来,恰逢禁渔政策施行。大刘痴心不改,再向余妹表白。余妹感动,与大刘一起上岸,共建美好家园。

戏都是编的。小剧场戏剧受到的限制更多。剧场空间小,与观众距离近,商业性、实验性等都给小剧场戏剧提出了更多的要求。《渔歌》是一部典型的小剧场戏,人物只有5人,生旦净末,各司其职,无一闲余。结构紧凑,场景集中。其双重时空,一重现实,一重回忆,十年之间,切换灵活。情节曲折而叙事明晰,对观众有较强的亲和力。总体上看《渔歌》具有现实主义和浪漫主义相结合的美学品格。

柳琴戏以"拉魂腔"抒情见长。《渔歌》充分发挥了这一艺术特点。其中的唱词,用语清新,意境浪漫,合辙押韵,朗朗上口,仅看文学台本,已具有强烈的音乐性,一旦进入舞台,一定会有一种美不胜收的感觉。

值得一说的是,禁渔题材没有直接写禁渔,而是写出了渔民生活的艰辛,写出了竭泽而渔的困境,写出了禁渔政策的必要性。或者说,它写出了为什么要渔民上岸。当然,我们还可以希望看到渔民是如何上岸的,因为其中的矛盾与纠结,是错综复杂,最为有戏的。甚至还可以希望看到渔民上岸之后的生存与生活,因为这对一般戏剧来说,可以打开无限的可能性。但作为一部小剧场柳琴戏,能够写出其中一点,就足够了。

2022年8月5日

一部优美的抒情诗剧
——评锡剧《雪宧绣谱》

大型原创锡剧《雪宧绣谱》。由张家港锡剧团投排,梅花奖得主、著名演员董红担纲主演,著名青年评弹作家胡磊蕾编剧。这是一部题材与剧种特别契合的锡剧,这是一部风格独特的抒情诗剧,这是新时代锡剧艺术的重要收获。

《雪宧绣谱》写的是状元公张謇与一代"绣圣"沈寿的传奇故事。张謇是近现代著名的实业家、教育家、政治家,一生功业无数,创办了20多家企业,370多所学校,把家乡南通打造成"中国近代第一城",为中国近代民族工业的兴起、教育事业的发展做出了不可替代的贡献。沈寿是苏绣艺术大师、艺术教育家,先后担任清宫女子绣工科总教习和南通女红传习所所长。她一生倾心苏绣艺术,运用西洋油画的光与影,自创"仿生绣",开创中国近代刺绣一代新风。张謇大沈寿21岁,57岁时与36岁的沈寿相识,自此开始了他们不凡的情感历程。

锡剧《雪宧绣谱》写的就是张、沈二人的故事,但写得纯洁高贵,不落尘俗。他们在南洋劝业会上相识,彼此仰慕,沈寿惊讶于张謇的慧眼博学,张謇激赏沈寿的绣艺绝伦。张謇重金购得顾绣珍品《采药图》相赠。不久清朝覆灭,沈寿夫妇乱世失和。张謇邀沈寿到南通任教,沈寿边教学边刺绣,创作《耶稣像》,赴美参加巴拿马国际博览会。《耶稣像》获得金奖,本可高价拍卖,张謇却将国宝带回来。沈寿丈夫余觉(冰臣)非常失望,与沈寿更加生分了。由于长期抑郁,积劳成疾,沈寿不幸患上肝病。张謇让她入住谦亭,延医治疗,无微不至地加以照顾,又将她的苏州老家花园搬到南通复建起来,将其刺绣精品一一布列其间,让沈寿感动不已,削发为张謇绣出"谦亭"二字。沈寿自知来日无多,发愿要将绣艺传之后世,于是口授绣谱,张謇亲笔记录整理,半年终成。

……

对于一部舞台剧来说,这样的剧情设计,本不足以引人入胜,因为它缺少冲突,缺少矛盾的对立面,但是锡剧《雪宧绣谱》却独具魅力。它避短扬长,以一种风格化的抒情特征赢得了观众的喜爱。情节虽然淡化,情感却异常饱满。张謇对沈寿的赏识,沈寿对张謇的感激,沈寿对余觉的绝望,沈寿对好婆的怀念,几段关键的唱词,缠绵悱恻,细腻动人。它让人物打开了心扉,也就让人物立了起来。

我说它是一部抒情诗剧,除了因为剧本的诗化,还因为其音乐唱腔的优美。锡剧《雪宧绣谱》既发挥了锡剧唱腔高亢深情的特色,又融合了弦乐的特长。其中关于"耶稣像"一节的旋律特别感人,丝丝缕缕,撩拨人心,几乎可以独立成章。除了音乐唱腔的优美,还因为董红的表演。她是真正理解了沈寿这一人物的,她在台上的一颦一笑,一招一式,一举手一投足,都与人物的此时此境相吻合。发乎情止乎礼的隐忍，家艺不能两全的宿命，都让董红恰到好处地表现了出来。

如此取材如此构思如此立意，是经过多重选择反复考量的结果。当下，张謇是一个热门题材，我看过的就有话剧、京剧，还有电视剧正在筹备。它们有的全面写张謇，有的侧重写张謇，大多集中于张謇一生对其"父教育母实业"思想的实践。《雪宧绣谱》却敢于别开生面，聚焦张、沈二人的旷世传奇，是需要很大的勇气的。稍有不慎，即会堕入男女八卦的陷阱。幸运的是，剧作家不仅有胆，而且有识。显然，作者发现了挖掘了这一传奇背后的文化价值。其叙事策略是，张謇对沈寿的钦佩爱重是与其对苏绣的认知推崇分不开的。在张謇那个时代，能有这样的文化自觉，是殊为难能可贵的。这是张謇的至尊可敬之处。因此，锡剧《雪宧绣谱》就获得了不同流俗的文化品格。并且作者以女性特有的视角将心比心地与人物共情，以才华横溢的、诗一样的语言表现了人物的情感，让全剧浸润了浓浓的诗情。

因此，我有理由再说一遍，《雪宧绣谱》是一部优美的抒情诗剧，是新时代锡剧的重要收获。

2022 年 8 月 12 日

令人称奇的红色淮剧

在我的印象中,当代淮剧是一种带有乡土气息的地方剧种,诸如《鸡毛蒜皮》《十品村官》《村里来了花喜鹊》等大多以反映乡村生活见长,即使获得大奖的《小镇》也是如此。其舞台唱腔表演似乎都有一股"土气"。当然,这"土气"并非缺点弱点,而是一种扎根基层、饱含生活气息的艺术特色。

读罗周、周宇的四幕淮剧剧本《我的父亲》却让我改变了这一认识。淮剧其实是可以驾驭或适合不同题材的。《我的父亲》就是一部红色淮剧,非常好地承载了主题,塑造了形象。

该剧以传奇英雄杨延修为原型,刻画了杨在之这一艺术形象。杨延修是江苏泰州人,出身贫寒,做过皮匠,后到上海洋行做学徒,投身抗日救亡运动。1938年入党。他创办广大华行,为党筹措大量资金和药品,是一个与魔鬼打交道的人,同流而不合污,出淤泥而不染。

这部红色淮剧以十里洋场为载体,设置了公馆、欢场、衙门、监狱场景,是一般淮剧中难得一见的场景;英雄豪杰、黑帮特务、名士歌女、三教九流，应有尽有，是一般淮剧中难得一见的角色。

淮剧塑造的杨在之是杨延修的升华版。全剧四场戏，场场出彩。第一场《送药》，不是一般的"送药"，而是给仇家送药。杨在之爱女梦华被国民党中统局副局长陈若望杀害，杨为了靠上陈这棵大树，居然强忍悲痛，给其送药，治其结核老病，感动其为中兴药厂站台。这场戏以梦华就义作楔子，重点写杨、陈之间的对手戏。其中品味、夺枪、送药，一忍一怒一惊一乍，戏里戏外，环环相扣。

第二场《赌牌》重在写杨在之与青帮头子黄啸江打交道的过程。这场戏让观众大有杨子荣初入威虎山的感觉。青帮之间的切口，杨、黄之间的豪赌，可谓惊心动魄，人物的豪情足以使风云变色。

第三场《割席》写杨在之与恩师李永祥的师生之谊。明写断交，实写大义。通过李的误解，写出了杨的出身和成长，写出了杨的隐忍和信仰。师生高谊，误解越深，感情越真，因而倍加感人。

第四场《忍苦》打开了杨在之的内心，打破了通常的情节线，用幻觉的方式，表现了他与战友、妻子、儿子、女儿的情感世界，对妻子隐瞒的愧疚，对女儿临难的无助，特别动人感人。

地下工作者是用特殊材料做成的。他们每时每刻都在演戏，在面具和真我之间"游走"。即使面对亲人，也不得不如此。这种"游走"，具有天然的戏剧张力。淮剧《我的父亲》将这种张力发挥到极致。给仇家送药是张力，与青帮打赌是张力，与恩师断交是张力，全剧就像一张开足了的满弓。人物的每一个动作，都有行外之意；每一句台词，都有弦外之音，使全剧内容异常饱满，具有一种让人难以挣脱的力量。我想，即使原型杨延修本人看到此剧，也会为"知音难觅"而感动。

全剧用一串密码作为悬念,以儿子昆华寻访知情者为情节线,讲述了杨在之一生中最为精彩的几个片段,从而有血有肉地塑造了这个无名英雄的形象。这种构思在小说中常见,用在戏剧舞台上自由灵动,十分精巧。

剧中人物的唱词特别令人称道,具有罗周作品一贯的文学品质。除了大段的内心独白,杨在之与陈若望、黄啸江、李永祥的叫板式的对唱,都让人有一种荡气回肠痛快淋漓之感。

总之,在我读过的看过的淮剧剧本中,这是一部主题鲜明、情节抓人、人物传奇、文学品味精良的上乘之作。

2022年8月23日

京剧《张謇》的成功及其意义

张謇把自己活成了一部传奇。

他七十三年的人生,身处清末民初的鼎革之际,却建功无数。他本着"父教育母实业"的理想,筚路蓝缕,实业救国,创办了数十家企业、数百所学校,开创了中国近代史上十八项第一。他将家乡南通打造成"中国近代第一城",泽被后世。

他如得天启,是近代中国能够识破"三千年未有之变局"的少数智者之一。他睁眼看世界,睁眼看清廷,毅然弃官从商,开辟了孔子之后中国知识分子"学而优则仕"以外的新路。

他集多重身份于一身,是实业家、教育家、政治家,还是慈善家、书法家、诗人。

这样的人物曾经在历史的舞台上辉耀星空,也应当在艺术的舞台上大放异彩。

如今,在张謇离世百年之后,艺术的舞台上出现了一股"张謇热"。先有话剧《张謇》和《张謇传》,又有京剧《张謇》。据说,还有电视剧《张謇》、苏州评弹《张謇》正在创作中。回首百年,人们似乎一夜之间重新发现了张謇的价值！其实，张謇的价值无时不在，正如他所说："天之生人也，与草木无异。若遗留一二有用事业，即与草木同生，不与草木同腐。"何况，张謇遗留的有用事业何止一二！

京剧《张謇》重现了张謇的传奇之处。

该剧由江苏省演艺集团和国家京剧院联合出品，由江苏省京剧院和国家京剧院联合演出，日前在溧阳首演，大获成功，可喜可贺！

用京剧表现张謇这一人物及其故事，是一个大胆的创举，也是一种极富勇气的自我挑战。因为张謇这一题材的内容太丰富了，而京剧这种艺术形式的限制又太多了。内容和形式的矛盾，需要艺术家量体裁衣和发挥天才创造。

这对编剧来说首先要克服取舍的困难，先要确定写什么，而后考虑怎么写。现在看来，编剧选择"实业救国"作为京剧《张謇》的主旨是明智的。它抓住了主要矛盾的主要方面。全剧由序幕和七场戏组成，序幕写甲午战败。第一、二场，写丁忧在家的张謇接到"马关条约"文本后，痛彻肺腑，大梦顿觉，决定弃官从商，走实业救国的道路。第三、四、五、六场则写创办大生纱厂的艰难。第七场实际上是全剧的尾声，礼赞张謇的成功。

通观全剧，我认为编剧是成功的，剧本写出了张謇新路选择的艰难和意义，写出了张謇创业的艰辛与坎坷，写出了士、农、工、商各阶层的众生相，写出了特殊历史年代的时代杂色。

剧本的文学品位很高，主要体现在唱词上。唱词的文学性是传统京剧的弱项，却是《张謇》的强项，其中有许多诗意的表达。

比如，第一场，张謇唱："大清国虎伺狼环陷危难，割地赔款一刀刀骨断肉尽血榨干。实可叹——张季直空怀报国志,有心无力护江山,辜负了先人嘱托高堂愿,辜负了状元及第辜负了天。"

又如,第四场,张謇唱:"讥笑声声身边绕,坐而论道众臣僚,说什么士林一族本尊贵,说什么清流之辈名望高,说什么一居庙堂天下小,说什么商民轻薄属末梢。空谈社稷有什么好,罔顾民生天不饶!三十年科场梦幻今醒了,倾心血济万民再不动摇,此时间应把那牙关紧咬,危难之际挺起腰。皆为了衣被东南百姓好,物阜民丰多富饶,四方外侮不侵扰,聚财富兴文教来把民教。老幼妇孺皆欢笑,开一方太平天地乐逍遥。"

再如,第五场,张謇唱:"耳听得织机到心花怒放!耳边厢似听得枢机动织机响,线轴转转棉纱长,大生厂近日里就要开张。纺得棉纱似雪样,质优物美销外洋,孜孜多年美梦想,兴邦宏愿终得偿。天地一新换了样,满眼尽是好风光,老所终、壮所用、幼有所养。我还要一座座建学堂,开民智育英才图强发奋,不负我苦心孤诣一片衷肠,越思越想心激荡。"

这样的唱词其实就是人物的内心独白,它唱出了张謇为何选择实业救国的道路以及大业初成时的欣喜和梦想。真可谓情动于中,壮怀激烈。唱词文白间杂,既有年代特色,又与张謇这一人物的身份相符,与这一题材的特色相合。

人物唱词,其实就是人物语言,细加品味,不仅剧中张謇的唱词大有讲究,其他角色的人物语言也各有特色,凸显了人物性格,足见编剧的文学功力。

比如第二场,张之洞唱:"离武昌下金陵署理两江,为朝廷解难困左右奔忙。东洋国依仗条约通商办厂把那财富掠抢,破藩篱小民工商埋祸殃。抗倭寇半壁江南当战场,危则思变补漏墙,守土有责心当尽,我能挡一枪是一枪。"着墨不多,唱出了一代封疆大吏的气场和胸襟。

又如第六场,孙敬夫唱:"篱笆尚须三个桩,好汉还要兄弟帮,多余的话儿不要讲,我弟兄齐心协力过汪洋,惊涛骇浪一同闯,哪怕它波浪翻雨暴风狂。"几句唱词,就写活了通州布商张謇挚交的古道热肠。

剧本是一剧之本,但剧本的成功只是文学的成功,京剧的魅力主要还在舞台,舞台的魅力主要在演员。以此观之,京剧《张謇》从剧本到舞台是相得益彰的。演员表演十分出彩,首场演出获得33次喝彩,就是一个明证。饰演张謇的杜喆、饰演张謇夫人的高飞、饰演杜妈的董源,都是各自行当里十分优秀的演员,唱念做打,样样皆精。尤其杜喆的表演深入人物内心,在几个戏扣子上都拿捏得恰到好处。

导演是幕后的英雄,但全剧的品质品位实际上最终取决于导演的艺术追求。从这一角度看,京剧《张謇》也是完整的。导演对主题的表达、人物的理解、节奏的把控、舞台的调度都指挥有方。

总之,京剧《张謇》是一部具有文化含量、历史价值的上乘之作,是一部鉴古知今,昭示后人的优秀之作。这一题材能够登上新时代的舞台,对传主张謇是幸运的,对当下的观众更是幸运的。从中,我们看到了传统京剧舞台和现代京剧舞台上看不到的人物和形象。这不能不说是新时代文化自信的又一表征和善果。

当然,舞台艺术的优势在于可以不断打磨。如果将张謇的对手写得更为强大一些,如果将舞美处理得更为简洁一些,如果能集中力量打造一段甚至两段能够叫板的戏眼,那么《张謇》就会登上新的高度。

张謇是一个百科全书式的人物,仅有一部京剧是不够的,我们完全有理由期待还有第二部、第三部,甚至更多更好描写张謇的京剧或其他艺术精品的问世。

因为张謇是不朽的。

2022 年 6 月 10 日

激赏的与期待的

——评扬剧《亚夫新传》

农技专家赵亚夫是一个光辉的名字,他用一生辛劳和奉献,赢得了"时代楷模""最美奋斗者"等国家级荣誉。近些年,以赵亚夫为题材的文学作品层出不穷,报告文学、电影、电视剧、舞台剧等相继问世,呈现出新时代文艺创作的主流特征。江苏省扬剧团创作排演的《亚夫新传》是一部散发着泥土芳香的现代扬剧,是当代舞台艺术的可喜收获。

《亚夫新传》由著名编剧陈明创作。陈明是我敬佩的剧作家,曾几度获得中国戏剧曹禺奖。他是一个特别高产的剧作家,在淮剧、扬剧、黄梅戏等各剧种之间游刃有余。他尤其擅长农村题材的戏剧创作,淮剧《鸡毛蒜皮》《十品村官》等都曾斩获戏剧大奖。《亚夫新传》延续了陈明戏剧创作的一贯风格,亦庄亦谐,轻松幽默,又深情款款,动人心旌。

《亚夫新传》新在哪里?新在取材。剧作聚焦于赵亚夫退休以后到尚庄推广生态农业的故事,这是同类题材创作中的冷门,紧扣了新时代的命题。《亚夫新传》新在哪里?新在立意。它写的是农村脱贫以后的持续发展的大问题,是对"绿水青山就是金山银山"这一理念的认识和追求。这在同类题材的创作中也是比较"前卫"的。《亚夫新传》还新在构思和戏剧冲突上。从"抢"亚夫,到"疑"亚夫,再到坚定不移地"跟"亚夫,全剧一波三折,妙趣横生。最后的高潮在于赵亚夫拿出房产证作抵押,要与村民签约这一节,几乎让我泪目。赵亚夫夫妇对唱,情真意切,作了很好的铺垫,而后众乡亲对赵亚夫的理解和支持,水到渠成,令人忍不住泪水夺眶而出。至此,戏剧的力量,转变成情感的力量,全剧大功告成。

陈明的戏剧特色,继承了赵树理笔下的文学传统。"常分析""计算机"等人物绰号,形象生动,有时代特色,让人想起《小二黑结婚中》的常有理、赛诸葛等。其人物语言,来自生活基层,多用群众语汇,念白唱词,大俗大雅,看起来土得掉渣,细品之,又十分雅致,非高手不能如此提纯,功力确实不同一般。

比如,赵亚夫(唱):

我劝你不该太过分/能出力不该留私心/劝你不该存侥幸/篱笆扎门有眼睛/算计不能太精明/利己怎该伤众人

向得发(唱):

他一劝二问三提醒/我已六神掉五魂/倘若脚下裂条缝/一头锥下十八层

又如,向得发(唱):

　　生态推广你曾打包票/三年来家家收入未提高/桂树再香不结枣/水清无鱼网空捞

常书记(唱):

　　计算机你弯弯绕/算盘只为自己敲/串连乡亲把事挑/"向副九"我就拿你先开刀

再如:

　　重起重打桩/退休再启航/尚庄人穷志不短/汤团冻实硬如钢

　　这样的唱词,取自群众语汇,十分难得,契合人物,生动传神。没有生活中的摸爬滚打,没有长期的生活积累,没有文学的慧根慧眼,是不可能创造出如此独具个性、独具魅力的人物语言的。

　　一切剧作的成功,归根结底都是人物形象塑造的成功。《亚夫新传》也是如此,为了塑造赵亚夫这一形象,陈明是吃透了人物的内心世界的。

　　且看剧终赵亚夫是如何坦陈心迹的:

赵亚夫凡胎肉身人一个/要说无求也有求/恨不能十年路程一日走/恨不能一脚踏平穷田沟/恨不能肋下生出十双手/恨不能搬起荒丘扛肩头/恨不能门对青山千家秀/恨不能一捧泥土攥出油/恨不能户迎绿水春常久/恨不能石头变金福千秋/与尚庄父老乡亲情深厚/并非是一纸契约把愿酬/我老赵养老终生永不走/就是个邻家大叔村中留/如同家务干不够/签下终身志不休/但等那生态乡村铺锦绣……

　　蓝天隐隐/白云悠悠/柳暗花明/山清水秀/蛙鼓声声/鸟鸣啾啾/流水潺潺/青竹修修/落英缤纷/香盈四周/萤火虫漫天飞舞/美不胜收/到那时欣然回家/无欲无求/陪伴亲人/朝夕相守/偿还心债/弥补愧疚/我做牛做马乐悠悠

　　只有作者与人物灵魂附体了,才能写出这样激情澎湃的动人诗篇。

　　剧中反复出现的茅山号子,为全剧起了画龙点睛的作用。"桑木任裂从不弯,二十四个车拐随轴翻,三十六双光脚板,踩出路来出茅山。"这是赵亚夫的精神写照,也是茅山农民吃苦耐劳品格的象征。它是乡土的,生活的,俚俗的,更是文学的,艺术的,诗歌的,升华了全剧的品位。

　　从剧本到舞台,是一个再创作、再创造的过程。看了扬剧团的首演,我觉得它基本完成了剧作的任务,是成功的。但是,倘以更高标准来要求,还有一定的提升空间。

　　第一,我始终觉得第一场戏可以略去。一是因为调子起得太高，不利于后面戏剧的发展。二是因为全剧时长还是约束在两个小时之内为宜。三是从剧中看，赵亚夫夫妇之间是没有矛盾的，也很难写出矛盾，且第五场中夫妇对唱已经完成了二人内心的刻画，与第一场并没有形成递进的效果。故而总体上看，第一场戏存在价值不大。第二，舞美要更有创意，要么更现代更抽象一些，要么更传统更朴实一些。当下，旋转舞台用得比较随意。舞台技术的进步并不一定带来艺术的进步。艺术总是在限制中显身手的。有时技术的自由，反而导致艺术的任性。第三，在几个戏扣子的处理上，要更结实一些。比如，文青与小芳的矛盾，有点虎头蛇尾。比如，向得发眼热农业园的收入，应该有更翔实的交代。这样才能让观众对人物和主题有更深的理解。第四，水桶调包的舞台调度，应该更合理一些。向得发挑水施肥，赵亚夫为什么要挑水追他？向得发向水桶里放小袋化肥，是符合生活真实，还是出于编导的想象？这些问题如果解决不好，就会影响观剧效果。第五，在音乐创作上应做更多的尝试。夫妇诉衷肠，向得发算小账，还有茅山号子等，能否打破扬剧音乐程式的束缚，写出不同的风格？或深情，或谐谑，或空灵。特别是茅山号子，因为在全剧中的点睛作用，可否处理得更空灵一些？

最根本的，全剧的主题在于肯定生态农业。但生态农业与传统农业之间究竟是一个什么样的关系？对化肥农药的使用，是不是可以一概否定？具体到戏中，尚庄的生态农业之路与农业园的传统农业之路究竟如何平衡，生态农业能否成为高效农业？绿水青山如何转化为金山银山？这是该剧提出的问题。回答它，也许并不是题外的话。

2022年8月26日

经典的力量　创新的加持
——评2022新版话剧《家》

日前,由江苏省演艺集团出品的话剧《家》在苏州保利剧院演出。虽因疫情限制,上座率只限八成,但近千名观众,鸦雀无声,全情投入,与剧中人休戚与共,非常享受。两个多小时演出后反复谢幕,观众仍不忍离场。

这种剧场效果源于经典的力量,更得力于创新的加持。

小说《家》是巴金先生激流三部曲之一,是现代文学史上的经典名著,发表至今已有九十多年。话剧《家》由曹禺先生据此改编创作,是现代话剧史上的经典名剧,至今也有八十年历史。八十年后的今天,江苏省演艺集团又依据曹禺先生的剧本,打造新版话剧,并大获成功,实在可喜可贺。这是一种超越时空的成功。这是经典的"三级跳"。这个"三级跳"从小说到传统话剧,再到现代话剧,保持了主题的一贯性,保持了故事的一贯性,保持了人物性格的一贯性,保持了批判力量的一贯性。一句话,保持了经典的力量。它让今天的观众沉浸在百年前的戏剧情境中,重新品味被压抑的窒息、被解放的渴求。

《家》的主题价值在于坚守了对封建宗法制度的反思与批判。巴金创作《家》显然是受到狂飙突进的"五四"精神的指引。鲁迅《狂人日记》对"礼教吃人"历史的揭示揭开了新文学的序章,巴金《家》则为此提供了新的更为生动饱满的注解。新版《家》完全与小说一脉相承。剧中觉新与瑞珏、梅表姐的悲剧,觉慧与鸣凤的爱而不得,鸣凤的死,瑞珏的死,婉儿的被虐,还有高老太爷的顽固昏聩,冯乐山的虚伪无耻,陈姨太的狠毒无情等,都是对封建宗法制度的血泪控诉和直接抨击。这种批判是不妥协的,主要体现在觉慧的觉悟上。宗法秩序背后的所谓家庭伦理是这悲剧的根源。家不再是家,是牢笼,是杀人的黑手。在这样的牢笼中,生不得相爱、不得自由、不得幸福。只有沉沦,只有卑琐,只有虚伪、肮脏,只有死亡。

新版《家》由许多青年演员担纲演绎。觉新的软弱、瑞珏的温良、觉慧的勇毅、鸣凤的纯情、婉儿的可怜都有精彩细腻、生动传神的演绎。剧中鸣凤和觉慧互诉衷情,情动于中,催人泪下。这些青年演员能够吃透百年前的人物内心,准确塑造角色,令人欣慰。剧中反派冯乐山的表演尤其让人印象深刻,从形体到台词,举手投足之间都是戏,韵味十足。虽然只出场两次,但让人过目不忘,回味不已。结尾的处理匠心独运。觉新梦中与瑞珏相遇,诗化的台词代表了全剧的台词风格和文学品位。一句"春天刚刚起首,冬天也有尽了的时候",使全剧定格,让观众看到了"绝望中的希望"。

让观众印象深刻的还有此剧的音乐,真是恰到好处,当有则有,当无则无,与剧情发展,与人物内心完全契合,只抬戏,不抢戏。无论是旋律,还是配器,都非常优美,托住了全剧,是话剧不可缺少的一部分,又具有音乐的独立价值。

舞台艺术是综合艺术,导演发挥着灵魂的作用。演员表演、舞美场景、音响灯光、特技效果等所有艺术部门都在导演的统筹之下。新版《家》的导演十分称职,打造了一部玲珑剔透的艺术佳作。剧中的一声闷雷、一道闪电,一阵虫鸣,都与剧情相融甚妙,激起观众心头的涟漪。不仅如此,导演还具有强烈的创新意识,使全剧具有高度的现代性。

现代话剧经过多年的试验探索,向现代影视艺术取长补短,打破了三一律的格式限制,打破了"第四堵墙"的限制,叙事方式更为自由灵动。看新版话剧《家》,这种感受特别明显。场景切换,一个暗场就可以搞定;表演区域,一束灯光就可以成形;舞美效果,甚至借鉴了影视特技的手法,比如剧终,大雪中数百米的红绸从空中落下,视觉冲击力带来了隐喻的多样性。现代话剧往往还有较强的超现实性和超验性。比如舞台上椅子的调整排列,代表着家族的阵仗,传导着巨大的压力。还有符号化的门窗在舞台上的移动组合,更具有多种象征意义的功能。

叙事角度的变化,是新版《家》作为现代话剧的又一种尝试。小说采取的是觉慧的视角,曹禺先生则以觉新为主线,而新版《家》又以觉慧为叙事人。某种意义上这是对小说的回归。从实际来看,叙事人的所指与能指,是有巨大差异的。作为叙事人的觉慧是全知全能的,作为剧中人的觉慧只能是他自己的。这种所指的全面性和能指的单一性,其实是矛盾的。不过,好像没有观众在意这种矛盾,反而很配合地接受了。这很有趣。我以为这是叙事方式的强制性与现代观众的默契。这种默契,可能也是因为影视艺术的长期熏陶所致,是许多其他当代叙事艺术不断创新的基础。

《家》写的是百年前的中国社会的缩影,是对封建家庭伦理的全面否定。这在当时的历史背景下无疑是正确的,值得肯定的。俗话说,乱世拆庙,盛世修庙。历史轮回,难以跳脱。百年后,我们再看这部文学经典、戏剧经典,难免会有新的思考。当下中国社会如何重构家庭伦理,找到安身立命的精神家园,就是一个重要的命题。

也许,我们需要一部新时代的《家》来回答它。

2022年9月30日

化陈腐为神奇

——评昆曲《蝴蝶梦》

看了江苏省昆剧院新编的昆曲《蝴蝶梦》后,我在朋友圈发了一段观后感:"庄周试妻,妻试庄周。一台好戏,谐趣横生。夫妻忠贞,男女对分。古今共情,人性永恒。人少戏满,最难功成。祝贺昆曲《蝴蝶梦》大获成功!一台戏可以养活一个团。"

这是我当时观剧后的直感,是内心的话。

说实话,《蝴蝶梦》的剧名让我有点纳闷,它与"庄生晓梦迷蝴蝶"相去甚远。再思之,庄生梦蝶,与庄生幻化成楚王孙,又似乎有相通之处。但这种剧名对于普通观众来说,还是有点绕。倒是原名《大劈棺》更为切题,它取材于《警世通言》卷二及《今古奇观》第二十回《庄子休鼓盆成大道》。同一题材曾被改编为京剧、昆剧、豫剧、秦腔等剧目。原剧的主要情节是庄周试妻,酿成悲剧。

庄周得道,路遇新孀以扇扇坟,颇以为奇,问其缘由,乃因其夫生前有约,如要改嫁,当等坟土干后。故其迫不及待,企图扇干坟土,早早改嫁。庄周回家试探妻子田氏。田氏赌咒发誓,绝不改嫁。庄周伪装病死,成殓后,却幻化为楚王孙,携一苍头(老仆)来吊唁。

田氏见王孙英俊年少,顿生爱慕,欲成好事。洞房中王孙假装头痛,谓死人脑髓可治,田氏乃劈棺取庄周之脑。庄周突然跃起,责骂田氏。田氏无地自容,羞愧自尽。庄周亦弃家而走。

这样的故事看似荒诞不经,却很诱人。虽然诱人,却过于陈腐。其宣扬的封建贞节观念,有违新伦理新道德,更与当下的时代精神格格不入。如不加以改造,是不宜演出和传播的。

著名剧作家罗周,化陈腐为神奇,从这一传奇框架中发现了独特的价值。她在保留了"庄周试妻"主要情节的基础上,添加了"妻试庄周"或曰"妻戏庄周"的好戏,使得全剧焕然一新。不仅新在故事,更新在人物,新在主题,新在风格。

这部新创昆曲《蝴蝶梦》,由《毁扇》《吊孝》《说亲》《回话》《做亲》《劈棺》等六折戏组成。从第三折《说亲》开始,田氏变得主动,到第四折《回话》,一半是庄周试妻,一半是妻试庄周,二人对白对唱,机锋迭出。第五折《做亲》庄周变得被动,不再是妻试庄周,而是妻戏庄周了,更是好戏连台。第六折《劈棺》直入高潮,田氏作势劈棺,受吓的不是田氏,而是装神弄鬼的庄周。而后二人和解,冰释前嫌恩爱如初。

编剧借田氏之口,引出全剧主题:"一檐之下,夫妻相疑,竟至于此。"实际上是从反面强调,夫妻之道,贵在信任。至此,全剧的主题获得了新生。这样的主题明人伦,接地气,有百益而无一害。

因为罗周的天才改编,田氏获得了崭新的面貌。她不再是水性杨花的荡妇,而是美慧过人的佳人。庄周也去了不少仙气,变成多情多义的才子,弄巧成拙,令人失笑。

因为罗周的天才改编，全剧由悲剧变成了喜剧，无论是夸张到极致的情节，还是戏剧手法的运用，特别是两只蝴蝶精彩的昆丑表演，都让全剧谐趣横生，让观众忍俊不禁。一些现代语汇的窜入，更让观众捧腹不已，诸如"男人的嘴，骗人的鬼""嗔痴梦不虚，我绿我自己""想你我夫妻，正当七年之痒，不甚恩爱"种种，莫不如此。

《蝴蝶梦》的艺术特色可以用"极简主义"四个字来概括。一是表现在戏剧结构上，从庄周试妻，到妻戏庄周，丝滑过渡，平添张力，而绝无生涩之感。二是人物极简。全剧只有庄周、田氏、楚王孙、苍头、书僮，五个人，一台戏，活色生香，满台生辉。三是舞美极简，继承了传统昆曲的美学特征，改一桌两椅为一框一几一帘，抽象又具象，富有象征意义，因剧情变化而指代不同。

《蝴蝶梦》还有三美，一是文辞之美。这是罗周戏剧创作的一贯特色。罗周的戏剧语言，是诗的语言，无论唱词还是念白，都有极高的文学品位。抒情比兴，信手可得，下笔成韵。与以往相比，《蝴蝶梦》是站在《缀白裘》辑录的石庞原著基础之上的创作，又呈现出元杂剧的特色，大俗大雅，文学与市井杂糅，合辙合规，而又生机勃勃。

二是音乐之美。乐队和舞台上乐工的配合，以管乐为主，其旋律音色营造了一种特殊的舞台气息，大有仙气飘飘之感。乐工登台，突破了传统昆曲的做法，却与歌队在古希腊戏剧中的做法异曲同工。

三是表演之美。这是江苏省昆剧院的豪华阵容，施夏明、周鑫、徐思佳以及两个昆丑演员钱伟、朱贤哲的表演精彩绝伦。周鑫的庄周，施夏明的楚王孙，一而二，二而一，配合得当，天衣无缝。特别是施夏明的楚王孙，风流倜傥，有一种让人无法抗拒的魅力。徐思佳的田氏，在审与被审之间的心理转换难度极大，徐思佳演活了这个田氏，这是传统舞台上的田氏所不能比拟的。

《蝴蝶梦》的结尾是罗周的神来之笔，庄周问田氏，如果未能发现楚王孙就是庄子休，会如何？田氏并不直接回答，反问庄周，如果自己未能识破，羞惭自尽，又当如何？这种灵魂拷问，让戏剧高潮之后，余音袅袅，不绝如缕。

昆曲的魅力代表了中国传统戏曲艺术之美。它既是传统的又是现代的，其程式手法暗合了现代戏剧所追求的"间离效果"，比如，舞台上始终存在的五位乐工，既是乐队的一部分，又似乎是一种符号，时时提醒观众，这是在演戏，不要入戏太深。这种提醒，是建立在对自身戏剧魅力高度自信的基础之上的。弄不好，它就是一种干扰。但《蝴蝶梦》却以此造成了一种独特的审美境界，我们既融入了剧情，又留一分清醒，时时响应着编导的设问。

总而言之，《蝴蝶梦》传承了中华传统美学精神，是创造性转化，创新性发展的成功范本。

江苏省昆剧院近年来成就非凡，传承经典如《牡丹亭》《白罗衫》，成绩斐然。新创精品，更是精彩纷呈。从《眷江城》到《世说新语》到《瞿秋白》再到《蝴蝶梦》，在昆曲现代化的道路上不断探索，部部出彩，可圈可点。尤其《蝴蝶梦》以其文学性、市民性、简易性而具有反复演出的可能性，其传达的主题是大有益于世道人心的。

如果说，当年《十五贯》一台戏救活一个剧种，我预感，《蝴蝶梦》一台戏可以养活一个团。

2023年2月16日

动物西迁的史诗再现
——评话剧《西迁》

话剧《西迁》令我惊喜。

我在十多年前就接触到这一题材,知道抗战时期有两次可歌可泣的特殊长征,一次是"文物南迁",一次是"动物西迁"。"文物南迁"被写成长篇报告文学,被搬上电视荧屏,取得了广泛的影响,而"动物西迁"却没有形成应有的传播效应。

所谓动物西迁,是指在日军逼近南京时,国立中央大学农学院的师生带着圈养的数百只良种动物西迁重庆的故事。这是人类历史上一次奇特的旅行,他们历尽艰辛,一路西行,克服了种种难以想象的困难,以苏武牧羊的精神保存了中国畜牧业的火种。其壮举、其功业、其精神当永铭青史。应当承认,由于牵涉到人与动物之间的复杂关系,这一题材更难实现艺术表达。

江苏省话剧院却迎难而上,运用最新的舞台艺术手法,生动展示了这一特殊的长征,见物见人见精神,获得了巨大成功。演员入戏,观众入戏。演出过程中掌声不断,喝彩连连。谢幕之后,观众久久不肯离场。一部话剧获得如此剧场效果,十分难得。它说明该剧的剧情、人物及其主题都打动了观众,让观众共情共鸣。艺术能够如此激动人心、温暖人心、滋润人心,善莫大焉。

编导从史实出发,构织了一群特殊的人物关系,饲养员、兽医、军人、中大学生、文学教授、逃兵、难民等组成了抗战大背景下的人物众生相,兼具历史感和沧桑感,浓郁浑厚。它写出了乱世的人生百态,写出了乱世的无助和漂泊,也写出了强者的坚守和坚持,写出了民族的意志和力量。

爱国主义、家国情怀是此剧的精神内核。所幸的是编导没有口号式地去表现,而是以扎实的人物塑造来表达。《西迁》中每个人的起点不同,但经过"西迁"的冶炼,他们的境界都获得了提升。情节是性格的河床,性格是奔涌的河流。综观全剧,几乎每个人物恰如河流一样都处在奔涌变化的过程中。这是叙事艺术的常识要求,却也是十分难得的境界。

王英郁是剧中的灵魂人物。他是农学教授,他对良种动物的价值有着常人难以企及的认识。他做出西迁的决定,是有着深刻的思考的,也是十分艰难的。他必须舍小家为国家,与妻儿分离,他带着动物逃难,让妻子带着女儿和襁褓中的儿子逃难。即使这样,在最困难的时候,他也曾经动摇过,几乎要放弃过。好在他与他的团队相互赋能,终于完成了这一史无前例的壮举。

饲养员吴俊是"西迁"队伍中不可替代的人物,但他从一开始不愿随队,到"见钱眼开",到最后为保护牛犊而牺牲,完成了人格的升华。

欧阳白从"人医"到兽医再到"人医",经过了曲折而丰富的情感历程。

袁天养与顾芳梅同为中大学生,却出身迥异,一个是信奉上帝的孤儿,一个是国军师长的千金。经过"西迁",袁天养由信"神"变成了信"人",顾芳梅则去了延安。

邢灿是师长的副官,剧中曾被调侃为师长的家丁,其实却是一个倾向于共产党的血性军人。他保护了顾芳梅,也影响了顾芳梅。

翁之亭是文学教授,他进入西迁队伍是因为宠物鸡的误闯误入,这一角色却为此剧平添了许多趣味。他为众人写春联。他为了救助重病的王英郁,献出了自己的宠物鸡。他与王英郁一起恳求卢先生调配船只运送动物从宜昌到重庆。他身上的名士气,折射出民国风情。他的精神操守,是此剧主题的凝练表达。

……

话剧是独特的艺术,也是一门备受局限的艺术,它只能通过舞台上的人物对话来交代故事、推动情节、塑造人物。因而编导对剧中每个人物的前史后传的设计,就显得特别重要,这是创作的关键所在、功力所在,也是《西迁》大获成功的基础所在。

反转是话剧中常用的艺术手法。它能使戏剧性倍增。《西迁》的编导多次使用这一手法,收到了良好的效果。既有情节的反转,如邢副官奉命要带走顾芳梅,但顾芳梅坚持不走,于是,他毅然决定护送她一路西行。这一举动既出意外,又在情中。又如,宜昌待渡一节,先写军官逼船,再写王翁求船,最后二人齐跪,终于感动了卢先生调船运送。这种写法虽然与史实上卢作孚先生的义举稍有出入,但更加符合戏剧性的要求。更有人物的反转,曹大威以偷鸡逃兵的形象始,以与邢副官一起为引开鬼子而壮烈牺牲终,反差巨大,而让人信服。

剧中两个隐性的三角,显然是戏剧的套路,但好在分寸感掌握得恰到好处。欧阳白发乎情,王英郁止乎礼,未肯接受她编织的毛背心;袁天养对顾芳梅暗生情愫,却误解邢灿对顾芳梅的保护别有用心。这种手法无疑增强了话剧的观赏性,又无伤大雅。

总之,《西迁》是一部具有史诗品格的现代话剧,其题材之独特、主题之鲜明、情节之曲折、人物之丰满、情感之高贵真诚、节奏之恰到好处,都彰显了其不可忽视的艺术价值。

与传统话剧截然不同,《西迁》的戏剧结构打破了三一律,舞台呈现自由灵动。这是由现代化的舞美装置、大屏展示以及情景音乐的相互配合达成的,也是由观众接受心理的配合默契而实现的。从中,我们看到了话剧艺术在当下的崭新形态。它最大程度地扩张了叙事的自由。其核心是影视艺术与话剧艺术的相互渗透、交融。话剧艺术曾经为影视艺术提供了表演的基础和支撑,影视艺术为话剧艺术准备了时空切换的手段以及观众对蒙太奇的接受能力。说当代话剧是与影视艺术相互成就的,当不为过。

作为舶来品的话剧艺术一百多年来已经融入本土,落地生根,得心应手地反映我们民族的情感和生活。《西迁》是由传统话剧向现代话剧蝶变的最新成果。话剧现代性的蝶变既是形式的,也是内容。这一进程并不顺利,好在结果是好的。《西迁》给我们的启示是,新瓶装新酒,也许水土不服,但新瓶装老酒,滋味犹深。

当然,好戏都是磨出来的。我以为《西迁》还有两点上升空间:

一是加强细节的力量。情节可以虚构,细节却难以虚构。如果此剧能够围绕西迁过程中饥寒交困、酷暑难当等特定场景再编织一些独到的细节,甚至以细节推动情节,《西迁》就可能更上层楼了。

二是作为一部人偶剧,如果在动物人格化上向前迈进一步,在神、人、兽之间进行灵魂拷问,《西迁》一定能别开生面,境界一新。

2023 年 4 月 2 日

诗化的《红豆》及其得失
——评锡剧《红豆》

无锡锡剧院推出小剧场锡剧《红豆》，让我惊艳。

艺术总是在局限中显身手，小剧场艺术尤其职此。看小剧场锡剧《红豆》却让我觉得，小剧场不小。它小在体量，小在人物关系，小在故事的复杂程度，但没有小在主题，小在题材，小在艺术的魅力上。《红豆》既有小剧场艺术的小巧精致，却也有大剧场艺术的宏大深沉。或者说，《红豆》以小博大，取得了大剧场艺术的效果。

《红豆》写的是昭明太子萧统和女尼慧如的爱情故事。据说，这个爱情故事是无锡地区或者江南历史上著名的四大爱情故事之一。恕我孤陋，看《红豆》之前，我只知范蠡西施、梁鸿孟光、梁山伯祝英台的故事，还不知道有萧统慧如爱而不得的凄美。一个太子，一个女尼，既要跨越僧俗之界，又要跨越王公平民的鸿沟，这种关系太过奇特，这种爱情太过艰难。当然，正因为奇特和艰难，才有故事，才有戏。

不过，编剧却构织了诗化的剧情——

南梁，无锡香山寺，太子萧统与女尼慧如诗书知交，渐生情思，却囿于身份之别,隐忍在心。几番辗转,二人于红豆树前相逢,欲诉还休之际,萧统遭受构陷,禁足问罪。慧如面见梁武帝,为证萧统清白,自溺于宫廷莲花池台。萧统获释,携《文选》寻觅慧如,悲恸之中,似见江水茫茫处,一株红豆树升腾茁发,赤如烟霞。萧统满含欣喜,呼唤着慧如,向江水深处行去……

诗化的剧情加上诗化的唱词,加上诗化的导演手法,再加上演员的精彩表演,让这部小剧场锡剧名符其实如"红豆"一样玲珑剔透,十分可人。如果说王维的"红豆"诗,构成了中国文化的经典意象,那么,这部"红豆"剧,则是这一经典意象在当代舞台的呈现。如此,不论是从挖掘地方文化的角度,还是从传承中华优秀传统文化的意义上来看,无锡锡剧院都是做了一件功德无量的事。

作为小剧场艺术,《红豆》有着高度精简的艺术特色:一是人物关系精简。除了拟人化的欢喜石、相思子担当配角承担叙事功能,剧中人物只有萧统、慧如、萧衍三人。二是演员阵容精简。三个角色只有两个演员。蔡瑜演慧如,情深情痴,俊雅高洁。王子瑜一人而二角,既演萧统,又演萧衍,演出了鲜明的个性。演员在舞台上通过髯口和服饰的变化,瞬间切换角色,令人叫绝。传统戏曲中虽然也有一人二角的情况,但像《红豆》这样走到极致的,似不多见。三是舞台呈现精简。一石一树,方寸之间,既有深山古寺,又有朝堂宫禁。其中以"红线"寓"红豆",更见导演匠心。当然,这也是不得以而为之。红豆太小,只适合影视艺术用特写的手法加以表现,在舞台艺术中难以发挥应有的作用。好在在中国文化的语境中,"红线"本身就是爱情的隐语,以"红线"代"红豆"之光,其寓意高度契合。

最为难得的是剧作对萧统、萧衍的人物关系、命运、性格的把握,也做到了"大事不虚小事不拘"。萧统虽是太子,却潜心著述,编撰《文选》。萧衍贵为天子,却担心大权旁落。史上所谓"蜡鹅厌祷",应该是剧中萧衍皇权魔怔的出处。萧统在剧中的结局,也暗合了落水受伤英年早逝的记载。

但是,成也萧何败也萧何。

编剧没有从萧统与慧如的特殊关系中编织情节,生发主题,而是别出心裁,在爱情故事中掺入了宫斗,让萧衍对萧统产生了怀疑。正当两情相悦之时,一道圣旨将萧统拘禁。拘禁的理由是有人举报太子谋逆。这使得爱情悲剧的因果关系相互脱节了。他们爱而不得不是因为佛门清规,不是因为阶级差别,而是因为本不相干的宫廷政治。结果,慧如为了证明萧统的清白,自溺莲花池。而后,萧统追寻慧如而去,沉于江中。这样的叙事构架,就显得生硬了,她是将两个主题的作品合于一处了。

从剧中首尾呼应的主题曲看,编剧的本意是表达"无情何以修文,无爱焉能参佛。三千菩提世界,一树红豆幽幽"的主题。但这样的主题其实是有些语焉不详的,观众也难以理解到位。至少"宫斗"的情节与此主题是有些"隔"的。这就像是打靶,偏移了靶心。

《红豆》的编剧俞思含是江苏近年涌现的青年剧作家,才思敏捷、才情勃发、才华横溢,推出过不少佳作。我相信,假以时日,沉潜研修,一定会创作出更多的精品,甚至经典。

2023 年 4 月 14 日

从小说到戏剧的成功转换

——评锡剧《涓生之路》

无锡锡剧院和东台锡剧团联合推出新创锡剧《涓生之路》,大获成功。观众现场气氛热烈,喝彩连连。一部改编于或曰取材于鲁迅百年前小说的锡剧,能让今天的观众叫好,一定有其道理。

鲁迅是伟大的文学家、思想家、革命家,他的许多小说都被称为经典,被改成不同的艺术形式。其中,作为戏剧搬上舞台的就不在少数。诸如《祝福》《孔乙己》《阿Q正传》等。

《伤逝》写于1925年,也曾经被改编成电影和多种舞台剧。这是鲁迅唯一的爱情小说。故事很简单,青年文员涓生与同气相求的姑娘子君相爱。没有父母之命,不用媒妁之言,二人毅然同居。这在"五四"时期可谓世骇俗之举。子君说"我是我自己的,你们谁也没有干涉我的权利"。这几乎是中国女性的独立宣言。不过,他们的叛逆还是遭到了社会的报复,涓生失去了工作,他们也就失去了生活的来源。涓生不得不让子君离开,子君却无家可归,不得不走上了绝路。小说名为"伤逝",其实就是"悼亡",通篇都是涓生的悲哀和悔恨。

就小说而言,我以为其主题就是鲁迅杂文"娜拉走后怎样"所曾表达过的。鲁迅在1923年这一著名演讲中断定,娜拉出走以后只有三条路:堕落、回家或者死掉。子君的命运其实就是娜拉出走后的命运的一种——死掉。可以说,鲁迅是用小说的方式演绎了一遍娜拉走后的情形。娜拉是觉醒了的玩偶傀儡,子君是觉醒了的新女性,但她们所面对的困境是一样的,即没有经济权的独立,女性是无法解放的。小说中鲁迅借用涓生之口说出了"人必生活着,爱才有所附丽"的至理名言,这是小说《伤逝》的深刻性所在,也是鲁迅作为思想家的敏锐洞见。

编剧仲春梅曾经创作过《云水谣》等多部戏剧佳作,有很强的创作能力。但要改编《伤逝》这一小说名篇,还是很具挑战性的。小说只有涓生的视角,只有涓生的内心独白,是一部抒情小说,能够构成戏剧冲突的实际情节内容并不多。面对这样的原著,编剧一定是颇费思量的。改编也好,取材也好,创作这部剧本本意是为了向原著致敬。既是致敬,就当忠实于原著。如此,在忠实与创造之间就有一个如何抉择如何把握的问题。原著创作于百年前,其主题在于妇女解放,在当时是一个切合时代大潮的热点话题。一百年时过境迁,中国妇女的命运已经有了根本改观。这样的主题对于当下的观众可能就有些"隔"了。克罗齐说,一切历史都是当代史。文学创作更是如此,只有把准当下观众的脉搏,才能激起强烈的共鸣。

于是,我们看到,《伤逝》变成了《涓生之路》。

《涓生之路》的主题在原有的妇女解放的基础上,又生发了涓生的职场故事——在是否为局长儿子当"枪手"的问题上做足文章。编剧显然吃透了原著精神,从这一精神中生长出一系列人物和故事。这些人物和故事都与五四时期特定的年代氛围相吻合。易局长及其儿子易升、房东太太及其女儿小东西,还有阿力和郝大爷,都是具有时代特色的小人物。围绕这些小人物,塑造了涓生的形象,描绘了涓生的心路历程。从涓生被迫为易升代笔撰稿,到新闻记者会上情不自禁坦露真相,生动地反映了涓生的沉沦与觉醒。涓生的觉醒,让易局长父子十分难堪。于是易局长以涓生与子君同居有伤风化为由解雇涓生,直接导致涓生与子君的分手,导致子君的悲剧。如此,涓生的新生与子君的悲剧两条线绞合在一起,织成了一部脱胎于《伤逝》的《涓生之路》。它以漫画化的风格为我们刻画了百年前的"官场现形记",其中况味具有某种永恒的意义。正是在此意义上,《涓生之路》接通了与当下观众的共情点。我们完全可以说,这是创造性转化创新性发展的成功尝试。

当然,作为舞台艺术,《涓生之路》的成功是多方面的。有三点让我印象深刻,一是导演出彩。这种出彩在于对现代舞台艺术手法的熟练运用,在于对传统戏剧手法的创新,对全剧人物和节奏的把握。比如,剧中以折扇当小狗"阿随",以拟声表现油鸡,皆得传统戏剧之三昧,又有创新和突破。二是演员出彩。饰演涓生的王子瑜,饰演子君的蔡瑜,是锡剧舞台上十分优秀的青年演员,他们把这两个"五四"时期人物形象刻画得惟妙惟肖,把人物的气质演出来了。其他配角演员也十分生动,举手投足之间戏份十足。三是音乐出彩。器乐和唱腔皆优美动人。比如表现涓生与子君爱情的旋律,缠绵悱恻,打动人心。我甚至以为,优秀的作曲家可以据此创作出类似小提琴协奏曲《梁祝》那样的经典之作。

2023 年 5 月 14 日

活色生香的扬剧《郑板桥》

天地间得一好戏,须得天时地利人和。扬剧《郑板桥》就是幸得了诸种要素的一台好戏,编剧、导演、演员、音乐、舞美、造型之间相互成就,堪称完美,实在值得庆幸!

在我看来,《郑板桥》具有五美:结构之美,人物之美、文辞之美、意境之美、主题之美。

对于观众来说,结构之美其实是隐形的,但却是有力的。编剧用一个楔子挑起了上下两篇,使得全剧结构形同哑铃,有一种对称之美,构成了艺术的张力。上篇是"十载扬州作画师",共有四节:《道情》《偷儿》《画枷》《前缘》,写了郑板桥与饶五娘的奇缘,与卢抱孙的结识,与张从的过节。楔子是"一枝一叶总关情",直写郑板桥到潍坊作县令开仓放粮一节。下篇是"任尔东西南北风",也是四节:《归客》《虹桥》《狗肉》《石头》,写其晚年再居扬州的故事,写得波澜起伏。既有对八怪凋零的感伤,又有张从骗画的奇峰突起,还有卢抱孙案发被捕的不胜唏嘘,更有寒士赠阅《石头记》的"飞来石"一般的逸笔巧思。这种构思之奇特,针线之绵密,不禁令人叫绝。

人物之美主要体现在主角郑板桥上，还体现在配角卢抱孙、张从和饶五娘上。虽然着墨不多，但人物形象却呼之欲出。卢的爱才惜才、爱财贪财，以致官场沉浮，让人感慨。张从的飞扬跋扈、挥金如土、投机钻营，活灵活现。饶五娘的美艳痴情、开朗泼辣，真正是郑板桥的福星。这些人物的精心设置是别具深意的，卢抱孙代表官场，张从代表商场，饶五娘则代表情场，郑板桥的形象就在与他们的关系中得到塑造和凸显。

文辞之美在于剧中的唱词和念白。这是罗周创作的一贯特色。比如，郑板桥从潍坊卸任后回归扬州时与五娘唱道："五娘啦，不是板桥梦扬州，而是扬州梦我不胜愁。当初一别年岁久，那虹桥樱桃，隋堤杨柳，常记酒人个个，诗人某某，璨烂花径，点点沙鸥；思故地如美人，风流依旧；却叫她执手间，笑我白头。"这种唱词在全剧中几乎是信手拈来，俯拾皆是。

意境之美，既在一头一尾的设计上，也在全剧氛围的营造上。全剧以"板桥道情"始，以"板桥道情"终，加之中间又穿插一次。"板桥道情"的三次运用，实在精妙，既突出了板桥独特的个性，也强化了全剧的意境。而将板桥所画的兰竹石布局于全剧，既体现了板桥的精神，也烘托了全剧的意境之美。特别是郑板桥在墨竹图上题诗一节最为动人。"衙斋卧听潇潇竹，疑是民间疾苦声。些小吾曹州县吏，一枝一叶总关情"这首千古绝唱，对全剧有画龙点睛之功。

主题之美集中在郑板桥的人格之美。他的为官之道，他的书生本色，他的为民情怀，他的文人性情，他的诗书画三绝的才情，他对生命意义的坚守……焕发出理想的光芒。这是作者笔下的理想人格,也是千百年来中国优秀传统文化的理想化身。从这个意义上说,扬剧《郑板桥》实现了其创造性转化创新性发展的真正价值。

扬剧《郑板桥》还有一大特色,就是正剧之中含有强烈的喜剧色彩。喜剧色彩是扬剧这一地方剧种的特色,但在许多作品特别是其古妆戏中是较难体现的。罗周却凭借过人的才情,挥洒自如地植入了许多喜剧元素,如郑板桥与五娘的离奇相识,郑板桥将夜访的卢抱孙误作小偷,张从作为盐商的炫富出场,卢抱孙升官后回到扬州的春风得意,老糊涂用"狗肉骗画"的奇谋绝计等,都充满喜剧色彩。剧中,喜剧效果有时又得来全不费功夫,比如,板桥从潍坊归来,五娘一句"扬州房贵",即赢得满堂彩。这种喜剧效果是编剧认识到郑板桥作为扬州八怪之"怪"与扬剧的喜剧特色有着天然的契合而着意创造的结果。

更为难得的是,用扬剧写扬州八怪的《郑板桥》,既有十分雅致的文学品格,又有充盈的市井气息。在人物关系中,在情节推进中,在台词唱词中,布满了许多历史信息,诸如盐商、官员、市民、家班、狗肉、嫁妆、彩礼、抬轿、戴枷、斗酒甚至三把刀,等等,都呈现了那个时代扬州生活的杂色,让全剧成为一个反映扬州历史场景和生活方式的多棱镜,色彩斑斓。

剧本是一剧之本,但再好的本子,也只是本子,它要立在舞台上,才算完成,这就需要表演、导演、音乐、舞美等各部门的全力配合。"扬剧王子"李政成是此剧成功的灵魂人物。他以极大的热情投入到该剧的创作中。从出场到谢幕,郑板桥这一人物的举手投足、唱念做打都是经过精心设计的。出场时中年的郑板桥,终场时年迈的郑板桥,身形步伐都有明显的差异。好演员才能如此细致入微地将人物内化于心,外化于行。他的唱腔和表演既有扬剧的底子,又有京昆的特色。剧中,他与郑板桥已经合为一体了。他让观众相信,他就是郑板桥,郑板桥就是他,他是饰演郑板桥的不二人选。因为此剧的成功,说他是扬剧表演艺术家,当不为过。其余配角演员都很称职出色,多次赢得满堂彩。

导演韩剑英与扬州扬剧团多次成功合作。在这部剧中,特别突出了"机趣"二字。李渔说:"机者,传奇之精神;趣者,传奇之风致。少此二物,则如泥人土马,有生形而无生气。"此剧的机趣原是剧本提供的,但导演敏锐地抓住了这一特点,在舞台上做了放大和强调。如第二场小偷一节,显然借鉴了京剧《三岔口》的"误会法",妙趣横生。还有,饶刘氏与郑板桥的讨价还价,张从出场时大摆炫富的派头,卢抱孙复出时颠轿一节中与衙役的打趣,老糊涂以狗肉骗画后,郑板桥与张从关于大糊涂小糊涂、贪心与贪嘴的对白等,都深得机趣之妙,让全剧活色生香。

编剧罗周是不世出的个中高手。她写郑板桥,真正做到同气相求,与郑板桥的精神世界合二为一了。她在历史、传说与民间故事中自由出入,为观众创造了一个她心中的郑板桥,用她自己的话说就是——

"我跟着郑板桥走过了繁花似锦的扬州,无数金箔纷纷洒落,迷离了众人之眼。我们走过纸醉金迷,它脆弱得像被美酒浸透的丝绸,而后,走入一片空茫,孤独又泰然。

"板桥先生,平生好画兰、竹、石头,道是'四时不谢之兰,百节长青之竹,万古不败之石',那便由着他挥洒瀚墨吧。剧中竹兰石三画。画出的是他自己:那'千秋不变之人'。

"沉沦、放弃是何等轻易,何等常见。胆怯、贪婪、嫉妒、好胜、傲慢……都能使人迷失生命之舵,再一经雨雪扑打,不免直堕渊底。郑板桥呢,他始终如一,荣名利禄从他身上滑落,就像微风拂过翠竹,一阵'沙沙'低吟,再不着一丝痕迹。

"这便是我心中的郑板桥,我想写的板桥先生。我连缀一个个小段子写他;我以两度客居扬州之上下两本为结构写他;融合'诗书画'三绝写他;用盐商、官绅之沉浮迁变来反衬他;又不忘以俏丽的爱来温暖他,以百姓的敬慕来慰藉他……令他低入尘土,受尽苦寒,又跃然而出,好似海上升起了明月。

"这是被普通、平淡人生孕育的崇高,是在坚守、清白中实现的永恒。"

通观全剧,罗周显然完美实现了她的艺术理想。

扬州扬剧团近十年来推出了《衣冠风流》《不破之城》《鉴真》等古装戏,多为扬州本土题材,却大有中国精神价值,取得了令人欣喜的成就。这些优秀剧目将扬剧这一地方剧种带入了一个新境界,有时几乎可以与京昆相媲美。但同时,如何既学习京昆,又保持地方剧种特色,成为戏剧界的又一难题。好在《郑板桥》的成功,为我们提供了有益的启示。

2023 年 5 月 24 日

大国重器的舞台呈现
——评歌舞剧《攀登攀登》

由江苏省演艺集团和徐州市演艺集团联合出品的歌舞剧《攀登攀登》日前在江苏大剧院首演。有幸观看,深受震撼。这是一部反映徐工和徐工精神的歌舞剧。以歌舞剧解码一个企业的发展,是当今舞台艺术不可多得的创举。《攀登攀登》以徐工研制全地面千吨级起重机这一大国重器为戏核,描写了徐工人敢为天下先的精神和气概。从一个局部,一个侧面,以点带面,生动诠释了新时代大发展的因由。可以说,《攀登攀登》开创了用歌舞剧为时代明德、为时代画像、为时代立传的先例,善莫大焉,功莫大焉!

《攀登攀登》在文学上是经过了艰难选择和精心构思的。作为一部歌舞剧,它在文本上、文学上受到的限制可能难以想象,然而艺术总是要在局限中显身手。综观全剧,编剧是围绕徐工的灵魂三问来结构全篇。它回答了徐工的"我是谁?我从哪里来?我到哪里去?"徐工是中国工程机械领域的排头兵。徐工是1943年诞生在抗战的烽火之中的。徐工要在实现中国式现代化的征程中努力登顶。作为排头兵的徐工,是全剧描写的主旨。剧中呈现的是以陈云帆王路为代表的新一代徐工人研制全地面千吨级起重机的曲折过程。全剧没有反角。戏剧的力量来自于市场主体的压力、国际竞争的激烈以及技术瓶颈的束缚,而这些都在党的坚强领导下,在徐工人的奋力拼搏下,一一得到化解。全剧以徐工人的群像为"敢于斗争、敢于胜利"的时代精神作了生动注解。这一切都与徐工的出身紧密相关。兵工厂的红色基因铸就了徐工人不畏艰难、自强不息的精神底色。也正因此,当剧中出现耿师傅回忆兵工厂遇袭一幕,观众不但不觉得突兀,反而为之深深共情。文学为全剧提供了人物、故事、情节、主题的基本框架,扎实而牢靠。

歌舞剧是勾兑了戏剧、音乐、舞蹈的综合艺术。其中的歌、舞,既是形式,也是内容。既是推动剧情,塑造人物的手段,也是观众欣赏的艺术本体。全剧的舞蹈赏心悦目,与之相辅相成的十几首歌曲,有的起到了宣叙调的叙事功能,有的承担了咏叹调的抒情功能,有的兼而有之。通过这种歌舞的有机编排,观众始终沉浸在一种亢奋的审美状态之中。

歌舞剧的表演是一种特殊的戏剧表演,也是一种特殊的歌舞表演。剧中角色"不说人话"。演员大多只能通过歌唱来表情达意,推动剧情。这让演员特别为难,既要能歌善舞,又要有戏剧表演的天赋。即使一般的舞蹈演员,也不再是单纯的跳舞,往往要配合剧情甚至塑造人物。这是歌舞剧的特色,也是歌舞剧的魅力,演员是在与观众的心理约定中完成创作的。通观全剧,《攀登攀登》的演员十分称职地完成了艺术任务。

最值得称道的是全剧的舞美,美轮美奂,高端大气上档次。将起重机解构为钢架组合的创意,令人叫绝,让舞台变得自由灵动。大屏冰屏的运用,令人称奇,实现了戏剧场景和情境的切换自由。这种创意装置,满满的"现代感""工业风",与题材属性高度契合。纵观当下的舞台,在舞美设计上有着极化的倾向,繁复与简约,或执于一端。《攀登攀登》显然走的是繁复的方向,而且走到了极致,实属难得,实属罕见。

所有这一切都离不开导演的精心布局、精准把控。演出的流畅、演员的情绪、节奏的缓急以及灯光、道具、服装等各部门的配合,其实都是导演安排的结果。最高的技巧是无技巧。最好的导演是看不见的导演。《攀登攀登》几乎看不到导演的存在,导演却无处不在。

歌舞剧又叫音乐剧,发端于19世纪的英国。它源于歌剧,起初曾以轻歌剧、喜歌剧的形式出现,后在西方日见成熟,产生了一批优秀之作甚至是经典之作,诸如《音乐之声》《妈妈咪呀》《歌剧魅影》《猫》《悲惨世界》等,享誉世界。歌舞剧进入中国将近百年,也产生了一批经典如《白毛女》《洪湖赤卫队》等,影响深远。但客观地说,中国的歌舞剧还有很大的发展空间。作为一种外来的艺术形式,它还需要在本土化民族化时代化的过程中继续淬炼,不断完善。近年来,歌舞剧又有兴起之势。省内有《九九艳阳天》《茉莉之音》,省外有《花儿与号手》等,引起了广泛关注。在这一波歌舞剧中,《攀登攀登》无疑是可贵的尝试,重要的收获。它对丰富人民精神世界,增强人民精神力量提供了新的途径和示范。

2022年11月4日

歌
柳

大有益于世道人心的弹词《牵手》

生活有时比艺术更极端。

有谁想到,一对夫妻结婚五年后,晴天霹雳,妻子突然因遗传性疾病变成了盲人。有谁想到,丈夫不离不弃,愿给妻子当眼睛。十一年后,晴天又响霹雳,丈夫遭遇车祸,变成了植物人。有谁想到,盲妻不离不弃,照顾丈夫当保姆。又十年后,盲妻终于唤醒了植物人……这是人间的真情,这是天上的传奇,这是发生在张家港凤凰镇的真实故事。主人公被评为"中国好人",受到全国表彰。如果没有生活本身的真实,你很难想象什么艺术作品会想象出如此极端如此离奇的情节?

艺术有时比生活更极致。

中篇弹词《牵手》将这一传奇搬上舞台,因为艺术的构思和提炼,它比生活本身更极致,更精彩。这篇弹词,共分三场:一曰惊变,二曰劝妻,三曰奇迹。说表叙事,唱词抒情。叙事生动,抒情浓墨重彩,贴心合理,丝丝入扣,具有独到的艺术魅力。

"惊变"是三档弹词,主要通过慧芳、志清和婆婆三个角色,写了慧芳眼疾突发失明的人生剧变。慧芳的哀告、婆婆的求告、志清的泣告,句句打动人心。

第二场"劝妻"用双档的方式,唱出了夫妻二人的生死之情。慧芳不能承受失明的打击,投河自尽。虽幸而得救,但心如死灰。志清百般劝说,以使其恢复生意。无论是慧芳的求死之心,还是志清的劝慰之情,都十分动人。或者说,求死之心愈切,劝慰之情愈真。直到志清喊出"让我来做你的眼睛",纵使铁石心肠,也要回心转意。这种艺术的张力,几乎浑然天成。

第三场"奇迹"再用三档的方式,讲述志清遇车祸变成植物人后,盲妻慧芳不离不弃,尽心服侍十年,终于唤醒丈夫的奇迹。演员在几个角色之间切换,忽而是慧芳,忽而是志清,忽而变成婆婆,忽而变成父亲。围绕是否将志清送康复医院的冲突,婆婆劝、父亲逼,慧芳断然拒绝,反复陈情。其情其景感人至深,志清终于挣扎着醒来。在劝、逼和陈情之中,将慧芳十年来的千辛万苦表现无遗,将慧芳对丈夫的一腔深情表现无遗。人间什么最珍贵?唯有真情动天地。

这种患难与共生死不渝的爱情值得多种方式去表现。"苏州评弹"这一艺术形式的优势在于小巧灵活,接地气,直击人心。弹词的作者深入人物的内心,写出了掏心窝子的唱词,辅以专门定制的旋律,以情叙事,以事抒情,几个唱段简直可以催人泪下。

《牵手》的演出,大有益于世道人心,它像一粒明矾,沉淀了这个喧嚣的世界多少欲望的泡沫,让每个听友的心头泛起阵阵涟漪。

《牵手》的成功是张家港评弹团的成功,也是苏州评弹这种传统艺术的成功,它说明评弹艺术不仅可以传承传统经典曲目,同样可以反映时代、反映生活,同样可以谱写主旋律。甚至可以冀望,评弹艺术的生命正在于不断地创新和发展,新的经典可能且必然产生于这种创新和发展之中。

2015 年 11 月 5 日

寓教于乐 曲艺有意
——通州杯小剧场曲艺节目观摩印象

仲春之时,我在通州观摩了三场全国小剧场曲艺节目展演,开心之余,亦有所思。

一、总体印象

曲艺源于民间,最接地气;又高于民间,各有绝活。曲艺非一般人所能为。也正因此,曲艺才有生命力。作为一种说唱艺术,不仅有说唱,更有表演。观众看的就是说唱中的表演,表演中的说唱。

此次展演的有来自全国的各种曲艺形式,诸如相声、小品、评弹、评书、单弦、呱嘴、二人转、莲花落、快板书、山东快书、河南坠子等,都达到相当高的水平。这些作品描摹时代,反映民生。从中可以一窥社会百态、人心端倪。观众在欢声笑语之中,鼓掌喝彩之时,感悟主旋律、接受正能量。

寓教于乐是曲艺的使命,也是曲艺的本质。娱乐是首要的,没有人看曲艺是为了来受教育的。但仅有娱乐是绝对不够的,优秀的曲艺总要让人在笑声中得到思考和启迪。对于曲艺来说,娱乐可能是相对容易的。但价值观的有无和正确与否,更是曲艺的命门。通观此次展演的节目,恰恰是在娱乐和教化的结合上,成功了。

二、 生机勃勃的相声

相声是最有影响力的曲艺之一。只要有华人的地方,就有相声。但是近年来,因为小品的兴起和其他文艺样式的繁荣,相声曾经有式微之忧。好的段子少了,好的演员少了。但是通观这三场展演,感到相声后继有人,前景可喜。三场演出共有12场相声,占绝对优势。且大多是中青年演员,他们基本功扎实,说学逗唱,样样过硬。

这些相声,既有传承又有创新。

传承的是老套路、老方式。比如《新空城计》,用方言唱空城计中诸葛亮、司马懿的唱词,妙趣横生。比如《老拜年》,用飞白的手法演唱各种知名歌词,比如《杭州爱情》将苏小小、白蛇传、梁祝等故事进行串烧,都可以看到传统的影子,它们是传统相声惯用的手法。

创新的是新题材、新内容。如《困男》反讽了青年学生中的慵懒现象。如《财从天降》对富二代和不劳而获的错误思想进行了辛辣的讽刺。又如《老朋友》,通过一个日本老兵的忏悔批判了日本军国主义的罪行。

这充分说明相声界的创作路子正确,价值观鲜明。

当然,总体上看,相声演员的表演水平要高于相声作品的创作水平。相声创作仍然是一个艰巨的任务。

三、勇于创新的苏州评弹

三场展演,三部评弹作品,展示了三个题材,充分展示了评弹艺术界锐意创新的精神风貌和创作水平。

《碧水蓝天》讲述了一个有趣的故事,某环保局长贪腐案发,拟逃亡国外,在机场出境处被截。情节集中,主题鲜明,人物生动,形象饱满。既有反腐倡廉内容,又有对生态文明的展现。

《欢喜冤家》从拆迁小区的环境卫生开始谈起,逐渐涉及邻里关系、人生道路,由点及面,层层展开,呼唤新农村建设不仅要新物质,更要新精神。

《杰克 and 露丝》用苏州评弹讲泰坦尼克号的故事,超出了我的想象。这是典型的海派文化才有的创新之举。

从这三部评弹,可以看出评弹艺术界的努力,看到评弹艺术的希望。不仅有传承,更有弘扬。这种传统艺术照样可以反映当下的生活,反映当代人的思想和情感。

当然作为精品,还要注重区别评弹艺术的说表功能和唱词功能。前者重于叙事,后者重于抒情。如果叙事更生动,抒情更纯粹一些,就更好了。

四、出人意料的二人转

二人转是东北特有的地方曲艺。坦率地说,它远离阳春白雪,比较下里巴人。也正因此,它具有很强的群众性。我曾在东北看过原汁原味的二人转,那份热烈泼辣幽默欢乐,至今难忘。

但是看了闫淑平、佟长江表演的二人转《天下娘心》，却颠覆了我对二人转的印象。二人转这样的艺术形式竟然也能表现全国道德模范这样的题材，这是一次大胆的突破，应当为之喝彩。

《天下娘心》讲述的是一个奇特的故事，土家女罗长姐的儿子在部队当兵不幸患上了脑炎，神志不清。罗长姐不给部队添负担，接回残疾儿子，照顾三十五年，吃尽千辛万苦，青丝变白发，终于唤醒儿子沉睡的心灵。

两位艺术家的表演可谓炉火纯青。一曲歌罢，感人至深。

五、奇特的呱嘴艺术

"呱嘴"是二人台的开场部分。

二人台，又称"二人班"，是河套地区特有的曲种，因其曲目大多采用一丑一旦二人演唱的形式而得名。二人台的传统曲目多以描写劳动生产、揭露旧社会黑暗、歌唱婚姻爱情等为主要内容，富有浓郁的生活情趣，另有部分表现神话故事和历史故事内容。

我没有看过二人台。我是第一次看呱嘴，真是大开眼界！这种民间艺术给我留下了极深的印象，演员王舜的精彩表演赢得了满堂彩。男扮女妆，少扮老妆。抖肩扭腰，亦步亦舞，大段台词，似吟似歌，王婆的形象似一朵奇葩绽放在舞台上。

用呱嘴这一形式，表现水文化，宣传节约水保护水的理念，是二人台艺术的创举。滑稽幽默夸张的表演，反复对比强调的修辞，让观众在欢乐中接受熏陶，它在民间一定能够起到事半功倍、润物无声的效果。

六、 喜出望外的小品

小品是近三十年才兴起的艺术,它究竟是属于戏剧,还是属于曲艺,各有说辞。此次参演的小品共有三个,都是南通市通州区文广新局组织创作的。其中《审舅舅》的艺术水准让人惊喜。

这个小品用传统戏曲常用的方式,塑造了一个好知县的形象。窦知县衣锦还乡看舅舅,其舅舅却演了一出仗势欺人的假戏考验外甥。结果,窦知县在情与法的矛盾中经受住了考验。

小品构思精巧,表演松弛,其中运用黄梅小调,尤其生动风趣。好笑处时时让人捧腹,感人处直教人泪洒衣襟。从文本到表演,其作品的完整性,均让人喜出望外。

这样的小品即使在国家级的舞台上演出,也不逊色。

盐城是江苏小戏创作的重镇。现在,南通市通州区大有急起直追之势,可喜可贺。

七、 河南坠子的优秀传统

河南坠子源于河南,是由流行在河南和皖北的曲艺道情、莺歌柳、三弦书等结合形成的汉族曲艺形式,有一百多年的历史。中华人民共和国成立以后,河南坠子就形成了以新故事宣传新人新事新思想的传统。

此次参演的两首河南坠子,都继承了这一传统。

《赔媳妇》描述了公安局长纠正错案,不仅登门道歉,还帮助找回事主未婚媳妇的故事,取材新颖,主题积极。

《劳模和妻子》则通过劳模忙于发明,以致家庭费用超支,孩子学费不足的故事,刻画了劳模敬业奉献的形象,最后工会组织奖励劳模,雪中送炭,解决了矛盾。

这两首坠子语言幽默、唱腔优美、表演生动,都有较强的喜剧效果。故事虽然短小,矛盾也不复杂,但与坠子这种轻型的艺术形式契合,是相得益彰的。其积极阳光的主题,都给人向上的力量,不可小视。

八、山东快书后继有人

山东快书已有一百多年的历史。它最早流行于山东、华北、东北各地,中华人民共和国成立后发展遍及全国。我小时候经常在广播里听山东快书。由于方言的差别,有的似懂非懂,听懂的部分觉得有趣。

此次看舞台上的山东快书,令人耳目一新。

一篇《蒋干盗书》取材自《三国演义》,一篇《借钱》则描写当前农村生活。

《蒋干盗书》可谓经典,将周瑜、蒋干的心理活动写得惟妙惟肖。

《借钱》的故事一波三折。农民郭三多嗜赌成性,妻子患癌,走投无路。他向表嫂借钱,被数落,最后痛改前非。村长发起募捐,表嫂和全村都伸出了援手。

这样的故事特别接地气,特别有教育意义。

山东快书,美在精粹,美在节奏。语言有韵脚,一人扮演数角。忽而是叙事者、忽而是书中人。忽而男、忽而女,忽而老、忽而少,忽而官、忽而民、忽而善、忽而恶……自由切换,一瞬三变,一气呵成。

这两篇山东快书的表演者一为赵磊,一为王超,两人正值盛年,其表演已如行云流水,可圈可点,可见山东快书后继有人。

中国之大无奇不有,仅以曲艺看,南北各异,东西皆奇,曲种繁多,精彩纷呈。

曲艺是文艺的轻骑兵。短平快,小而精,与民同乐,与时俱进。

我们应当重视曲艺,发展曲艺,繁荣曲艺。

曲艺的前途一定光明。

2016年4月28日

无评话不扬州

康重华是扬州评话大师,康派《三国》第三代传人,他家学传承,15岁学书,17岁登台,80岁离世。在漫长的舞台生涯中,博采众长,承前启后,不断创新,形成了说表口齿伶俐、交代清楚、自然流畅,表演潇洒脱俗、神形兼备、引人入胜的独特艺术风格,推动了扬州评话的发展。

在康重华先生诞辰一百周年之际,对他的生平、对他的艺术,进行全面深入的回顾研讨,很有意义。学习康先生的艺术魅力,研究和继承他的宝贵艺术遗产,对于认识挖掘扬州评话的发展规律,很有价值。不仅如此,我们纪念康重华先生,对于弘扬曲艺界优秀的人格精神和道德风尚,从而推动扬州乃至江苏的曲艺事业发展都大有裨益。

康先生最初学书很是奇特。他先由父亲康又华带到书场听书,回家后再请左邻右舍听其还书。还书时不苛求字字句句相同,但人物对白不能错,重要的字不能丢。这种崇尚神意的教育,大大激发了康重华的理解和创作能力,使得他的书"带有很大的即兴性,有时候竞技状态好,就有新的突破"。他数十年如一日,千锤百炼,兼收并蓄,不断丰富提炼说表艺术,从眼神、评话内容、语言表达等方面提升表演本领,将演示动作以表情为主,包含语音轻重、节奏快慢等的"虚神"表演拿捏得恰到好处。在内容上,他将原著较为简单的情节加以合理补充,进行细致生动的描写和表现,以致"说得活灵活现,使观众声泪俱下"。

他曾说过:"我觉得说传统书,不仅内容要改革,艺术也要改革,美的程式不能抛弃,但一抬手、一转身,全用戏曲程式,程式就要束缚内容,说法现身就受影响。"他说书减去了京剧表演的味道,使表演更自然,更接近生活。他还根据观众需要加以改进,讲究"方口圆说",用生活语言较多、方言土音较重、更通俗易懂的"圆口"来表述夹有文言味道、较为书面的"方口",既保留儒雅、简洁的风格,又最大程度地适应普通听众的审美要求,使经典曲目做到常说常新、常演不衰。

他一生表演不辍,晚年在有关部门的支持下,整理出版了"康三国"中的《火烧赤壁》《火烧博望坡》《火烧新野》《暗袭南郡》等,此外他还有若干《三国》评话录音保存下来,将自己的毕生所得毫无保留地奉献给社会,为后世研究"康三国"提供了宝贵的文字资料和音频资料。他还悉心指导沈荫彭等人,为他们指点迷津,提升技艺,为的是这门艺术得到更好的传承和发展。

康重华一生的艺术成就和思想精神是我们的宝贵财富,他用对事业不断追求的"精气神"传承了扬州评话的火种,用兢兢业业的一生铸就了扬州评话史上的丰碑。

扬州评话是中华曲艺百花园中的一朵奇葩,正因为有像康重华先生这样的艺术前辈孜孜不倦地为之努力,时至今日,它仍深受扬州人民的喜爱,成为扬州地方文化一张靓丽的名片。就像"无评弹,不苏州"一样,我们也可以说"无评话,不扬州"。没有扬州评话的扬州是不能想象的。

我们缅怀康先生,瞻仰这座丰碑,就应当像他那样,葆有对艺术执着坚定、精益求精的精神;就应当像他那样,继承传统而不囿于传统,不断发展创新,追求更高艺术境界;就应当像他那样,甘为人梯,无私奉献,提携后人。

2019 年 11 月 3 日

曲艺走亲亲更亲

很高兴回乡参加扬州曲艺文化走亲活动。扬州在海安人心中是一个"高大上"的地方。海安人有句谚语,叫官司打到扬州了,意思是炫耀,吹牛。可见在海安人心中扬州有点远,有点可望而不可及。

但是扬州曲艺,海安人却觉得很亲切。

海安虽然行政上属于南通,但方言上却属于泰州,而泰州过去一直是属于扬州的。如此,要说海安过去文化上属于扬州,应该也没有什么问题。这一点,从扬州曲艺在海安的影响之大就可以得到印证。我小时候就听说过皮五辣子的不少故事。皮五辣子楦房子,皮五辣子当活宝,都是脍炙人口的段子。说《清风闸》的扬州评话大师余又春就是我们海安人。我到现在还记得当年到县文化馆听扬州评话的情景。陈毅三进泰州城,就是那时候听说的。1982年,我参加高考的三天,借宿在县百货公司集体宿舍里,每天下午6点左右,都要听一段县广播站播放的扬州评话。我这样说不是吹牛说自己高考时多么轻松,而是说扬州评话太好听了,太有魅力了。

曲艺是中国传统的说唱艺术，是我们民族的瑰宝。优秀传统文化中的许多价值观、伦理观，都是通过曲艺舞台和曲艺人的说唱传播到民间，传播到人心的。在旧社会，它是黑夜中的一支火把，是饥寒时的一碗炒米，是口干时的一颗青梅，它给人民带来希望，带来慰藉，带来欢乐。在新时代，曲艺是文艺的轻骑兵，不仅给人欢乐，还给人鼓舞，给人以力量。

扬州文联发扬乌兰牧骑精神，带着扬州曲艺研究所的艺术家到海安进行文化走亲，是一件很有意义的事。

2020 年 11 月 2 日

评弹铸碑颂英雄

两弹一星元勋是真正的国之干城。无论什么时候，都不能忘记他们对国家、民族的巨大贡献！忘掉自己英雄的民族是没有前途的。

我看了中篇评弹《程开甲》很感动，很欣慰。我觉得吴江区评弹团做了一件正确而有意义的事。以吴江人民所喜爱的评弹艺术反映吴江人民的骄子程开甲先生的功业行状，真是再好不过了。程开甲先生是两弹一星元勋，是吴江的骄傲。评弹《程开甲》是家乡人民献给程先生在天之灵的敬礼之作！

艺术创作大多是虚构的。虚构不易，写实更难，为程开甲这样的科学家立传，难上加难。

评弹作者对人物有深刻的了解，精心构思，用两回书加序和尾声的结构，较好地完成了对程开甲这一形象的塑造。这一结构干净有力。上回书"闯天险"中沙疯子和送苹果两节让我印象深刻。沙疯子就是沙暴，这是沙漠中非常恐怖的"天灾"。演员精彩的说表，让人身临其境，为人物命运担忧。送苹果一节发挥了评弹的唱功，让我感动,这是将细节放大了来写。下回书"守马兰"也有两段很精彩,其中一包沙土,既反映了张蕴钰的爱国情怀,也观照了程开甲的爱国情怀,更抒写了二人的战友情。这包沙土不是一般的沙土,而是原子弹起爆塔下的一抔沙土,这是程张二人一生事业的见证,其意义非同寻常,在他们心中可以说是价值连城。此外,程开甲对夫妻团圆的梦境,也十分真挚感人。从这个梦境也可以反观科学家为了祖国的事业做出的奉献和牺牲,这是对"舍小家为国家"的最为形象的注脚。

以科学家为题材的艺术创作有一种特别的困难,就是难以描述科学家的工作。科学往往深奥,普通观众难以理解。评弹《程开甲》却巧妙地规避了这一难题,它始终聚焦于人物的战友情、夫妻情、爱国情。通篇情意满满,情意感人。情感永远是艺术创作的焦点所在。

评弹的序和尾声,写的都是程开甲回到故乡回到母校的情景。在内容上拉开了时空,在结构上形成了张力。其中程开甲与学生的对话,情动于中,让我特别感动。他说,同学们,说到苦,真的是苦,但是这种苦,比几百年来受到外国人欺负的苦,比贫穷落后的中国人受的苦,就不是苦。这是程开甲爱国情怀的独特表达。只有真正理解了人物,走进人物的内心,才能展现出人物的爱国情怀。

演员的表演也很投入。看得出他们是充满对程开甲的崇敬之情的。两个三档,说表唱相得益彰。尤其一些唱腔或激越或深沉或细腻或委婉,真挚动人。

总体上看,这部评弹是成功的。如果一定要找不足的话,那就是要在雅俗共赏方面更进一步。在曲艺中,评弹是最高雅的,但它的生命力一定在于通俗。总体上的创作视角,不一定要全是仰望;表演要放松一些,不要让人觉得"端着"。二是一些文字修辞要更平易近人一些,不要过于文学化。无论是说表还是弹词,都要让观众一听就懂,没有障碍。

2020 年 12 月 21 日

事非经过不知难
——评曲艺剧《盐阜往事》

昨晚看了曲艺剧《盐阜往事》,很感动,感觉新奇、兴奋。

这部剧从创意到剧本到舞台呈现,我一路跟踪,深知其中艰辛。昨晚的演出是成功的。台上的演员,不管是主角还是配角都是激情投入,音乐、舞美、灯光也配合默契,整台演出浑然一体,让我们沉浸在"盐阜往事"之中,感受到战火纷飞,感受到战斗青春,感受到壮烈的牺牲。观众的反应也非常好,剧场中不时响起阵阵掌声。我觉得看这台演出,灵魂是经受了洗礼的。

这部曲艺剧,演的是盐阜地区的抗战史。新四军挺进苏北、重建军部,华中鲁艺死难烈士……峥嵘岁月,历史积淀,都是盐城独有的文化资源。《盐阜往事》反映了那个时代的特色,信息量很大。全剧不只是聚焦于水乡荷花荡,还反映了十六铺、百乐门等十里洋场的景象,其中成衣店一节的戏相当精彩。抗日救亡的主题,新四军动员群众,减租减息,统一战线,华中鲁艺,包含的内容十分丰富。从这部剧中,我们可以看到特定历史情境下,盐阜人民生活的改变。这种改变集中体现在小山子、芦花、兰欣、王新明、王参议的个人和家庭的命运上。特别是小山子为了个人的解放,投入到民族解放的洪流中,并为之奉献出热血和生命,可歌可泣。用这部剧向党的一百周年生日献礼,非常合适。一百年风起云涌,一百年风云激荡,这一段历史具有永恒的价值,值得我们永远铭记。我们可以从中汲取实现中华民族伟大复兴的精神力量。

曲艺剧是一种创新的形式。这种形式,实不多见。虽然以前也曾有过相声剧、快板剧,但那只是单一曲种的曲艺剧。《盐阜往事》却用多种曲艺形式来结构,这是非常难的。事非经过不知难,我对编剧的胆识和才华深为佩服。

曲艺剧,曲艺剧,即用曲艺的方式达成戏剧的效果也。但曲艺和戏曲虽同是舞台艺术,却有很大的差别。曲艺,以说表为主,一人可饰多角,演员可以跳进跳出。戏曲,以演唱为主,一人只能演一角。这两种形式如何融合?不同的曲种又有不同的特点,如何兼顾戏剧的要求?它们如何作为叙事抒情的手段,来描写故事、塑造人物、表达主题?况且这部曲艺剧用了十多种曲艺形式,诸如方言快板、贯口、吆喝、评弹、双簧、绕口令、道情,等等,真是有千般掣肘万种牵扯,要求编剧统合协调。没有对曲艺和戏剧的烂熟于心,是不可能得心应手的。不仅如此,即使写出了剧本,要搬上舞台,也是难上加难的。仅仅演员,也要是戏曲和曲艺的通才。你是靠曲艺演员来演戏曲,还是用戏曲演员来演曲艺?

想一想,这样的曲艺剧真是太难了,但是《盐阜往事》却把一个几乎不可能的事情变成了可能。因此,我要对所有主创人员表示最热烈的祝贺!我很感慨,现在真是一个创新的时代。创新确实是新时代的主题。各行各业都是如此。前两年有杂技剧的创新，现在又有了曲艺剧。从艺术史的角度看，歌剧、舞剧、音乐剧，也是跨界融合的产物。我们的曲艺剧能否也有这样的前景？

《盐阜往事》还在试演阶段，还在打磨。提供几点拙见供参考：

一是剧中童养媳的"解放"太顺了。这是偶然性大过了必然性，独特性大过了普遍性。如果她的未婚夫不是中共地下党员王新明，她的准公公不是开明绅士王参议，她怎么可能轻而易举地得到解放和自由？这种"解放"恰恰消解了这一题材反封建的价值。

二是串联全剧的说书人太像主持人了。既是曲艺剧，不如用评话评书风格的说书人。

三是王新明牺牲后，小山子与芦花认王参议为父一节与其后小山子与芦花见面的戏，接得太紧，似欠合理。

以上几点，大多是技术性的，好改。

2021年1月13日

从《醉酒》看陈峰宁的相声艺术

相声是让人笑的艺术。陈峰宁用自己的艺术带给我们太多的欢笑。

陈峰宁的相声《醉酒》,我看一次笑一次。

醉酒是天然的相声题材,许多相声大家都有关于醉酒的段子。马季说过,师胜杰说过,马三立说过,侯宝林说过,都让人忍俊不禁,捧腹大笑。其中的一些段子已经成为经典,不仅在相声史上,在曲艺史上,甚至在中国艺术史上,都应该有一席之地。

在这样的背景下,陈峰宁居然敢于再说《醉酒》,确实胆肥!

陈峰宁的《醉酒》有几大特色。一是富有生活特色和浓郁的市井气息。他说的是底层群众的生活状态,特别真实可信。那醉酒的、吃酒的,好像就是我们的左邻右舍,就是隔壁的阿二。二是具有地域特色,一股浓浓的南京味儿。这不仅是由方言造成的效果,还有对南京市民生活的还原。三是时代特色。陈峰宁说的是当下的生活,自然渗透着许多时代的信息。这种时代特色也许不是他刻意营造的,却是最有价值的。这些特色,使得陈峰宁的《醉酒》从其他相声大师的同类段子中凸显出来。

《醉酒》的人物刻画深得中国传统小说的三昧,情节传奇,细节扎实。该相声入戏特快。几句喝酒的台词之后,就单刀直入,直接进入规定情境。喝酒者先是忘掉自家姓名,而后到澡堂泡澡,洋相百出。陈峰宁用得最多的艺术手法就是夸张。夸张是一种冒险,它游走在观众接受心理的边缘。这种尺度很难把握。增之一分,则假;减之一分,不足。陈峰宁把握观众心理,恰到好处。他的相声,说的是荒诞的行为,却有无穷的趣味。比如,失忆消磁,是醉酒的常态,但忘掉自家姓名,就出人意料了,但观众想想,又似在情理之中。而后,醉酒者拿起手机打电话找老婆问自己的名字,这一离奇的举止,越出了生活的常态和常识,却赢得了满堂彩。相声到此本可作结,但陈峰宁却灵光一闪,陡起一峰,让醉酒者到了澡堂子,与澡工斗嘴抬杠,居然要喝干满池洗澡水,结果吐了一池。这一情节匪夷所思,却让人大呼过瘾。

相声的魅力在于包袱。《醉酒》的包袱一个接一个,而且是炸响的。其中细节的真实起到了至关重要的作用。比如,醉酒者到了澡堂,扬言要喝干洗澡水,向澡工要吸管,澡工扔过来一只瓢,醉酒者用瓢将沫子撇开再喝。这些道具、动作,都是神来之笔,处处体现了细节的力量。由此,我们可以发现,好的相声段子在情节的夸张变形与细节的真实细致之间有一种相辅相成的辩证关系。这种特点不仅存在于相声,也存在于许多叙事类文艺作品中。

好的相声,不仅有笑,还有教。这就是寓教于乐。《醉酒》还有另外一个题目,叫作"小饮怡情,大饮伤身"。这就是作品的主题及其教化的意义。它对所有观众都是一种善意的提醒。这种提醒，历久弥新，具有永恒的价值。

《醉酒》是陈峰宁一个人的单口相声。我一直以为，单口相声比对口相声、群口相声更难。但陈峰宁完成得很好。现挂也好，角色之间的跳进跳出也好，他都能做到惟妙惟肖。他的表演松弛、生动、传神。说他是相声表演艺术家，是让人心悦诚服的。但我以为还不够。因为他表演的作品都是他自己创作的，实在难能可贵。除了《醉酒》，他还创作了一系列表现南京市民生活的相声，这些作品都受到了群众的欢迎。他对于时代的感受，对于世相的观察，对于生活的体验，对于不同人物的模拟，都是十分敏锐而准确的。从他的艺术成就看，应当无愧于相声艺术家这一称号。

如果从汉画像石中的俳优表演算起，相声可能已有两千多年的历史。近现代相声，南北争雄。当代相声，更是群峰并起，尤其方言相声，深受各地欢迎。这是相声艺术的新局面。陈峰宁用他的艺术实绩为这一新局面的形成，做了独一份的贡献，功莫大焉！

2021 年 11 月 22 日

文化自信的生动注脚
——评中篇评弹《教我如何不想她》

几天前我读过中篇评弹《教我如何不想她》的文本,感到喜出望外。今天看了江阴评弹团的演出,更是惊喜。从文本到舞台,从演员到舞美,从说表到唱腔,这个评弹是立住了。舞台呈现十分成功,感人动人,而且具有文化价值。我没想到江阴评弹团有这样的阵容,这样的水平,真的是可喜可贺!

《教我如何不想她》是刘半农创作的歌词,在中国新文学史上具有响亮的品牌价值。其中的"她"字是刘半农先生的发明,在这首歌中却有多种解释,有人说是祖国,有人说是恋人,就像郭沫若的"炉中煤"一样。诗无达诂。一百多年后,江阴人又通过中篇评弹《教我如何不想她》赋予这个"她"字以新的含义,这就是刘氏三杰的祖母和母亲。祖母夏氏、母亲蒋氏连个正式的名字都没有,却在历史上起到了至关重要不可或缺的作用。她们的故事看似平凡,却浸透了文化的汁液,它让今天的观众从中得到天启。

关于刘氏三杰的文艺作品已有不少,但这部中篇评弹将焦点从刘氏兄弟身上移开,对准了他们的祖母和母亲,可谓别出心裁。它找到了刘氏一门三杰的成长之因。这真的太宝贵了。这是一种新的发现,新的创造。

太平天国的战乱引起了刘家的灭门之灾,夏氏一夜之间失去丈夫和公公。如果不是她的坚守,就不可能有刘家后来的故事了。她领养了同族的孩子刘宝珊,捡养了弃婴蒋氏,撑起了刘家的一片天。她的坚忍不拔,她的善良大爱,是从苦难中淬炼出来的民族精神的具体体现。她只活了57岁,但却完成了上苍赋予的使命。蒋氏更为传奇,这个被抛在冰河上的女婴,如果不是夏氏的慈爱,早就无声无息地消失在历史的暗夜之中了。历史的偶然,总是能激发出惊天的传奇。蒋氏先与宝珊以兄妹相称,而后结成夫妇,她成了刘氏三杰的母亲。刘半农、刘天华、刘北茂,这些中国现代文化史上耀眼的人物,都由她而生,因她而生。蒋氏只活了35岁,但她的生命却转化为三杰的生命。伟哉壮哉!由夏氏而蒋氏而三杰兄弟,文化的力量一脉相承。刘半农对自己的祖母情深款款,他将家中的堂屋起名为"思夏堂",从中可窥一般。

评弹的作者善于选材和结构,上中下三回各叙一事,又从这一主体事件中铺陈人物,解剖心迹,让观众沉浸其中,感同身受。上回《野毛头》从孩童戏闹的矛盾中,交代宝珊和妹妹(蒋氏)的身世,写出了儿童心理,写出了生活的贫苦,两个孩子就着芝麻糖闻香,以及对鸡蛋的渴望,充分显示了饥饿困乏之下孩子的心理特征。而夏氏对邻妇的忍让,则显现了一种坚苦、明理的处世态度。最平易的行为,却是最有文化的力量。这就是厚德载物、自强不息的具体写照。它们对宝珊和妹妹的耳濡目染,绝对不可小觑。正是诸如此类的言传身教，潜移默化，最终形成刘氏的家风，形成刘氏三杰成长的必然。中回《亲上亲》从宝珊与妹妹成婚写蒋氏认母，进一步写出夏氏对明媒正娶的坚持，实际是对礼的重视。这也是一种文化的坚守。下回《积善家》写夏氏对不相识的远亲的救助，突出她的善良诚信。所谓积善之家，必有余庆。这些善良的种子，终于结成刘氏三杰的正果。它让观众相信，这一切看似偶然，其实必然。我们甚至可以推想，只要这种文化的根脉代代相传，即使没有刘氏三杰，也会有王氏三杰，张氏三杰。

至此，可以说，这部中篇评弹表面上写的是家风，实际上写的是文化。夏氏蒋氏言行举止中所渗透的是对传统文化中许多价值的自觉或不自觉的认同，诸如温良俭让、勤俭持家、俭以养德、严以律己、宽以待人、待人以诚、推己及人、忠恕之道、施恩不图报，等等。她们既是文化规范的产物，也是文化的化身。它为我们坚持文化自信，提供了生动的注脚。

《教我如何不想她》还有一点值得叫好，即它的"最评弹"的特色。它的题材旨趣与《玉蜻蜓》《珍珠塔》等评弹经典最为相近，既传奇又抒情，看起来是身世之谜、儿女情长、家长里短，却真正做到了寓教于乐，而无一点说教味。同时，它的表演也发挥了评弹的特长，说表之生动，唱腔之优美都为此作添色许多。诸如第三回夏氏到三叔家借钱一节，演员在三叔和侄儿平安之间围绕茶叶和鸡蛋的对话，富有机趣，每一句台词都有潜台词、话外音，满满的市井俚俗之态。这种艺术品质特别值得许多主旋律作品学习借鉴。

总之，《教我如何不想她》是苏州评弹界近年来不可多得的新收获,在当下建设中华民族现代文明的背景下,有着特别重要的意义。中华文明的连续性,在这样的作品中是可以得到见证和传承的。它是历史的,也是现代的,而且一定会生生不息地发展下去。我相信,经过进一步的打磨,这部作品一定能够走出江阴,走到苏州评弹的广大观众中去,走得更高更远。

2023 年 7 月 15 日

苏州评弹,有你真好

胡磊蕾要出曲艺文集了,邀我作序。

我以她为荣,为她高兴,但不敢贸然落笔。

我认识她已近八年。八年来,她不断以她的创作刷新我对她的认识,让我惊奇,让我惊喜。我不知道,稍一不慎,她还会给我怎样的惊奇和惊喜。

她给我发来十年间的作品目录,更是让我惊讶。十年之间,她在创作和评论两个方面都取得让人惊艳的成绩。这是一个怎样勤奋的人、多才的人呀!

她是省内也是国内为数不多的优秀评弹作家。她创作的改编的许多评弹作品获得过国家级省级曲艺大奖。她所涉猎的题材十分广泛,既有历史的,也有现实的;既有古代的,也有近代的;既有文化名人传记,也有革命斗争传奇;既有重大工程,也有中国好人……这表明她有宽阔的视野、敏锐的触角、广博的知识积累和旺盛的创作能力。她是一个青年作家,但不像一个青年作家。她的眼光是老辣的,文字是老成的,技巧是老道的。

她改编《雷雨》获得极大成功。敢在公认的话剧经典上动笔,没有斗胆是不行的。她出色地完成了《雷雨》从话剧到苏州评弹的转换,居然赢得一片喝彩。她是吃透了原著精神的,吃透了原著人物的。她将话剧的潜台词变成了评弹的内容,因而别开生面,写出了苏州评弹中的"这一个"繁漪。她为业界认同"改编也是创作"这一观点提供了最有力的佐证。

她创作的《顾炎武》让我喜出望外。几年前,我提出创作中篇评弹《顾炎武》的设想。顾炎武是明清之际的一代大儒,是中国思想史上的巨人之一。顾是昆山人,是苏州评弹之乡的乡贤,生前应该听过苏州评弹。我想,用苏州评弹这一艺术形式来塑造顾炎武的形象,传承顾炎武的思想,一定很有意义。我知道,这是一项十分艰巨的工作,因为顾炎武一生的行状思想都非常传奇深邃博杂,要用一个中篇加以展现——不论是表现或是再现,都是十分困难的。我担心,没有人能够担当此任。但是,胡磊蕾却勇敢地承担了这一任务。几乎同时,罗周创作了昆曲《顾炎武》。我通读过这两个剧本曲本,堪称当世"艺坛双璧"。

她应约创作《徐悲鸿》,同样获得成功。徐悲鸿是现代著名的美术家,其人生和艺术都富有传奇性。同类题材有回忆录、传记文学和电视剧等,影响广泛。这些内容既为评弹创作提供了素材和路径,也形成了困难和障碍。胡磊蕾精心构思,机杼别出,以四回曲目,写了徐悲鸿的爱情、友情、爱国情以及对艺术的痴情,让观众在苏州评弹的欣赏中悄然接受了一场情感教育。

《看今朝》是苏州评弹与陕北说书的混搭,曾经登陆央视元宵晚会,受到从上到下的一致好评。这是胡磊蕾从评弹作家到曲艺作家的过渡。她不仅专擅苏州评弹,还先后与京韵大鼓、四川清音、泗州戏、快板等结合,创作各具特色的精彩节目,发挥了曲艺"轻骑兵"的特长。她的成功实践使人相信,曲艺是相通的,是有可能一通百通的。

她对评弹的驾轻就熟、得心应手,得益于她的科班出身。评弹被称为中国最美的声音。能够从事这项艺术,真的非常幸运。她在舞台上的经验,对她从事创作实在大有帮助。评弹界的许多作家都有过舞台表演的经历。或者说,评弹创作是一项特殊的艺术创作,是冷门,是外人很难进入的。但是光有表演经验还不够。评弹演员很多,能够转行成为作家的不多。她先后进入南京艺术学院和南京大学深造,为她的转行打下了坚实的基础,为评弹界诞生一个优秀作家提供了最好的契机。

不过,胡磊蕾并没有止步于评弹创作,她又在向新的领域拓展。去年,她新创的锡剧《雪宧绣谱》再一次让我惊艳。剧作聚焦张謇与沈寿的柏拉图式的情感故事,是一次高难度的操作。胡磊蕾也借此完成了由曲艺作家向剧作家的华丽转身。

胡磊蕾正值盛年,她的创作潜能还会有怎样的爆发,让我们拭目以待。

2023 年 4 月 12 日

音乐是语言之外的语言

我认识崔新二十多年了,从他为电视剧《红蜻蜓》作曲起。他的音乐特别细腻,特别抒情,特别入世,特别诚挚,又能特别贴合剧情。

好些年不见崔新了。

今天猛然听到他的新曲民乐合奏《烟雨楼台》,我很惊讶。这是另一个崔新吧?

显然,曲子诠释了杜牧的《江南春》,尤其是后两句"南朝四百八十寺,多少楼台烟雨中"的意境尽在其中。曲子取材于佛教音乐,在崔新的统领下,既庄严又欢喜,既具体又空灵。

在哲学层面,音乐和宗教是相通的。《烟雨楼台》很好地体现了这一点。它既生动地描述了佛教寺庙的形象,又表达了照见五蕴皆空的思想。真所谓色不异空,空不异色,色即是空,空即是色。

听《烟雨楼台》,感受是复杂的,既兴怀古之情,又如念《心经》。这种情绪,让你宁静,让你澄明,让你温暖,让你说不清道不明,让你觉得音乐是语言之外的语言,不用翻译,不能翻译,却能意会,也只可意会。

崔新的配器完美地表现了他的曲子。我不懂音乐，但能感受到它的妥帖和巧妙。这首曲子是崔新为自己而写的，是能够留得下来的。

苟日新，又日新，日日新。这是一个新的崔新，我们应当刮目相看了。

2015 年 12 月 22 日

杂技、戏剧、影视艺术的成功嫁接
——评多媒体杂技剧《海星花》

昨晚,有幸在南通更俗剧院观摩了大型多媒体杂技剧《海星花》。更俗剧院脱胎于更俗剧场。这是由近代实业家张謇创办的著名剧场,曾经引领中国戏剧风气之先。顾名思义,其旨在更改旧俗。在更俗剧院,看杂技剧《海星花》,似别有深意。

确实,《海星花》不同一般,它也是艺术创作"更俗"的结果。杂技剧是一个新品种,正是艺术创新的结果。它将杂技与戏剧结合起来。杂技成为手段,为戏剧服务。戏剧则以塑造人物,表达情感和思想为己任。因此,相比传统杂技,杂技剧中的杂技削弱了炫技的色彩,增强了表情达意的功能。某种意义上,杂技剧类似舞剧,杂技的动作变成了舞蹈语汇。这种变化对杂技演员来说,极富挑战性,不仅要表演杂技,还要体验人物,表现人物,契合戏剧情境中的人物特征。杂技本身已经是高难度的动作了,必须全神贯注,全力以赴。杂技剧的表演却硬要演员一心二用。不能分神,偏要分神,危乎高哉,杂技剧之难,难于上青天。

多媒体的运用,将杂技剧推向了更高更新的境界。两道大幕,开合自如，前景后景，变换有据。舞台的旋转、平移、升降，与光影效果有机结合。海底世界、梦幻世界，都逼真地呈现在舞台上，让人身临其境。它大大突破了舞台的局限，实际上是将影视艺术与舞台艺术嫁接起来了。

艺术贵在创新。嫁接就是创新。《海星花》将杂技、戏剧、影视艺术嫁接起来，给我们带来了全新的艺术享受。

不同于普通的戏剧艺术，杂技剧的剧情往往是简单的，主题是直白的。因为观众观摩的重点还是在杂技。

《海星花》正是如此。它讲的是杂技演员小朵，因为一场海上风暴，失去了父母，落下了残疾。坐在轮椅上的小朵一蹶不振。好在杂技团的同事们组成了爱心小组，帮助小朵，使她走出阴影。小朵改学魔术，终于成为一名优秀的魔术演员。

这样的故事，简单却具有普世性，它讲了一个人间大爱的故事，非常适合杂技剧的要求。难能可贵的是，剧中通过多媒体的运用，将杂技之乡如东的地域特征融合进去，呈现出来。大海、滩涂、长桥、城市、公路、田野、街景……种种如东元素，让剧情变得扎实，人物变得可信，让观众觉得特别接地气。

《海星花》的音乐让人印象深刻。就像舞剧的音乐特别重要一样，杂技剧的音乐其实是承担了语言的功能的，或者说是语言的代偿。有时，它是讲述者，有时它干脆就是人物的心声。无论叙事，还是抒情，《海星花》的音乐都恰到好处。旋律动人，配器大气。

当然，杂技剧有一个共同的困难，即如何将杂技完全融于剧情之中，做到妥帖圆融，不留硬块。吾以为，某种意义上，这是评价杂技剧高低优劣的硬指标。对此,《海星花》有了很大的进步,但还有完善的空间。比如,剧中一段外国演员的高空炫技,就好像游离于剧情之外,如果去掉这一段,似乎更好些。

2017年3月1日,草于返宁动车上。

喜出望外的杂技剧
——评《渡江侦察记》

杂技和戏剧虽然都属表演艺术，但一直隔得很远。有趣的是，近年来，却诞生了一个新的艺术品种——杂技剧。这可能像当初人们刚刚看歌剧舞剧时一样令人新奇。不过，想一想也不奇怪。既然音乐与戏剧能合成歌剧，音乐、舞蹈与戏剧能合成舞剧，那么，为什么杂技和戏剧不能合成杂技剧呢？

我曾经看过几部杂技剧。一部是《海星花》，一部是《金箍棒》。它们各有特色，也各有局限。我曾感叹《海星花》的取材之巧，它用杂技剧写了杂技团的故事，写了魔术师的成长。说实话，我对杂技剧这种艺术式样的题材范围是有担忧的。我觉得它太难，太窄了。

看了南京市杂技团的杂技剧《渡江侦察记》，我喜出望外。南京市杂技团的艺术家们居然将杂技与红色题材嫁接起来，而且做得如此成功、如此妥帖、如此恰到好处，真的让我觉得匪夷所思。

这部杂技剧取材于红色经典电影《渡江侦察记》，表现形式全部由杂技完成。四幕六场，再现了从渡江侦察至总攻胜利的全过程，情节清晰，表演生动。最为奇妙的是，杂技还是那些杂技，但融入剧情后,都变成了独特的叙事语言和抒情语言。顶缸、转碟、手技、蹦床、钻圈、踩独轮、抖空竹……各种高空动作,各种高难度的杂技表演,都被安排到剧情之中,对交代剧情、塑造人物起到了不可替代的作用。

我以为这是杂技剧成功的根本所在。人们在看杂技剧和看杂技时的审美心态是不一样的。看杂技剧不仅仅是观看杂技的奇难惊险之美,而且也看剧情看人物看精神。这是杂技剧创作最为难得的境界。我以为《渡江侦察记》恰恰达到了这种境界。

为了达到这种境界,《渡江侦察记》的创作者们还调用了评话、评弹、歌曲等手段,对杂技剧进行了丰富和提升。这种开放的艺术思维,是艺术创新的重要保障。说书人兼评弹家的表演,串联了故事,抒发了情感。剧末的歌曲更使全剧的主题得到升华,将人们看杂技的愉悦化成了深深的感动。

这部杂技剧几乎达到了舞剧的审美效果。同样都是肢体语言,同样依靠音乐,杂技动作的编排已经近似于舞蹈语言。音乐的创作本身更值得称道。江南的柔情、战争的铁血,时而激越,时而舒缓,有着激动人心的力量。

《渡江侦察记》已经是一部精品,它不仅适合用来纪念建国建军这样的重大庆典,它也适合在任何时候演出和观赏,它将散发出长久的艺术魅力。

因为它的成功,我对杂技剧这一新的艺术式样不禁有了更大的信心,更多的期待。

2019 年 3 月 6 日

史诗品格　震撼心灵
——简评江苏省《永远跟党走》大型群众歌咏文艺演出

有幸观摩了江苏省《永远跟党走》文艺演出,倍感震撼。

这是十多年来我看到的规模最大、参与人数最多、技术含量最高、主题最为突出的大型文艺演出。在全国上下欢庆党的百年华诞之际,这台演出以史为经,以江苏大地上波澜壮阔的革命、建设、改革的伟业为纬,编织了一幅灿烂辉煌的壮丽图卷。

看了这场演出,我想到了八个字:史诗品格、震撼心灵。

史是指史的意识、史的结构、史的内容。演出以开天辟地、改天换地、翻天覆地、奋进新时代四个篇章,浓缩了党在江苏的百年奋斗史。这种历史和历史感的营造,主要是通过百年来一些脍炙人口的歌曲来达成的。这些名歌名曲本身就是一种历史符号。我们曾经听过"歌声飘过八十年""歌声飘过九十年"的专题音乐,而今在这个舞台上,又听到了"歌声飘过一百年"的新乐章。百年征程,百年峥嵘。由于时空有限,这些歌曲都作了精心压缩和选择,配之以相应的群众舞蹈,已足以承载主题、完成立意了。

诗是指舞台艺术的美。技术之美与艺术之美交相辉映,音乐之美与音响之美浑然一体。炫丽、华美、壮观,大气磅礴。立体舞台,从地下到空中,全方位呈现,让观众目不暇接。新技术的运用,更是令人耳目一新。大批演员手持电子小屏幕,变化出各种奇幻的舞台效果。1200多个小球(圆灯)矩阵组成的可变天幕,完成了整场演出的结构提示。舞台的升降组合,自由灵动,流光溢彩。整场演出诗意流动,鲜活光亮。

有三段内容让我泪目,堪称是史与诗的完美结合。一是抗美援朝,二是抗震救灾,三是抗疫援鄂。对抗美援朝这部分表演的感动主要来自音乐之美。《英雄赞歌》的旋律有一种神奇的魔力,每次听到,总能激起灵魂的颤动。对抗震救灾一节的感动主要来自视频的冲击。这种感动对于我来说是延续了当时的新闻的力量。不过,此时,当它在这个舞台上再次呈现时,就是一种历史的感动。抗疫援鄂的感动主要来自话剧表演的情景再现。

见物、见人、见精神,是这场演出的又一特点。见物,是指舞台和技术;见人,是指3800多人的演出队伍;见精神,主要得力于最后新老党员对党的祝福这一节。当不同年龄不同口音的英模人物出现在屏幕上时,观众内心一定会涌动出感动、感怀、感慨的情愫。

史诗曾是一种文学体裁,现在已是一种美学风格了。当它升格为美学风格时,就不再局限于古典式的英雄叙事诗,而是演化成为蕴含英雄情结、历史情境和家国情怀的要素组合。它大气,有一种鸟瞰的视角;它激越,有一种慷慨的情怀。因此,史诗品格不再是叙事类文学的专长,而应当也可以成为各个艺术门类的追求。

  从这个意上说,这台大型文艺演出的成功,给今后史诗品格文艺作品的创作创造也带来了许多有益的启示。

2021 年 7 月 1 日

影灯

看《捉妖记》的几个想不到

《捉妖记》名声在外,我不得不去看了。

看了《捉妖记》,我有几个想不到:

一是想不到中国电影技术进步是如此神速。

六年前,当我看《阿凡达》时,我曾感慨好莱坞电影技术之发达。尽管电影的特技早已有之,但像这样给电影生产方式带来颠覆性革命的,《阿凡达》还是第一部。人偶同台,真假难辨。神乎其技,匪夷所思。从此,电影不是拍的,而是做的。中美电影技术之落差,似有千里之遥,不知何日能够赶上。没想到,短短六年,我们有了《捉妖记》,至少在电影技术层面上,不遑多让了。

二是想不到《捉妖记》故事如此之滥。

捉妖护妖,敌友不分。谁在捉妖,谁在护妖?为何捉妖,为何护妖?打打闹闹,乱七八糟。一锅"乱炖"而已。

三是想不到《捉妖记》主题如此之乱。

人妖之间,不辨是非。看起来,人有好人坏人之分,妖有好妖坏妖之别,貌似深刻,其实逻辑不通。借此鼓吹人妖共生,相互包容,更是胡说八道。以这种思想水平，真是愧对《搜神记》，愧对《聊斋》，愧对先人。

四是想不到《捉妖记》格调如此之低。

通篇都是男人怀孕、油炸小妖、清蒸小妖、活吃妖脑、押宝赌博等庸俗的恶趣味，有的堪称恶俗之极。这是我们文化中的垃圾，编导却不以为丑，反以为美；不以为耻，反以为荣。实在不敢恭维。以这样的国产片走向国外，倘外人以为我们还是野蛮部落，也不冤枉。

五是想不到《捉妖记》票房如此之高。

这样一部徒有技术水准的大片，赢得国产片第一的票房，绝非好事，绝对不值得沾沾自喜。倘以此为中国电影之标杆，更是中国电影之悲哀。好莱坞也有滥片，但是《阿凡达》不是。《阿凡达》用顶尖的技术反思人性的贪婪，具有全人类的高度。

而《捉妖记》有什么呢？

2015 年 9 月 10 日

当代影视艺术如何转型升级？

这是一个变革的时代。转型升级成了我们耳熟能详的常用词。经济转型升级，社会转型升级，我们从事的传媒行业也在转型升级。与之相关的影视艺术，也真是日新月异。在这一形势下，举办今天的论坛意义重大。我想大家一定有话要说，有许多真知灼见可以交流。这对传媒转型升级也好，对影视艺术发展也好，都大有裨益。因此，我们要感谢论坛的主办方——江苏省广播电视总台、江苏省传媒艺术研究会和南京大学媒介拓展战略研究所，为我们搭建了这么好的一个交流平台。

我想主办方要我来参加这一论坛，主要是考虑到了我的职业特点，给我一个学习的机会。我的前半生都在传媒行业，现在到文联工作，与影视艺术也关系密切。因此传媒转型升级与影视艺术发展应当是我最感兴趣的话题。但实际上是"不识庐山真面目，只缘身在此山中"。我常常为传媒的转型升级而困惑。转什么型？升什么级？转到哪里？升到哪里？如何转？如何升？我也常常为当代影视艺术的发展感到不解。一些新的影视现象层出不穷，一些新问题扑面而来。影视艺术究竟会如何发展，应该如何发展？真的需要我们去思考，去探索，去回答。

传媒的转型升级总是由技术进步催生出来的。就电影而言，是否意味着由2D到3D甚至到4D的升级？是否意味着由普通银幕到IMAX或其他特殊银幕的升级？就电视而言，转型升级，是否就是由被动到互动，由单向到双向，由看电视到用电视？就互联网而言，电影电视是会分流还是会合流？还是有分有合？网络剧和电视剧在艺术本体上究竟应有怎样的区别？而面对移动互联网，面对我们手中无处不在无时不在的手机，影视人又该做些什么？

在技术变革的同时，我们的内容生产又该如何顺应这一变化？都说内容为王，但是在互联网和移动互联网时代，每个人都是内容的接受者，也可能是内容的生产者。海量的内容，许多是垃圾，并没有那么多王者。事实上只有优秀的内容才是真正的王者。

还有一种力量在改变着内容，改变着观念。那就是市场。没有人能够绕开它。电影人为票房，电视人为收视率有时已经到了动作变形的地步。

在这样的背景下，我们真的应该回到原点重新出发。

影视艺术的本质到底是什么？影视艺术的价值和意义到底是什么？娱乐和教化究竟是什么样的关系？还要不要寓教于乐？又该如何寓教于乐？如何实现社会效益与经济效益的有机统一？如何用中国精神塑造影视艺术的灵魂？贯注了中国精神的影视艺术如何走向世界，为文化走出去贡献一分力量？全球化背景下中国影视艺术的发展策略是什么？

……

如此种种,问题太多了。新问题,难以回避;老问题,值得新思考。这是我接到参会通知后的一些想法,期待着诸位高人指点迷津,一开茅塞。

2015 年 12 月 12 日

小荷已露尖尖角

一个时代有一个时代的校园文化。二十世纪八九十年代,诗歌戏剧文学曾是大学校园文化的主角,可能没有一个大学没有诗社、剧社、文学社。都说三十年河东,三十年河西。然而,如今河西却不再是河东的重复。谁能想到现在风靡大学校园的是一种叫作微电影的东西?几个学生,几台设备,一点投入,就可以拍电影,就可以用镜头语言说话了。这不仅是技术的神奇,更是经济的发展,社会的巨大进步所致。

在这样的背景下,江苏省教育厅因势利导,举办了"阳光校园微电影作品大赛",既是对校园微电影创作的检阅,又是对校园文化的倡导和引领。它对推动当代大学艺术教育,提高大学生艺术素养,是一个很好的切口和抓手,可以起到事半功倍的作用。因为小小一部微电影,牵动的却是文学、戏剧、表演、摄影、音乐等诸多艺术门类的神经,其对学生艺术修养养成的作用,实在不可小觑。

第四届阳光校园微电影作品大赛从近400部参赛作品中挑选了18部剧情类微电影,篇幅都在12分钟左右。从这些作品看,当代大学生思维活跃,技术熟练,能够较好地驾驭微电影这一艺术样式。描述故事,塑造人物,抒情表意样样精通,特别是对视频音频技术尤其是对影像影调的把握,可圈可点。

更加令人高兴的是,这些作品,并不是出自专业院校的专业学生之手。相反,大多由普通院校普通专业的学生创作出品。这说明,电视机前长大的一代,似乎天生具有影像思维和才能。他们出手不凡。他们的未来,值得憧憬和期待。

不过,从题材上看,这些作品都还比较单一,绝大多数都是反映校园生活的。宿舍、教室、图书馆三点一线,青春爱情,理想择业,如此而已,仅此而已。当然,这是不能苛求,也不该苛求的。

一些作品溢出了校园生活的樊篱,虽然稚嫩,却难能可贵。它们真诚地表达了对社会问题的关注,对文化传承的思考。如《盼》反映了留守儿童的问题,不乏动人之处。《传承》则将镜头转向对乐府民歌歌唱艺术的传承,亦有让人会心之处。

一些作品的构思之巧,令人印象深刻。《告别》借用聊斋手法或者魔幻现实主义的手法,描写一个女大学生的幻觉,讲了青春少女情感发育的成长故事。《复制》则用克隆伴侣的方式,表达了对性格与爱情的思考。匪夷所思,却又充满时代特色。《第一万名顾客》用欧·亨利式的笔法,讲述一个老师婉谢学生家长请客的故事,好老师形象温馨感人。《小刚的心愿》巧用《非诚勿扰》短片资料,穿插叙事,写实与虚构结合,是一部微型的人物传记片。

一些作品的影像制作水平不让专业水准。《最美的年华留给你》《窗·廉》《你好,再见》在表演、摄影、剪辑、特技等方面都显得较为成熟老练。

　　小荷已露尖尖角。从本届入选作品可以看出江苏省高校微电影创作的生动局面。我们完全可以相信,随着阅历的增长、心智的发育、视野的开阔、思想的锤炼,一代新人,必成大器。

2015 年 12 月 17 日

《百鸟朝凤》：电影的乡愁

因制片人的当众一跪，电影《百鸟朝凤》成了今年初夏的一个文化现象。引发的话题，在网络爆红。电影的票房远超同类作品，至少避免了赔本的命运。

当然可以说这是营销的成功。但看过此片，我以为它还是电影本身的成功。至少，电影提出的问题，在大国崛起的时代背景下，具有深刻的意义，引起广泛的回响，理所当然。

《百鸟朝凤》的主题其实有三个层次，一是作为乐器或者器乐的唢呐能否传承；二是作为婚丧嫁娶风俗一部分的唢呐班能否传承，或者说是以唢呐为代表的乡村生活方式能否传承；三是唢呐演奏中只认口碑不认钱的价值取向能否传承。

唢呐作为一种乐器或器乐是不会绝种的，它从异域到中国，已经完成了本土化的过程，它的音色音质，就像二胡一样，最能代表我们民族的精神。有中国人在，就会有唢呐在。

作为一种乡村生活方式，要完好地传承下去，可能比较困难。尤其在国门大开以后，多元文化相互激荡，传统的生活方式要想一成不变,是不可能的。问题是如何变,朝什么方向变,变成什么。

至于只认口碑不认钱的价值取向,在当今之世更是难上加难。道德与金钱的矛盾中,道德总是弱势的一方。坚守道德评判,需要勇气和理想。

导演吴天明在这三个层面上都想用人物和故事来回答,结果有时自己给自己出了难题。

比如,作为唢呐的传人,焦三爷坚持一代只传一人的老规矩。表面上是为了增加唢呐艺术的神圣性,客观上这是对唢呐的传承自设了障碍。为什么不能传二传三甚至传得更多呢?尤其,电影中,游天鸣和蓝玉二人都是很优秀的徒弟,焦三爷却硬是要赶走一个,这不是自己为难自己吗?以往的电影,类似的情节会在游天鸣和蓝玉二人之间进行道德取舍,比如《舞台姐妹》。吴天明显然不想落此俗套,但是他却陷入了两难。

又如,当焦家班变成了游家班,本以为可以顺利传承的时候,却时移世易,遇到了外来文化的冲击。电影中游家班与西洋乐队形成冲突,直至大打出手,已不是隐喻,而是象征。几乎可以听到吴天明的大声疾呼了。但实际上,这场冲突是编导人为的,有些牵强的。为什么不能和而不同,和平共处呢?正确的态度难道不应该是"各美其美,美人之美,美美与共"吗?

至于只有备极哀荣的死者才能享用《百鸟朝凤》的曲子,在当今之世,无疑是一个道德神话。焦三爷拒绝为某村霸演奏《百鸟朝凤》,当然值得肯定。但是在现实面前,这种坚持和坚守,是多么不易。这是吴天明的理想情怀。虽然我们明知道它不堪一击,但还是应当给予嘉许和喝彩！此处的吴天明让我们想起了那位想战胜风车的堂吉诃德。

比起小说，电影是暖色的。这是吴天明的绝作，是他留给世人的温暖。我们不应当辜负他。

吴天明是一个令人尊敬的导演。他的《人生》，他的《老井》都曾经给我们留下极深的印象。他擅长描述黄土地上的人和事，对自己的乡土有着真挚的热爱和眷恋。《百鸟朝凤》也是如此，尽管小说原著写的是西南贵州的生活，但吴天明却把它搬到了黄土地上。这是一部具有中国精神的好电影，它让我们记住了乡愁。这是吴天明的乡愁，也是电影的乡愁。

对于这乡愁，我是比较乐观的。随着大国的崛起、经济的强盛、社会的发展，必然会带来文化的自信与自觉。即使某些曾经被轻视甚至被放弃的本民族的传统文化，只要它是优秀的有价值的，人们就一定会重新认识，使其发扬光大。正是在这个意义上，吴天明的《百鸟朝凤》的推出，正其时也。

又，陶泽如将焦三爷演到骨头缝里了。没有陶泽如，就没有《百鸟朝凤》。陶泽如就是焦三爷，焦三爷就是陶泽如。不能设想另一个焦三爷的存在。一个演员一生中能够遇到这样的角色是幸运的，能够塑造成功这样的角色，是幸福的。

2016年6月1日

骷髅世界的人伦亲情

将电影《可可》译成《寻梦环游记》其实是不贴切的。主人公米格既不是寻梦,也未曾环游,何来《寻梦环游记》?这样意译只不过因为它是皮克斯公司的产品,以与其环游系列影片接轨而已。

主人公米格热爱音乐,想当歌星,却遭到了制鞋家族的一致反对。为了这一理想,他误入灵界,遭遇了一场看似离奇实则如好莱坞电影中惯常的故事。米格的偶像歌星德拉库斯其实是一个杀人犯,他谋害同伴,侵夺其著作权,被害人却是米格的高祖父。米格识破了德拉库斯,拯救了高祖父的亡灵。

亡灵节是墨西哥文化的特色节日。这一天,死去的亲人要回家接受祭祀,与家人团聚。其假想逻辑是——死人活在活人的记忆中。只有活人不再记得了,死人的亡灵,才真正死去,烟消云散。这种宗教文化并不是墨西哥特有的。在中国文化中也有类似的观念。清明节、中元节,均与亡灵节异曲同工,故而中国观众看这部电影特别接地气,毫无违和感。

《可可》是电影的原名,也是米格曾祖母的名字。她垂垂老矣,行将就木。因为快要失去记忆,她父亲的亡灵面临第二次死亡。幸而米格唤醒了曾祖母对父亲的记忆,让他的高祖父在天之灵焕发了生机。米格也在亲人亡灵的护送下,回到了人间。

整部电影宣扬的还是家庭亲情人伦。这是世界性的主题。当然会受到世界的欢迎。虽不至于让看的人落泪,但感动是有的。

我对这部电影还有几点感慨:

一是对动画片要有新的认识。它不仅是儿童片,也是成人片。它反映的生活是超现实的,承载的主题一样可以是重大而庄严的。其所呈现的艺术风貌是瑰丽多姿的。

二是好莱坞巧借异域文化打造自己的产品,值得我们学习。前几年《功夫熊猫》《花木兰》都引入了中国元素,现在这部《可可》又消化了墨西哥文化,成功之处可圈可点。其对异域文化的态度、认知和开掘,都是积极而有为的,深可借鉴。这种巧借其实是建立在更深层次的文化自信之上的。文化输出也好,文化产业也好,没有这种世界眼光、人类意识,恐怕难以做大。

三是题材无禁区。没有不能写的题材,只有写不好的主题。《可可》这种题材,我们往往会敬鬼神而远之。但好莱坞却在其中找到真金,在一片骷髅的世界中赞美了家庭观念和人伦亲情。你说,这是多么奇特,又是多么美好!

2017 年 12 月 6 日

鞠躬!《无问西东》

我是喜欢《无问西东》的。

我觉得,能看到这部影片是个奇迹,而且幸运。这真的是一种文化自信的表现。

它不仅是一所大学的百年史,甚至是一个国家的百年史。《无问西东》就是中国近百年的缩影。

一百年,四代人,从吴岭澜到沈光耀到陈鹏到张果果,一脉相承的是对内心真实的追求和捍卫。这是我们这个民族生生不息的信念所在、力量所在、秘辛所在。这应该是百年中国梦的精神内核之一,也是百年中国梦的不懈动力!

什么叫有筋骨、有道德、有温度?《无问西东》就是。

现在还有几部电影是有这种精神内核的?

硬是将四部电影的容量压缩成一部电影,将四个时空的故事、四组人物关系结构成一个有机整体。这是高难度的操作,是大师级的炫技,它成功了。

最感动我的当然是沈光耀的家国情怀。他在母亲面前的一跪,他牺牲后,他的同学在他母亲面前的又一跪,都让我泪下。这是电影的成功。沈母的台词不同凡响,看似平易实为奇崛,是浸透了传统精神的国粹,是真正的凤毛麟角,多少年难得一见。

最感动我的还有陈鹏对王敏佳的爱情。这种乱世中托底的爱情,已经超越了男女之情,而是对人与人之间真爱的赞美,是对人性的救赎。唯其如此,才能让观众没有像王敏佳一样沉没于绝望于毁灭于愚民的施暴中。愚民与暴民,只在一念之间,那种毁灭的力量,是多么可怕!

也因为陈鹏的坚守,这种人性之美方能跨代传承到张果果的身上。职场的算计,最终让位于内心的善良。对四胞胎的救助,是张果果内心的需要,是人性的感召。

吴岭澜其实是一个开场人物。他的开场是不凡的。他在文科与实科之间的选择,其实是对内心真实、是对人的本性的认识和坚持。对于电影来说,这样的哲学意蕴,实在过于奢侈。奇怪的是电影完成了这一主题,并激起了观众内心的深层共鸣。从吴岭澜到张果果看似疏离实质一致的精神诉求,对于今天的观众来说,无疑是一场宝贵的精神洗礼。面对这个浮躁喧嚣的世界,我们太需要这种洗礼了!

没有观念的电影是苍白的、平庸的,只有观念的电影是干瘪的、说教的。《无问西东》却不是这样,它既有深沉真挚的主题,又具有许多异常鲜活的细节和配角,从而层次丰富,立体饱满,生动可感,不同流俗。沈母和用人的戏份,对沈光耀形象的塑造不可或缺。王敏佳中学老师的夫妻冷战,别具时代特色。其师母的投井、老师的呼救,是对人性深度和人性复杂性的双向开掘,给人以强烈的冲击,让人久久不能释怀。而主人公在西南联大时跑警报、静坐听雨等情节或细节,都为此片做出了极大贡献。

  因此,我对《无问西东》致敬!深深地鞠躬!

  当然,如果张果果职场的戏份更为紧凑精简,如果陈鹏、王敏佳没有牵手奔跑的滥俗,《无问西东》会让我鞠躬到九十度!

2018 年 1 月 25 日

《于无声处》得失谈

34集电视剧《于无声处》让我们在欣赏"捉迷藏"的谍战的同时,领略了爱情的美好,领会了忠诚的价值,领悟了人生的真谛。对于通常的"谍战剧"来说,这样丰富的意蕴,可能有些奢侈,但对于一部优秀的电视剧来说,又是题中应有之义。中国每年生产的电视剧逾万集,能够给观众留下印象的可能也就是一两部。如果《于无声处》只是一部谍战剧,那它就会淹没在大量平庸之作之中,不值一提了。

全剧在马东、陈其乾和冯书雅之间展开三角故事。虽然有些俗套,但是由于人物性格的独特,又弥补了故事的不足。马东是个国安侦察员,一身阳刚之气,足智多谋,善于应变。陈其乾是个"上海乡下人",不同于以往剧中许多上海男人的形象,他聪明又自卑。他精于算计,但为了爱情,又出手大方,甚至勇于献血。冯书雅则人如其名,出身书香门第,美丽娴雅。陈其乾爱书雅,穷追不舍;马东爱书雅,却不得不放弃。不舍是爱情的常态,放弃有时却是一种更深沉的爱。马东在爱情上的纯洁与在事业上的忠诚恰成正比。他为了国安这份事业，不得不暂时忍痛割爱，主动退出。陈其乾却乘机而上，抱得美人。然而由于身陷特务组织，最终难以自拔，留下遗腹子，让终成眷属的马东、冯书雅抚养。这是全剧的上阕，长达21集，也是故事最为精彩的部分。

下阕只有13集，要简略一些，但故事一点也不简单。二十多年过去了，一切都在改变。核心机密由"蓝鱼"升级为"蓝鲸"。马东成了饭店经理，冯书雅晋升为总工。他们的孩子留学归来，带着女友回国创业。最为神奇的是陈其乾死而复生。围绕"蓝鲸"，剧中人又开展了一幕幕精彩的斗智斗勇。欲擒故纵、声东击西、美人计、连环计，层出不穷。严格说来，马东的形象在上阕已经完成。冯书雅，也基本定型。有意思的是陈其乾，他的死而复生本身就足够传奇，他的性格逻辑既在人意料之外，又在情理之中。总体上说还是立住了。有人说陈其乾这一形象好像是另外一个人物，与上阕中的陈其乾似乎没有多少关系。我不这样认为。比较起来，上阕中的陈其乾可以推敲处要比下阕多得多。比如，陈其乾陷入特务组织的泥淖之中不能自拔，而最后又能守住底线，其实是矛盾的，不能自圆其说。下阕中的陈其乾单纯一些，主要在父子之情与上线命令之间纠葛纠结，反倒漏洞少一些。陈其乾死而复生之后，并不是在上阕形象上硬接的"义肢"，而同样是有血有肉的形象，他对书雅的爱情，他对儿子的感情，编导都力求使之常人化，没有进行简单的道德审判，应当更令人信服。

上下两阕的结构，呈哑铃状。这种结构在长篇电视剧创作中并不多见，因为其难度太大。前21集，是二十世纪八十年代的故事，后13集则是二十一世纪的故事,其间相隔二十多年。这种结构对电视剧的各个艺术部门都是一种挑战,尤其对于演员来说,更是挑战巨大。这种跨度给每个角色都带来巨大的变化,内在的、外在的、语言的、形体的,都要表演到位,实在是一种极限考验。

在这种考验面前,胡军显然是得了高分。从实际年龄看,胡军演上阕,难度更大。因为他要"装嫩"。看得出胡军是用心设计的,他在语态、步态等方面都极力寻找年轻马东的感觉,并没有给人"装"的别扭,很见功力。同样,陈其乾的扮演者赵立新也充分表现了上下两阕的差距,有时甚至判若两人。上阕是个上海小男人的感觉,下阕却是一个饱经沧桑的海归。这种巨大的疏离感有时会让观众怀疑:他们是同一个人物吗?这种怀疑,一方面要归功于演员的创造,一方面要归咎于文学的粗陋。比较起来,冯书雅的扮演者左小青只是较为称职地完成了任务,好在由于她自身的优势,让观众不忍过多挑剔了。

《于无声处》其实完全可以改个名字——《潜伏》。主人公马东也是一种"潜伏"。上阕是主动潜伏,下阕是被动潜伏。潜伏,同样是为了与敌周旋。不同的是,一般的"潜伏"是潜伏在敌人之中,而此剧中的潜伏,是潜伏在群众之中。倘从彰显主题的角度看,下阕的潜伏如果也是马东的主动潜伏,可能会更有力量。但倘从生活真实或艺术真实的角度看,下阕马东因为爱情,离开国安而被动"潜伏"的行为,可能更为真实可信。艺术创作往往会遇到这种两难之境,有时甚至无法判断哪一种更为有利有力。

看起来这是一部国安题材的电视剧,不仅人物和故事围绕"国安"来展开,剧中还多次用画外旁白反复强调国安人的奉献和牺牲。其实这是编导低估了观众的接受能力。如果更含蓄一些,效果可能会更好。

　　看《于无声处》,我总是会想起少年时看过的电影《黑三角》。一部电影,一部电视剧,相隔几十年,但是它们却血脉相通,其艺术传承是那么明显,无论是题材的,还是主题的,甚至是方法的。在历史的巨大惯性面前,人们有时不禁会莞尔一笑。

2015年7月6日　改于梦都大街50号

脱颖而出的《国宝奇旅》

作为两家卫视和三家门户网站的开年大戏,长篇电视剧《国宝奇旅》以其传奇的故事、鲜活的人物、精良的制作赢得了观众的好评,可谓收视与口碑齐美。不夸张地说,这是近年来长篇电视剧的一大收获,是一部难得的好剧。它传导的是爱国主义的正能量,以及审美趣味的新风标。

《国宝奇旅》脱胎于章剑华"故宫三部曲"之《承载》,讲的是故宫文物南迁的故事。原著为电视剧打下了坚实的思想基础,使这部电视剧具有了浓重的爱国主义底色。国难当头,故宫人未雨绸缪,将文物南迁,以保民族精神的种子。他们历经磨难,九死一生,终于保全了故宫文物,历时十五年,行程万余里,穿越大半个中国,上百万件文物,未损未失一件,堪称战争史上的奇迹,人类文化史上的奇迹。作为一部纪实文学,《承载》依据史实,遵从史实,再现了文物南迁的艰难曲折,刻画了易培基、马衡等故宫人的生动形象,为中国知识分子的家国情怀奉上了一曲深情赞歌。

《国宝奇旅》以此为基,大胆虚构,展开文学的想象,完成了从历史到文学的再创造。因此,这部电视剧呈现出虚实相生的审美特质。实的是易培基、马衡等人,其人其事,于史有据。虚的是任弘毅、周若思、任颐和、周旬达、本田、王立文、任正秋、赵立夫、赵光希、罗素、于洪等一干人物纯属虚构。这种虚虚实实的文学世界,是很难构筑的。《国宝奇旅》却做到了虚实结合,天衣无缝。

毋庸讳言,《国宝奇旅》的魅力主要来自它的虚构世界。其情节惊险曲折,环环相扣;悬念设置巧妙奇特,矛盾冲突紧张激烈,张弛有度。它围绕"国宝南迁"这一历史事件展开故事,塑造人物。错综复杂的人物关系,合情合理的情节推演,引人入胜的细节处理,让观众相信这一切都似乎是自然生长而成的。其中,以《中秋帖》来设置悬念展开情节,以点带面,可谓巧妙。字画轻巧,容易丢失;字画脆弱,容易损毁;字画易伪,十分难辨。因此,以《中秋帖》真假得失编织故事,使得剧情扑朔迷离,让观众难舍难弃。日本特务本田不惜一切代价,要夺取它以献给日本天皇;国民党中政会副主席赵立夫热衷古玩收藏,一心想将《中秋帖》收入私囊;丹青会罗掌门因十五年前被偷走《中秋帖》,也想趁机夺宝。各方势力,角逐交织,情节容量,非同一般。

事件的情节已经如此复杂,情感的情节同样曲折。任弘毅、周若思、赵希光之间,周若思、田惠、任弘毅之间,王立文、任正秋之间,姚刚、田惠之间,主线副线,反复纠缠,让观众与剧中人一样难解难分。这种套中套的手法,虽然由来有自,却是电视剧的不死神药。

情节是人物的基础,是性格的河床。但仅有基础和河床是不够的。衡量电视剧成功的一个重要标准是必须塑造血肉丰满的人物形象。《国宝奇旅》极具个性的人物形象,使它与许多平庸电视剧拉开了距离。

剧中一批具有赤子之心、视文物如生命的爱国知识分子令人感动。如故宫院长易培基、马衡的沉稳理性、勇于任事,副院长任颐和的执着,总押运官吴瀛的正直,任弘毅的果敢智慧、虑事周密,周若思的心地纯良、灵慧天真。

作为矛盾对立面的一方亦很生动,没有落入脸谱化的窠臼。如本田喜多的阴险凶残、刚愎自用,赵立夫的弄权贪婪、老奸巨猾,赵光希的风流轻狂、残忍愚蠢,周旬达的自私刻薄、虚荣糊涂。

不仅如此,一些配角人物,形象也很丰满。任正秋的美丽沉着,姚刚的简单,高茂宽的大义,罗素的复杂壮烈,王立文的仗义痴情,于洪的心胸狭窄、丧失天良。个个性格分明,逻辑自洽。甚至剧中的那位监狱长在任弘毅和赵光希争夺周若思的冲突之间游刃有余,虽着墨不多,但也让人印象深刻。

一部电视剧能够成功刻画几个主要人物形象是应该的。但像这样几乎所有出场人物都棱角分明、可圈可点的,实在少有,实在难得,对于看惯了许多平庸国产剧的观众来说简直有点奢侈了。

情节刻画、人物塑造,最终都是为了主题的表达。爱国主义是原著《承载》的最强烈的主题,也是《国宝奇旅》的第一主题,但不同的人物命运,也昭示了不同的主题。电视剧通过国宝南迁过程中正邪忠奸的矛盾冲突,展现了各类人物细微的精神世界,以及人性的复杂。如周旬达故作清高却又迷恋权位,终被日本特务利用,沦为汉奸,又因良知发现,落得自杀的可悲下场。这一形象揭示与批判了人性在权力欲望诱惑下的扭曲变态是多么可怕，看似文质彬彬，实则贪婪、自私、偏执、愚蠢。这些次要人物身上所承载的主题或曰子题，与主要人物形象所展现的主题或曰母题，共同完成了电视剧的主题合奏，使之成为一场盛大的交响乐。这也是《国宝奇旅》的不同寻常处。

《国宝奇旅》的成功还得益于演员的精彩表演和制作的精良。主角配角都非常称职，让人不作他想；美术摄影都很讲究，具有电影的质感；导演对节奏的把控十分精准，文戏武戏相得益彰。所有这些，构成了这部电视剧不一般的质地，让它在近年国产剧中脱颖而出。

《国宝奇旅》的成功至少得益于两个方面的艺术滋养：一是中国文学中通俗传奇的传统，从传奇志怪到鸳鸯蝴蝶派到武侠小说到某些电视剧特别是谍战剧，你处处可以感到一条草蛇灰线，伏脉千里。它让艺术的世界和现实的世界既相合，又相离，自在自为，具有某种超验的属性。如前些年的电视剧《红色》在人物关系和故事情节设置上，都对此剧产生了相当的暗示。二是好莱坞电影的影响，好莱坞夺宝片特有的英雄范式和爱情方式，在任弘毅身上十分鲜明。

显然，这两个方面的艺术源流是《国宝奇旅》在今天取得成功大受欢迎的重要因素。

2019年4月8日

《中国》：集成创新的历史片

由湖南卫视出品和播出的纪录片《中国》是一部"双创"之作。它打破了人们对于纪录片的固有认识，用创造性的艺术化的影像复述历史。虽然才看了6集，但已足以让我为它喝彩！影像语言的创造是全方位的。置景、道具、服饰、造型、摄影、用光、音乐、音响，甚至表演、同期声、旁白等元素都运用到了极致，精致到了极致，不逊于电影"大片"，复活了历史。

这种对历史的"再造"方式曾经被质疑过、否定过、放弃过。长期以来，人们很难接受这种方式。某些"情景再现"的手法，也被认为是伪造历史，是不能容忍的。

思想的禁锢，束缚了艺术生产力的发展。历史纪录片，因为缺乏真实的影像资料而举步维艰。影视艺术诞生之前的历史纪录片制作，更是难上加难，只能用画作、相关场景、物品及环境的镜头以及当下的人物访谈来构成。

其实，历史总是在今人的叙述中延续。叙述的方式当然会随着时代的变化而变化。在影视艺术诞生以前，人们只能用文字叙述历史。在影视艺术诞生以后,为什么不能用视听语言来叙述历史呢?想一想,这道理似乎很简单。

《中国》的出品方和主创者一定是洞穿了思想的迷障,悟透了艺术的真谛。他们创造了《中国》,他们直接用影像艺术讲述了关于中国的历史。你可以说它是纪录片,也可以说它不是纪录片。也许把它简称为历史片,更为合适。历史是特指题材和内容;片,则意味着是影像的。历史片可以有剧情,也可以是纪录式的。好在历史剧情片就是历史剧已经是约定俗成的共识,所以用历史片指称《中国》这样的作品,应当没有疑义。

历史片因为对历史的叙述而自有价值,它从声画两个方面来构成。声音以旁白解说为主体,这是对历史内容最直接的叙述。音乐音响令人印象深刻,时而激越,时而沉吟,时而排山倒海,时而轻风细雨……是对历史情境的体会、体悟、体味,起到了辅助和烘托的作用。即使片头片尾启动大门的声音,也很好地营造了开合历史之门的氛围。画面则纯粹是创造性再现。历史的场景、人物的造型、演员在规定情境中的情绪表演,都恰好到处,具有某种典型性。这种具象表达是对历史的想象,是合乎逻辑的推演。

从影视艺术的角度看,历史片《中国》似乎并没有太大的难度。与历史大剧曾经达到的艺术高度相比,它在影像语言的创作上也许只是"小儿科"。从文本创作的角度看,历史片《中国》也只是对异常丰富的中国历史资源进行了择取和表达,似乎也没有多少难度。但是看似容易却不易。难就难在它在各自的领域做到最好。影像语言可以与大片看齐,其中的细节一定经过了种种考证推敲,即使人物的服饰发型、场景的家具款式,都要各有来历,更不要说特定情境的营造了;文本语言,静水流深,简洁干净,具有历史的穿透力和概括力。更难的是将它们合在一起,形成独到的审美样式,产生特有的审美价值。这实际上就是一种集成创新,是对中外纪录片和影视艺术诸要素的集成创新。

从历史文化的角度看,历史片《中国》是一种创造性转化创新性发展,它为今后的历史表达提供了一种更为生动的方式和载体。这种方式和载体对历史传承的影响,将是巨大的、长久的,不可低估。

总之,历史片《中国》是思想解放的创造,是集成创新的成果,是创造性转化创新性发展的范本。这是新时代影视文化的一大收获。也只有新时代才会产生这样的收获。既是文化自觉,又是文化自信。我相信,随着《中国》的成功,将有大量的历史片风起云涌。

2020年12月16日

铁血长剧　英雄史诗
——评《跨过鸭绿江》

这两天,我的思想感情的潮水随着 40 集长剧《跨过鸭绿江》而波澜起伏着。我是在网上一口气将它看完的。它让我欲罢不能。

幼年时代那些曾经耳熟能详的杨根思、黄继光、邱少云等英雄形象生动地呈现在眼前,中学课文《谁是最可爱的人》中描述的画面呈现在眼前,战争犹如绞肉机一样的血腥惨烈呈现在眼前。不仅如此,抗美援朝的战争全貌呈现在眼前,纵横捭阖的大国博弈呈现在眼前,各方统帅的布局决策呈现在眼前……

这是一部鸟瞰式的铁血长剧,这是一部全景式的英雄史诗。

它让我时而激动,时而悲伤,时而愤怒,时而惊叹,时而扼腕,时而流泪,时而抚今追昔,时而感慨万千。

人类为什么要有战争?五千年的华夏文明为什么总是能够浴火重生?从 1840 年以来,只有别人打上门,哪有我们打出去?中国人近代一百多年的屈辱,为何得以终结?中华人民共和国成立之初,就要抗美援朝,与第一强国开战,需要怎样的勇气和魄力?这种决策的艰难是一种怎样的"豪赌"?中国为什么有这样英雄的人民和战士？中国为什么会有共产党？中国共产党为什么能够创造这样的人间奇迹？意志的力量为什么能够战胜钢铁的力量？……

这部长剧激发了我们的好奇，这部史诗也给了我们答案。

我们现在太需要这样的长剧了。新时代太需要这样的长剧了。看这样的长剧，能补钙，能治软骨病，能为实现中国梦提供强大的精神力量。

这部长剧在中国同类长剧中是出类拔萃的，我们曾经有过《长征》《解放》《延安颂》等一系列重大革命历史题材的长剧，《跨过鸭绿江》接续了这一传统，形成了自己的特色。除了从统帅到战士，从前方到后方的结构，长剧在塑造虚构人物之外，还一一再现了抗美援朝中涌现出来的特级英雄形象，具有纪录片的效果。

这部长剧即使与世界上其他战争长剧相比，也不逊色。其叙事格局、结构框架完全可以媲美《战争风云》。其战争场面、战场效果，完全可以媲美《兄弟连》等二战名片。

这部长剧从开拍到播出只有4个多月，文戏、武戏兼具，长达40集。这中间拍摄、剪辑、合成、审片、修改，不知用了多少个工种、多少道工序。简直不敢想象，剧组是以怎样的效率，完成如此巨大的工作量的。

他们一定是用抗美援朝精神来拍这部长剧的。

这部长剧的精气神集中体现在我方领袖、统帅和将士们的身上。那些光辉的名字，已经成为中国电视剧艺术长廊中不朽的艺术形象。而彭德怀这一形象无疑是这部长剧中最杰出的代表。

对于这样一部长剧，我已经不忍心苛求了。当然，如果一些特型演员的表演能够更到位一些,如果一些虚构人物的故事能够更饱满一些,如果一些情节的针线能够更细密一些,如果全剧在五次战役之后的节奏能够更有张力一些,那么,《跨过鸭绿江》就会跨上更高的艺术高峰。

2021年1月29日

《山海情》：乡村的打开与新生

好剧总是相似的。无外乎思想精深、艺术精湛、制作精良，或者说故事传奇、人物生动、主题鲜明等。以此而论，《山海情》确实是一部好剧。

但它的好绝不限于此。

有人说《山海情》是一部扶贫剧，我更愿意把它当成一部当代乡土剧。乡土剧与乡土文学一脉相承。乡土文学是中国新文学的一根主脉。《山海情》是立在这根主脉上的，达到了新的高度。传统的乡土文学或乡土小说往往以知识分子的视角反映乡村的凋敝和闭塞，《山海情》却是描写了乡村的打开与新生。它以涌泉村为典型代表，还原了宁夏西海固地区农民的生活。从1991年到2016年，在二十多年的时间里，在时代大潮的驱使下，这里的农民与贫困开展了艰苦卓绝的斗争，生活天翻地覆，人人脱胎换骨。由涌泉村到闽宁镇，由温饱不得到初步小康，呈现出一派欣欣向荣的景象。这一特定时期的巨大变迁在中国历史上可能也是极其罕见的。所有人物的命运都附着在这个时代主轴上。其积极向上昂扬奋发的基调不同于以往乡土文学的沉闷灰色或宁静美好，它让观众观赏之时始终激情澎湃。

《山海情》的表演已到出神入化的地步，剧中专业演员和群众演员已经浑然一体。这种境界非常难得，对于一部农村戏来说尤其难得。因为演员与角色的落差太大了，专业演员要融入剧情、融入环境、融入人物，已属不易，群众演员要像专业演员一样入戏入情，更是难上加难。但《山海情》的所有人物表演几乎让观众忘却了他们在表演，而以为他们在生活。看电视剧看出纪录片的生活感、真实感，真是令人叹服。

《山海情》的生活场景环境镜头令人称奇，具有强烈的地域特征。黄土漫漫，戈壁茫茫，沙尘暴、地窝子、民房、菇棚、陋校、山路、干渠……荧屏上刮起了"西北风"，一切都是新鲜的、新奇的。除了《平凡的世界》，这样的视觉冲击在当代电视剧中真是难得一见。对于看惯了"流金岁月"高大上镜头的观众来说，这种"西北风"无疑是一种强刺激，怎么能够不吸引眼球呢？

《山海情》的方言构成了此剧不可或缺的艺术特色。方言曾是影视作品的禁忌，但《山海情》大量使用方言，让剧中的人物有了根，焕发了光彩。试想，如果马喊水、李大有这些底层农民的形象说着一口标准的普通话，观众将会是怎样的感受？如果凌教授、陈县长这样的知识分子没有浓浓的福建口音，观众还有那种亲切感吗？恐怕不可避免的是假大空的疏离感。方言是文学的母语。作家是用母语写作的。方言更是影视艺术的灵丹妙药，能够起到画龙点睛的作用。在推广普通话的进程中禁止影视作品使用方言是必要的，但随着普通话的普及,方言作为一种文化资源的价值又凸显出来了。《山海情》的突破有助于我们对这一问题的认识。

有人说《山海情》只有23集,太短了,不过瘾。我却要为之叫好。我以为这是电视剧尊重艺术规律、回归艺术本体的好事情。这样的题材、故事与人物与23集的体量是匹配的。一段时期,一些长剧动辄近百集,实际上是市场干扰艺术的结果,那种一心钻在孔方兄里人为兑水的做法,实在不足为法。

《山海情》是电视剧艺术顺应新时代要求的产物,也是电视剧艺术发展的结果。从中,我们可以看到《外来妹》,看到《白鹿原》,看到《平凡的世界》,看到许多同类的、不同类的作品的影子。这一点也没有贬低它的价值,而是让我们看到了电视剧艺术向前向上发展的冲动,是令人欣喜的。我相信,《山海情》的成功将会带动一批主题作品的创作生产,我们一定会创作出无愧于新时代的中华民族的新史诗。

最后,如果《山海情》改名为《吊庄的故事》,如果张树成不出车祸离世,我还要为这部电视剧加五分。"山海情"尽管有诗意,但是失之宽泛,不如"吊庄的故事"来得直接具体又新奇。剧中,张书记的牺牲尽管有原型可以"证实",但从艺术的角度看,我以为不尽合理,也没有必要。

2021年2月3日

大河北、大手笔、大制作
——评纪录片《大河之北》

河北的朋友向我推荐他们新出的纪录片《大河之北》,看了以后,深为震撼,脱口赞曰:大河北,大手笔,大制作!

这是新时代中国纪录片的重要创获,其文化视野、叙事方式、拍摄技巧都让人耳目一新,具有新时代的宏大气度和不凡气质。建议喜欢纪录片的朋友都来看一看,我相信它一定不会让你失望。

《大河之北》是一部地理人文纪录片。它用共计6集、每集40分钟的篇幅,如数家珍地介绍了河北的地理、历史、人文和物产,让人顿生爱国爱乡之情。从《得名河北》中的总领概述到《燕赵脊梁》中的燕山太行,从《广袤高原》中的坝上草原到《沃野千里》中的华北大平原,从《向水而居》中的河流湖泊到《面朝大海》中的辽阔渤海,纪录片上下千年,纵横八荒,高屋建瓴,激情满满,将河北十八万多平方公里土地上的精彩——标举呈现。看这部纪录片,我想起了艾青的名句:为什么我的眼里常含泪水?因为我对这片土地爱得深沉。我相信这部纪录片的编导一定具有同样的情怀。

《大河之北》由画面和解说两部分组成。其文本语言深受当代历史大散文的影响,视野开阔,思维灵动,语汇新颖。镜头语言巧用各种拍摄方式和制作特技,极具视觉冲击力,每一幅画面都是一种视觉享受。纪录片的音乐、效果、解说更是讲究,与作品主题相得益彰,又有强烈的风格特征。

我说它是新时代纪录片的重要创获,也是从这几个维度考虑的。虽然历史大散文曾经深刻影响了当代文风,但将它用到纪录片创作上,还比较少见。如果没有这种文学准备,《大河之北》的文本创作不可能具备如此的高度和格局。它的画面语言尤其是异常丰富的航拍镜头为观众提供了异乎寻常的视角。这些航拍镜头如果不是无人机技术的普及,是不可想象的。《大河之北》的叙事方式显然借鉴了西方同类纪录片的经验。如果没有开放的时代和开放的胸襟,是不会创作出这样一部具有大家风范的上乘之作的。

当然,再好的作品都可以找到不足。如果《大河之北》在给我们营造视听冲击的同时,更加注重细节的捕捉和刻画,那么,它一定会给我们留下更为深刻的印记。

从《望长城》到《话说长江》《话说运河》,到《苏园六记》《水韵江苏》,中国的同类纪录片走了一条不断探索发展的成功之路。《大河之北》的成功,给了我们足够的启示:在我们这样一个幅员辽阔、历史文化资源丰富的大国,还可以创作出一部又一部这样的精品力作。这样的精品力作对我们培养和增强对家国乡土的认识与感情,有着不可取代的作用。

值得努力!值得期待!

2021 年 2 月 20 日

看《觉醒年代》感言

《觉醒年代》出乎意料地好。网上也是好评如潮。

虽然只看了8集,但就被它牢牢锁定了,只感到央视播出的节奏太慢了。

这部剧写的是1915年到1921年之间的事,以一本杂志《新青年》为戏核,集中呈现了开辟和影响中国现代史的诸多重要人物。陈独秀、李大钊、毛泽东、周恩来、蔡元培、章士钊、易白沙、钱玄同、辜鸿铭、刘半农……这些人物曾在教科书中、在历史书中频繁地出现过,也曾在同类题材的影视作品中活跃过。我看过的就有《开天辟地》《建党大业》《恰同学少年》等。《觉醒年代》中的这些人物却是如此生动,如此不同凡俗,如此光彩照人。这些艺术形象的亲切可感是这部电视剧最直接的成功,也是其最吸引观众的因素。

它之所以如此成功,我们可以归结为独到的文学刻画、天才的美学追求以及演员独一无二的精彩演绎。但在我看来,最让我感动的,还是它对历史的尊重。

《觉醒年代》真正以陈独秀、李大钊为主角,反映新文化运动,反映创党历史,反映历史的本来面目——"南陈北李,相约建党"。这一点看起来很简单,其实大不易。也正因此,《觉醒年代》将同类的主题创作带到了新高度。

尤其,剧中对新文化运动中蔡元培在北大办学之"思想自由、兼容并包"理念的真实再现,是此前影视剧中未曾直面描写过的,更让我感到了一种有力的文化自信。

《觉醒年代》表现的这段历史是中国历史上最有光彩的时期之一。蔡元培说它最似百家争鸣的春秋时期,他是有文化自觉的。陈独秀、李大钊这一批文化巨子,是历史的先知先觉者,他们是开创历史的。新文化运动的意义要远远大于古文运动,它对中国的改造可谓是翻天覆地的。

好剧当追,值!

《人世间》的三点启示

《人世间》无疑取得了轰动效应。我在网上浏览各种评论,都是一片叫好,很少有不同意见。这在当下非常难得。去年我们讨论《山海情》,讨论《觉醒年代》,讨论《跨过鸭绿江》,今天我们讨论《人世间》。真的为中国电视剧的喜人景象感到高兴、感到欣慰。习近平总书记要求创作有筋骨、有道德、有温度的作品,创作思想精深、艺术精湛、制作精良的作品。《人世间》是"有筋骨、有道德、有温度"的优秀作品。这两年我们的许多电视剧都做到了,可以说,至少现在的中国电视剧是不缺钙的。

《人世间》为什么会打动几代人?因为它写了几代人,不同代际的人都能从中找到共情点。因为它的价值观,既是传统的,也是现代的。它是我们民族的、经过了历史检验的,又体现了社会主义核心价值观特别是个人层面的"爱国敬业诚信友善"的精髓。不要小看这一点,共同的价值观,是我们民族精神的最大公约数和文化基因,也是这部电视剧广受好评的接受基础。

当然,并不是价值观正确就一定能得到共鸣,更要看其艺术的成功。艺术的成功一般有这样几个维度,即人物形象生动,故事情节曲折,演员出彩,制作精良。这几乎是一切优秀影视作品成功的关键。《人世间》恰恰在这些方面都让人喝彩。它的人物形象不仅生动,而且是真实的,还是复杂的、变化的。它的故事不仅曲折,而且是真善美的。演员表演与角色高度契合,一颦一蹙、举手投足都十分到位。它制作精良,大到光字片的置景,小到一个道具,大到影调的统一,小到镜头的组接,都精致到难以挑出毛病。看《人世间》,你会有一种恍惚感,不是在看戏,而是在生活。事实上,这部电视剧已经达到了"生活流"的境界,这种境界是中国电视剧中非常难得的境界。

《人世间》给我们怎样的启示?我以为至少有三点:

一是让我们理解了什么是人民史诗。

《人世间》写了中国近五十年的峥嵘岁月,从"文化大革命"到改革,有新时期有新时代。它被称为年代剧,其实是不准确的。

年代剧这一概念源自香港,相对于古装剧、时装剧而言。大概是自《上海滩》始,特指从晚清到中华人民共和国成立这一历史年代的戏。现在人们把《人世间》称为年代剧,是一种误会,或者说,随着时间推移,年代剧这一概念也在变化,不妨约定俗成。此类作品还有很多,已经形成中国电视剧创作的一个传统。国庆50周年时有《共和国往事》,跨世纪时有《上海沧桑》,改革开放20周年时有《一年又一年》,30周年时有《大过年》。另外还有《风车》《金婚》等。特别是《金婚》也是写五十年的时间跨度。这些作品有一个共同特点,都是以编年史的方式来结构全剧。编年史是中国的史学传统,却构成了电视剧的一大特色,可见文化是相通的。形成这一传统的根源还在于中国的庆典文化,即每逢大庆,必有大作。郑洞天先生曾经以此描述过庆典文化与中国电影的关系,其实对电视剧也一样。

把《人世间》称为年代剧是不够的。我以为这是一部史诗剧。史诗曾经是一种文学体裁,而今是一种审美品格。只有具备了历史内容和诗性品位,才能称得上史诗。恩格斯说《人间喜剧》"用诗情画意的镜子反映了整整一个时代",说的就是史诗品格。传统史诗多是英雄史诗,人民史诗是建立在人民史观之上的,是以人民为中心的。《人世间》就是一部人民史诗。不仅因为它描写的对象是平民的,更因为作品的思想情感立场都是平民的。二十世纪五十年,三代人,世事沧桑,高歌猛进。这是《人世间》的基本内容,也注定了其坚实的历史品格。古人讲国家不幸诗家幸,其实,从《人世间》看,我们可以得出另一个结论:国家大幸诗家更幸。诗即情感。《人世间》是浸泡在情感中的。电视剧的每场戏每句台词都紧扣人物情感,浓得化不开。看《人世间》观众舍不得错过一个镜头一帧画面,因为它不含水分。

《人世间》可以说是人民史诗的样板。它对当下中国的精神滋养是巨大的,无可替代的。历史上,不同民族的史诗对其民族的形成都曾经起到过精神引领的作用。从《人世间》的热播和轰动,可以看到这部人民史诗的价值,可以看到共同的价值观和家国观念是我们民族生生不息的凝聚力之所在。这是十分可喜可赞的。

二是让我们认识到从文学到影视的转换,是可以进行创造性提升的。

我读完了梁晓声的三卷本长篇小说，感到震撼，也感到不足。震撼的是小说的结构，具有历史的眼光、时代的眼光、全局的眼光甚至是全球的眼光。它通过周家三兄妹的命运，将叙事的触角从东北伸向更广阔的天地。重庆、贵州、北京、深圳、中国、法国、美国、俄罗斯……从家庭到邻里，从企业到机关，从大学到监狱，从农场到剧团，从商场到文场……从平头百姓到省部级干部，从工人阶级到知识分子，从兵团知青到企业白领……就我目力所及，还没有发现第二部这样宏大的全景小说。巴尔扎克说小说是民族的秘史。梁晓声显然是有为民族修史的野心的。这种野心让我佩服。但不足的是在人物命运与时代关系的把握上，有失偏颇。人物命运过于严酷，与时代的昂扬向上似有龃龉。

电视剧在这一点上做了重大调整。将小说的"钢铁色"调成了"火焰色"。这种底色的调整，不仅带来了温暖明亮，而且更加契合了大众对生活和时代的感受。可以说，电视剧将原著的批判现实主义改成了现实主义。更为难能可贵的是，改编后的人物故事依然生气贯注，仿佛是从原著中生长出来的一样。梁晓声也称赞这种改编，说电视剧弥补了小说某些人物和情节的概念化。由此，我对他更添了许多敬意。

从小说到电视剧，需要进行文学到影像的转换，这种转换难度很大。有成功的案例，也有失败的教训。两相比较，常常让人感慨，加分的少，减分的多。成功的如《平凡的世界》《白鹿原》的改编，也只是较好地体现了作品的质感。与之相比，《人世间》有过之而无不及。它既尊重了原著精神，又使之更加符合电视剧的审美特点。有人说电影是导演的艺术,电视剧是编剧的艺术。看了《人世间》,我要说,电视剧既是编剧的艺术,更是导演的艺术。仅从对演员的选用和把握、影调的设计和追求、叙事的节奏和张力等方面就可以看出导演的功力已入圆融之境。导演李路一路走来,从最初的《孤星》到《刘天华》《小萝卜头》,到《老大的幸福生活》《山楂树之恋》,到《人民的名义》《巡回检察组》,再到这部《人世间》,步步登高,终成正果,当在中国电视剧史上占有一席之地。

三是对电视剧创作者和生产者来说,选择题材既要注重地域性,又要突破地域性。

其实,这也是江苏影视创作的传统。江苏当年创作过《双桥故事》这样的长剧,也创作过《秋白之死》这样的短剧,都取材于江苏的人和事。但也有《严凤英》这样的长剧,突破了地域限制,同样赢得了成功,被称为荧屏上刮起了东南风。后来,江苏拍摄《人间正道是沧桑》《我们的法兰西岁月》等时都是放眼全国的,更是取得了长久的影响。可是现在,我们在选择题材上往往先从本地出发,过于强调"江苏故事"。当然,强调"江苏故事"并没有错,但这种"江苏故事"一定要具有"中国故事"的价值和意义,才值得重视和投入。其实从电视剧的产业属性和意识形态属性来看,我们都没有必要过于强调地方特色,否则就会作茧自缚。这一次《人世间》的爆火,又一次说明题材选择的开放度是何其重要!试想如果当初因为它是东北题材而放弃,那么,今天面对这样一部具有中国精神、中国气派、中国价值的《人世间》,我们该如何扼腕叹息!

要说不足,很难找到不足。这部剧在文学上,在电视剧本体上,在编导演诸方面都尽量做到了尽善尽美。我是个很挑剔的人,却很难挑出什么大毛病。有一点,就是歌曲的传唱性不够。一部长达58集的长剧好剧,理应有一首好歌能够传唱开去,甚至经久不衰。与《渴望》相比,音乐是称职的,也只是称职的。主题歌歌词很棒,但文学性盖过了音乐性,不易传唱。

不管怎么说,《人世间》都是新时代电视剧创作的重大收获,是中国最好的电视剧之一。我相信经过时间的汰洗和沉淀,它有望成为经典。我们要向《人世间》致敬,向创作者致敬!希望更多的人民史诗能够被打造出来。

2022 年 3 月 4 日

历史与诗情的完美融合

电视剧《数风流人物》是国家级的史诗大片,我们的研讨会也是高质量的,各位专家的发言从主题立意到人物刻画,从电视艺术本体到叙事策略分析,其深度广度高度,都让我倍受启发。感谢各位专家的全情投入!也感谢并祝贺江苏广播电视总台生产制作播出这样优秀的作品!

过去的一百年,分为四个大的历史阶段,有三个关键词,那就是革命、建设、改革。《数风流人物》全面抒写了我们党从成立到夺取全国胜利的革命斗争的光辉业绩,形象地刻画了这条历经二十八年的革命道路,是何其艰难、何其壮烈、何其可歌可泣!我觉得这部电视剧是一部具有史诗品格的历史大剧。《数风流人物》就是《数英雄人物》,因而它是一部英雄史诗,当然,也是一部人民史诗,因为这些英雄都是人民的杰出代表。

去年我们看了《觉醒年代》,今年我们看了《数风流人物》,这两部作品无缝对接,将新文化运动到党的成立到全国革命胜利的过程,翔实生动又充满诗意地呈现出来。两相比照,《数风流人物》完全可以与《觉醒年代》比肩而立。《数风流人物》有这样几个特点:全景式的视野、大开大合的戏剧结构、海量的人物故事。据统计,有名有姓的人物竟达400多个,这在中国电视剧史上是"独一个"。不仅人物多,而且群像生动。陈独秀、李大钊、毛泽东、瞿秋白等领袖形象,都异常真实、丰满、鲜活。对于普通观众来说,全剧悬念丛生。对于党史工作者、爱好者或者了解党史的人来说,这部作品没有悬念而有魔力。或者说它最大的悬念,就是中国共产党的命运。我们要看的是在历史关头、在血雨腥风中党如何渡尽劫波,走向胜利。这是全剧的魅力所在。它在艺术内容上做到了信仰与选择、斗争与牺牲、革命与爱情的融合,一句话,做到了历史与诗情的融合。这也是我说它是一部史诗大剧的理由所在。

江苏广播电视总台曾经拍过《人间正道是沧桑》和《我们的法兰西岁月》这样的史诗巨片。时隔十多年,我们又看到了这部《数风流人物》,真的可喜可贺,可敬可佩。这部电视剧抬高了重大革命历史题材影视创作的天花板,拓宽了艺术空间,填补了题材空白,提升了同类题材作品的思想艺术水准,也给后来者的超越制造了很大的困难和障碍。

这部电视剧虽然没有赶上党的百年大庆,但现在推出也正当其时。在我们向第二个百年再出发的起点上,在开启新时代新征程的时刻,我们特别需要这样的作品提供精神动力。这部电视剧与建党精神高度契合,或者说就是建党精神的真实写照。它让我们在艺术欣赏中重温初心使命,挺起民族脊梁,为实现民族复兴的中国梦而接续奋斗。

2022 年 7 月 1 日

云章

"李家山水"的新景观

李小可先生带着作品回江苏办展,是他怀着对"水墨家园"和传统文化的大爱,奉献给家乡人民的一份厚礼。

李小可先生受父亲李可染大师的影响,很早就走上了绘画之路。秉承父亲的精神,他"学步""悟道""以学为进"。他"精读大自然与传统",以东方的笔墨语言与文化精神到大自然与生活中去发现美,创造美。正是这种坚持不懈的努力,使李小可先生与父亲李可染先生的画呈现出两种风格、两种意境,进而构建出两种不同的艺术景观。

纵观李小可先生的艺术之路,我认为至少有三点值得学习和借鉴:

一是师古而不泥古。李小可先生生于艺术名门,李可染大师是他最好的、最直接的导师。他长期浸淫于中国画传统,坚定地执守父辈的艺术理想与文化精神,不断地汲取西画的营养,在传承中创造,在探索中突破。正是因为这种创新精神,他的作品不仅具有了"李家山水"的精神品格,还有自己鲜明的语言特色。他用独到的线条、色彩、结构，营造画面整体的意境，突显作品的精神内涵，使作品成为"生活""精神"与"形式"的统一体。

　　二是师法造化，善于提炼。他继承了父亲的创作理念，面向自然，师法造化，坚持写生。从二十世纪八十年代起，李小可先生先后多次深入西藏地区，并到黄山、太行山、燕山等地写生创作。他的足迹遍布西藏、青海、甘肃，长江源头、黄河源头等地。正可谓从生活中提炼创作的题材，在创作中保持写生的状态。他的创作实践，再次证明了深入生活、扎根人民，是艺术家走向成功的重要途径。

　　三是具有真切的文化观照。本次展览的四个系列表现了古都的博大与宁静，藏地的豪放与神奇，以及黄山的瑰丽与壮观。这都源于李小可先生的文化思考。他用水墨语言来表现对家园的印象和记忆，提示人们从这些家园的景色中获得创造未来的力量。他努力思考画面背后的文化意义，并把它体现在作品中。他作品中的"笔"与"墨"不仅仅是一种形式，而成为他表现生存空间和自然意境的方式，因此具有了文化观照的意味。

2015 年 10 月 23 日

画画不易　画瓷更难

宜兴是著名的文教之乡、艺术之乡。从这里走出去的艺术大家，在中国美术史特别是近现代美术史上可谓光彩夺目。宜兴美术馆应该是全国最好的县级美术馆。有人说它可能比一些省级美术馆还要气派。在这样的美术馆举办马未定先生作品展，真是相得益彰。

马未定先生是江苏高淳人，是享誉全国的军旅书画家。先后就学于解放军艺术学院、中央美术学院和北京大学，其作品多次在全国全军书画大展中获奖。去年，这个展览曾在江苏省文联现代美术馆展出过。我有幸先睹为快。这次展出的100多件作品，是其近年来扎根生活潜心创作的艺术精品，涵盖了书法、水墨人物、写意花鸟以及陶瓷绘画等多个领域，集中呈现了其妙语传统精神、打通画科界域、不断探索新路所取得的艺术成就，反映了他兼容南北、笔随时代的艺术选择与大气浑朴、奔放华滋的个性风神。

都说书画同源，但当代真正既是书家又是画家的并不多见。马未定先生却是其中书画兼长的一个。这是他首先让人佩服的一点。

其次,他的中国画在人物、花鸟、山水诸方面都取得了不小的成绩,更是让人佩服。这说明他有着多方面的艺术才华。

这次展览是马未定先生从艺三十多年来的成果检阅。他是一个非常全面的艺术家。我以为他的书法小楷见功力,行书见格调,草书见精神,一批作品让人见之心喜,不忍释手。他的人物画特别是当代人物画,无论是野训日的女兵还是行将出发的战士,无论是工程兵兄弟还是父老乡亲,无论是赶集老人还是新疆人物,都有一股扑面而来的生活气息。其过人的造型能力,更加令人称道。他的写意花鸟尤其是出淤泥而不染的荷花,虽是文人画的传统题材,但他力求突破,画出了荷花勃发的生命力,画出了荷花香远益清的高贵品格。他对水墨的控制,对色彩的运用,都有一种大巧若拙的神韵。他的山水画深得故乡山水的滋润,大气有力,充满人间情味。

画画不易,画瓷更难。本次展览中还有马未定先生近年来创作的数十件陶瓷绘画艺术精品。是故乡的窑火催生了马未定先生的艺术灵感和创作激情,十多年来他潜心画瓷,娴熟地运用陶瓷绘画材料,完美地体现陶瓷器型的装饰美感,将中国画崇尚的"外师造化,中得心源"精神、中国画的意境和文人画的恣意洒脱融入陶瓷绘画,形成了鲜明的个人风格,成为当代中国新文人瓷画的重要代表。

无论是书法、绘画,还是画瓷,我们都可以从中看到他热爱生活热爱人民的精神世界,看到他"深入生活扎根人民"的创作态度,看到他坚定不移不肯懈怠的艺术追求。

艺术探索永无止境。马未定先生的艺术之路,就像这次展览的名字一样,"行踪未定"。只有行踪未定,不断探索,才能不断取得成果,取得成就,最终才会史有定评。未定与定,也是辩证统一的。我相信马未定先生一定会达到这样的境界。

2017 年 11 月 17 日

寻梦问道　深意在焉

看左希文先生的画,觉得他是一个安静的人、快乐的人、专心致志的人。他的画,笔触细致,笔法熟练,花是活的,鸟是活的。要达到这样的境界,一靠天才,二靠勤奋。我想他是有天赋的,也一定是很刻苦的。

花鸟画中看时代,花鸟画中看世界,花鸟画中看精神。他的花鸟画给人以祥和静美之感,与我们这个时代的好正相映衬。看这样的花鸟画,我们都能得到精神的滋养,感到芬芳,感到温润,感到愉悦。

他的作品的题材已经逸出了传统花鸟画的固有形式。名人词典,就是漫画,但工笔漫画,更让人忍俊不禁。《铸梦》和《白云山下的红色音符》,说明了他对时代的敏感。他的视角已有所突破,不仅微观,不仅工笔,而且宏观,而且写意。

他的画展取名"寻梦问道",有深意在焉。

这个梦既是他个人的艺术之梦,也是中国梦。

道,不仅是画技画艺,还有大道,还有精神。

左希文先生正值盛年,梦长道远。我相信,只要在艺术的道路上孜孜以求,他一定能够得大道,圆好梦!

2018年9月19日

走出小我　画出大我

一转眼，我们的现代美术馆已经成立五周年了。

五年来，在美术馆在各位同人的努力下，在座各位的支持下，取得了一定的成绩，产生了一定的影响。它成为江苏省文联一个良好的工作平台，无论是对于美术，还是书法、摄影，或其他展览类的艺术活动来说，都是不可或缺的。不能设想，没有这个现代美术馆，我们的许多工作将如何开展。五年小庆，十年大庆，这是中国人的传统。现代美术馆马上五周年了，我们搞这个展览，既是庆祝，也是汇报、是小结，更是一次检阅。

以前的展览往往都是搞一个开幕式，请各方面的领导、嘉宾一起来，搞一个仪式。然后进行一些宣传和推介。这次没有开幕式，而是改成一个内部的小型研讨会。我觉得这种尝试也是一种创新。对于我们参加了太多开幕式的同志来说，还有一些新鲜感。关起门来，坐下来，就这个画展，就版画、水彩画的现状、未来做一些探讨，显然很有意义。

昨天，我看了两个展厅的作品。虽然美术馆刚开办五年，但这些作品的年代远远不止五年,几乎囊括了改革开放四十年,真是多姿多彩。无论是版画,还是水彩画,题材是多样的,技法也是多样的,风格也是多样的,既能直观地看到改革开放四十年来我们生活中器物层面或者物质层面的变化,也能感受到精神面貌的变化。因为这些作品都具有很强的时代特征。可能就某一张作品单独看,这种时代特征不是很强,但当它们集中在一起展览的时候,那种整体感的意义就不一样了,就有一种时空的比照,就有一种历史的价值。

版画在中国有悠久的传统。现代史上新兴版画是五四新文化运动以后兴起的,是由鲁迅先生亲自介绍和倡导的。这个画种非常好,它一直强调与大众的关系,与时代紧密相联。水彩画是舶来品,十九世纪末进入中国,由传教士带来,或者留学生带回。版画也好,水彩画也好,都是参与了现代和当代中国人的审美建构的。应该高度重视它们,无论怎么重视都不够、都不为过。

历史进入了新时代,我觉得版画、水彩画要向前走一步,要跟上新时代的步伐。要走出小我,画出大我。中国传统的文人画,都强调要表达个人的主观情志,花鸟、山水、人物都是画家内心思想和情感的符号。从展出的版画、水彩画看,这种传统的绘画精神和西方外来的画种,已经结合起来了。要坚持以人民为中心的创作导向。这不是一句空洞的口号。对每一个美术家来说,都有一个内化于心的过程。你怎么走出小我,画出大我?要真的以人民为中心,去写实、去写意、去抒情。为时代立传,为时代画像,为时代明德。八大山人的作品大家都认可,他笔下的鱼、鸟都是斜眼看世界的。这是他个人内心的表达,也是明清鼎革之际一种时代的情绪。我说走出小我而画出大我,并不是说要把自己的东西丢了,而是要结合在一起,这里有个学习升华的过程。你以人民为中心,与时代同频共振,你感受到的小我可能就是时代的大我、人民的大我。

我想,无论是版画家,还是水彩画家都有这样的一个共识:在技法到达一定水平以后,你画什么、怎么画,直接决定了作品最后的品格和境界。

2019年5月17日

田步石与其花鸟画

认识步石快十年了。

步石的职业是电视编导,画画是他的余事。

步石的画却一点也不业余,相反,他是专业的。

这种状态古已有之。古代有专业的画家吗?好像没有,或者不多。史上那些著名的画家大多还有第一职业或者第一身份,他们是官员、学者、文人,甚至是皇帝、王公、僧人……

这些年,步石专攻写意花鸟。我看着他越画越好,越画越神,有时几乎不敢相信自己的眼睛。

对于画画,我是个外行,不妨斗胆说一点外行话。

我以为,花鸟画相对精细,可能更宜工笔;山水画相对粗犷,可能更宜写意。用写意之法画花鸟,确乎是难上加难的。宣纸上作画,无非水墨点画、设色构图。但是选材、取相、造型、立意,却是蕴含了文化、思想、眼界与技法的合力因素,其运用之妙,存乎一心,难与外人道也。

观步石的写意花鸟,先有赏心悦目之感。花的绽放、叶的舒卷、鸟的灵动,草木虫鱼,皆生动活泼。

品步石的写意花鸟,常有意外之得。或涉笔成趣,或兼含哲思。

趣味性是步石花鸟的最显著的特征。趣味即好玩。好玩往往是他作画的动因,也是他创作的结果。他将有趣的瞬间凝成永恒。

上乘的写意花鸟,从来不只是花鸟。而是意在象外,象有尽而意无穷。朱耷的鱼鹰白眼,郑思肖的兰花无根,都有深意在焉。步石的一些花鸟作品也是有深意的,这是他对人生和世相的领悟与感悟。

文如其人,画亦如其人。观其画,知其人。步石的画是可以挂在客厅和书房的。步石是可以做朋友的。他通达圆融,淡泊名利,乐于助人。

能够画画的人,是有特殊天赋的人。我对有特殊天赋的人总是充满敬意。

2020 年 11 月 4 日

一切景物皆情物
——评陆庆龙的油画

油画是舶来品，进入中国的时间也就五百年左右，先到宫廷，后到民间，真正产生社会影响可能要到二十世纪一二十年代。一种外来的艺术形式要获得生命力，必须完成本土化的过程，而本土化应当是以产生了本民族的艺术家及其反映本民族生活内容的作品为标志的。以此而论，油画是完成了这一过程的。它和曾经的二胡，近代的钢琴、小提琴一样，已经完全融会到我们民族艺术的血液中了。油画是当代中国人审美生活中不可或缺的重要组成部分。

看陆庆龙的油画是可以也应当从这样的高度去发现其价值和意义的。

陆庆龙是一个全面的画家，既擅风景，又擅人物，多次获得国家级美术大奖，一些作品被国家级美术馆收藏。他的风景画，一类是故乡题材，一类是异乡题材。他的人物画，以平民为主，也有领袖形象。平民题材中既有乡土人物，又有边地高原的各族群众。这些作品形成了陆庆龙特有的风格和气质——诚朴。古人讲，文如其人。陆庆龙的作品让人相信，画如其人。作品一定是作者人格的投射或外化。

　　他的油画突破了中国传统文人画的樊篱,走向了广阔的天地,融入了强化当代美术的主流。这一主流是与革命文艺传统一脉相承的,又继承了现代美术史上新金陵画派"笔墨当随时代"的新美术传统。这些作品尤其是其人物画,处处彰显出题材选择和主题立意的人民性。他画的民工《兄弟》,无论是《当班》还是《归来》,无论是《盛装》还是《卸甲》……既写实又写意,既直面生活的艰辛又礼赞劳动的伟大,总是给人以《喜悦》和《期望》。从这些作品中,可以感到画家从"小我"走向"大我"的一颗赤子之心。

　　在陆庆龙所有的画作中,有一组《家园》特别打动我。每每看到,总要凝视良久,不肯离开。这可能是因为我与他同乡同龄,有着共同的故园情结。我们的家都在黄海之滨,虽然一个在南,一个在北,但地形地貌、风土风物相差无几。我知道,时间是单向的,故园是回不去的,一切只有在回忆中长存。陆庆龙将这种回忆化作笔端的一幅幅春夏秋冬的景致。草堆、菜畦、麦地、河岸、田埂、乡路、茅屋、杨树、树上的鸟窠……一切都是那么熟悉,似曾相识,这是我们儿时共同的家园。我佩服他惊人的记忆力和还原细节的能力。王国维说,一切景语皆情语。陆庆龙的笔下,一切景物皆情物。他的《家园》不是照相式的纪录,而是浸润情感和性灵的创作。苏轼说王维画中有诗,陆庆龙的画亦如此。这个诗意,就是陆庆龙的乡愁,它使其画境从象出,别开生面。

　　看这组《家园》,我总有一种感动。扪心自问,这种感动其实源于弥散其上的氤氲,是一种无形之形。李渔说媚态之在身,如灯之有光,火之有焰,珠贝金银之有宝色。其实,艺术的魅力何尝不是如此？艺术家的修为如何,就在于能否画出这种光焰。我不是此道中人,不知道他是如何做到的。我只有叹服,神乎其技也！

我相信,这种饱含乡愁的佳作,具有长久的生命力。它能感动我这个同乡的受者,也一定能感动他乡的受众,因为乡愁是人类共同的情感。

2022 年 5 月 6 日

诗情画意　画意诗情
——评高建胜的画

国画是国粹,花鸟画是国粹中的国粹。自其萌发迄今已逾两千余年,其间大家辈出,杰作如云,不可胜数,为中国人的审美生活提供了独特而丰富的滋养。

高建胜是当代花鸟画的高手。他出身科班,秉承传统,自有源流。他的画写意为主,工写结合,技法娴熟,功底扎实。他笔下的花是香的,鸟是活的,鱼是游动的,真可谓活色生香。

他热爱生活,生活也热爱他。这种和谐饱满的生命状态,在他的画作中一览无余。从画中可以看出,他是一个内心十分雅致的人。冲淡平和,一片喜悦。他画的葡萄,晶莹剔透;他画的墨荷,香远益清;他画的梅花,春意盎然;他画的紫藤,一树烂漫;他画的枇杷、桃子、石榴、丝瓜都栩栩如生、生气勃勃;他画的喜鹊、紫燕、翠鸟、彩蝶均生动可爱,似可与人语。其线条之爽利、设色之精准、造型之逼真,既专以形似,又得之象外,达到了很高的境界。苏东坡说王维"诗中有画,画中有诗",我从高建胜的画中确实是读出了诗情诗意诗味的。正所谓诗情画意,画意诗情也。这种诗情画意、画意诗情正是高建胜花鸟画的魅力所在、价值所在。

观高建胜的画作,可知其作画已入化境,即一种自由的境界。他的作品既写生,又超越了"写生",不仅形似,而且重在寓兴抒情,任意而潇洒。我的理解是画家用笔墨作画与作家用文字作文,其道理是一样的。高建胜调动笔下之草木虫鱼,犹如作家为文之遣词造句,其一枝一叶、一花一鸟总关情耳。所不同的是,词句易得,而草木虫鱼难求。其"形似"的写生本领,既要天赋,更要功夫。只有当各种物象在他笔下呼之即来恣意成趣时,他的花鸟画才能实现这种表达的自由。

谨以其画作《经霜映日》为例。几树红柿,衬以山塬,佐以题款。虚实之间,意境全出。一纸老干红果,让人顿生生命礼赞之感。看其下笔,以书入画,放旷自如,果断有力,笔墨的境界与画作的境界相得益彰。如果让我命名,此画似亦可名之"怒放的生命"。

花鸟画从来不仅仅是画花鸟。而是画家主观情志的体现,生命气质的写照。当然,也应该是画家所处时代气息的反映。郑思肖的无土兰花,八大山人的白眼鱼鸟,满纸都是他们的亡国之痛。徐渭的青藤葡萄,溢出的是其怀才不遇的愤懑之情。郑板桥的墨竹,高洁素雅、坚韧不屈,表达的是他的高士之怀。今人读他们的画,不仅读到他们的内心,还能读出他们所处的时代。从这个意义上说,花鸟画真是善莫大焉!

于此,我们也可以通过高建胜的画看到、感到今天这个时代才有的阳光和温暖。他曾经举办过一个叫"晔若春荣"的个人画展,我觉得名副其实。从高建胜的笔下,我看到的是一片"盛世春光"。如果说高建胜是一个时代的歌手,当不为过。

袁宏道说,"三春花鸟犹堪赏,千古文章只自知"。我这样读解高建胜先生的花鸟画,可能有点强作解人了。好在审美本来就是主观的,从接受美学的角度看,画家的画最终是由读者完成的。有鉴于此,故在所不辞耳。

2022 年 5 月 14 日

画境禅境心境
——评陈国欢的画

为什么我喜欢陈国欢先生的画？因为他的画与众不同。

在众多的当代画家中,他有着鲜明而强烈的个人风格。无论是花鸟、山水,还是人物,陈国欢的画总给人一种冲淡、典雅的感觉。冲淡、典雅是二十四诗品中的两品。冲淡如"饮之太和,独鹤与飞""脱有形似,握手已违",典雅如"白云初晴,幽鸟相逐""落花无言,人淡如菊"。若将二者合成一品,就是淡雅。淡则雅,雅则淡,这种奇妙的观念,可能与我们的美学传统或审美经验有关。陈国欢先生显然是这一美学原则的信奉者和践行者。他乐此不疲,向世人奉献了一幅幅浸透淡雅品格的精品妙品。总之,用"淡雅"形容陈国欢先生的画风,是我能想到的最好的表达。

他用笔简,设色淡,水墨濡染,气韵生动。花喜折枝,鸟多单飞,山抹微云,泉挂半空。这些题材显然属于传统文人画的范畴。但国欢先生坚守传统却自出新意。新就新在画境对禅境的追摹。禅是人类锻炼思维生发智慧的生活方式,是一种基于静的行为。它源于佛教,意为通过禅定获得内心纯净或顿悟。在我看来,它是中国传统文化儒释道的合体。它合乎道法自然的道家传统,又为儒者所吸收,提升了中国人的道德人格、审美意境和生命体验。禅境是一种无心的境界,实际上是指主体客体的融通合一。用画境表现禅境,是陈国欢先生的志趣所在,那一种惬意、自适、快乐,从他的每一幅作品中渗出,启智养性,润人心田。画出这样作品的画家一定是一个热爱自然、热爱生活、热爱生命的人。

陈国欢的禅境画作是通过"简笔"完成的。东坡作文,行于所当行,常止于不可不止。国欢先生作画,亦如此。观其画,似乎不肯多画一笔,又似乎不能再少一笔,一切都似恰到好处。他的画最善于留白,一些画甚至白大于"色",以少少胜多多。他真正做到了笔简而意丰,墨淡而气壮,水洇而韵生。艺术就是这样的奇妙。有的画家喜欢画满格,再大的尺幅,都要画满了才肯作罢,看得人喘不过气来。陈国欢却深谙辩证法,在虚与实、动与静、形与意关系的处理上都有清醒的自觉,看似信笔点染,得到的却是言有尽而意无穷的艺术效果。他的画有一种简约美、空灵美,描绘的只是一个瞬间,却散发着永恒的美的光焰。

与传统文人画但求心象不同,国欢先生的画志在写意,却是建立在写实和形似的基础之上的。其用笔、用墨、用水,功夫了得。他画野藤秋枝,以书入画,线条爽利。他画江上云上,泼墨写意,韵味天成。他的造型能力是有西画功底的。这种技艺,没有天赋是不行的,仅有天赋也是万万不行的。只有长时间地实践和体悟,才可能得心应手,措置裕如。他的艺术一定是先做加法,再做减法的。看山是山,看山不是山,看山还是山,是佛家修炼的三境界。国欢先生的画,显然已经进入了"看山还是山"的层次,有一种物我两忘的境界。

画境即心境。淡雅的本质是一种生活态度,也是一种价值追求,更是生活艺术化、艺术生活化的处世方式,是一种超越了功利的诗意的表达。苏轼主张诗画一律,说"诗不能尽,溢而为书,变而为画,皆诗之余"。国欢先生一定是这一主张的忠实拥趸。他的题款用字多喜"雨后、初晴、野藤、疏影、秋霜、轻寒"等,自然让人想起韦苏州的淡雅,亦可资佐证。唯其如此,他的画才会以独特而统一的风格,独标于当世画坛。

2022年6月7日

古意新意与诗意

——评毕宝祥的山水画

毕宝祥先生是当代著名的山水画家。他的画有古意。

什么是古意？古意就是近古，就是以古人为楷模。从毕宝祥的画中，我能明显感受到古画的气息，看到古人的影子。远溯董源、吴镇，近推龚贤、黄宾虹等。他的山水画与诸多前贤的山水画一脉相承，在技法、题材、意境上都是相通的。特别是他的江南山水画，可观可居，可赏可游，有一种"虽不能至，心向往之"的神往之境，赏之让人心安神宁。

国画是中国的国粹。山水画也是国粹中的国粹。天人合一是中国人的哲学，寄情山水是中国文人和画家的本能选择。画山水，画心中的山水，画自然中的山水，就是中国画家的志趣所在。毕宝祥显然是吃透了中国艺术精神的这一真髓。

赵子昂说："作画贵有古意，若无古意，虽工无益。"要达到这一境界并不容易。历史的演进、时代的发展对艺术创作必然带来新的要求。就"近古"而言，今天的画家要比赵子昂时代的画家困难得多。今人要与古人心意相通，下笔才能近古，画中才有古意。要做到这一点,必须排除各种影响、干扰,甚至污染。而这种影响、干扰,甚至污染是多方面的,哲学的、审美的、观念的、技法的,所在多有,要完全排除,何其难也。但毕宝祥的江南山水画却做到了。他的《春风又绿江南岸》《风轻云淡图》《云卷云舒图》《夏山图》《溪水潺潺》《暮色图》《暮山雨后》《雨过风清凉》《秋风图》等,可谓一尘不染,古意沛然。这些作品多是画家心中的山水,任由他信笔挥洒,点染皴擦,一幅幅深得传统山水画精妙的画作展现在我们面前。不仅其笔法墨法技法多有出处,其取材,其意境,其趣味,其崇尚,与古代山水画大家的哲学观念、情感倾向、审美偏好也高度一致。

唯古意,真传承,这就是守正。但只有守正是不够的,还得创新。毕宝祥在创新的道路上显然也是孜孜以求的。他拟古不泥古。其山水画中有一部分是写生类的作品,这些作品在吸取山水画传统的同时,又融入当代元素,突出表现在画中房屋村舍的营构。这些房屋村舍与传统山水画明显不同。传统山水画的屋舍往往是象征性的,是仙居,有仙气。毕宝祥的写生山水画中的屋舍具有写实性,是民居,有较强的生活气息和现代感,表现的是人间温暖。如《蒙山写生》《皖南》《山居图》《山清水秀图》《小山村》《河岸》等,画中屋舍俨然,依山傍水,一派祥和。山水画很少直接画人,多画房屋,房屋即人。同样是天人合一,但毕宝祥写生山水画中的人气更旺,人的位置更为突出。这是他与传统山水画不一样的地方之一,也是毕宝祥山水画中的新意所在。

近年,毕宝祥的山水画又有突破,突出表现在对北方山水的状写描摹上。他画太行风光,风格焕然一新。其《太行山下》《深山古寺》《家在山里》等都具有很强的艺术冲击力。画中层岩叠嶂,如刀劈斧削,气象森严。线条干净利落,高山耸峙,气势如虹。观其画,其创作的快意似乎扑面而来。这种感觉是我看其他山水画家作品时很少有的。

还有一组蓝天系列值得一说。《幽谷》《秋林》《高山飞泉》《空谷清音》《晴空》《溪水孱潺》等都有一个共同点,这就是画中大面积的蓝天白云。它不同于一般的留白,而是精心营造的意象,让人心旷神怡。我以为这是画家对新时代生态文明建设成果的礼赞,其欣喜之情流于笔端、溢于画面。

除题材之新、笔法之新外,还有立意之新。一幅《登高不畏险》给人以强烈的视觉冲击,他创作该画时,一改传统山水画出世避世遁世多求隐逸的倾向,张扬的是积极进取的入世精神。

这一切都是毕宝祥山水画的新意所在。套用赵孟頫的句式,我要说,作画贵有新意,若无新意,断难拔萃。

古意也好,新意也罢,最终都要落实在诗意上。好画如诗,画中有诗。这是我对山水画境界的认识。以此赏读毕宝祥的山水画,处处感到诗意盎然。什么是诗意?人言言殊。诗意是诗的内容和意境,是诗情和诗思。何其芳说,诗意似乎就是这样的东西,它是从社会生活和自然界提炼出来的,经过创作者的感动而又能激动别人的一种新鲜优美的文学艺术的内容的要素。话虽拗口,理却诚朴。毕宝祥的山水画就是如此。他画中有诗。这种诗有对自然的赞美,对生活的喜悦,对先贤的礼敬,还有对时代的歌唱。他是用画作诗的。

他的画中的诗是一种氛围,一种情怀,一种生活艺术化、艺术生活化的水乳交融,浑然天成。你能感受到,未必能说清。

我以为,这是审美的最高境界,毕宝祥的画就给了我们这样的境界。

2022 年 7 月 4 日

大格局、小细节、真功夫

——评浦均的青绿山水

青绿山水是中国画中较为贵气的一种。自唐以来，代不乏人，当世画坛，更是高手林立。浦均位列其间，当无惭色。

我读浦均的画，直觉其气壮山河，豪情万丈。即使尺幅小品，也能给人以强烈震撼。他的《明月夜》《大江流》《月涌大江》《日落千山》等都是如此。而其巨幅绘制如《一亭烟雨》《十里桃花》《九重山色》《万松叠翠》《湖光竹影》《山林野兴》《空谷清音》等更是阔大雄浑，气象万千。这些作品，或平远，或高远，或深远，或三远兼具。山清水秀，山高水长，如梦境，似仙境，让人游目骋怀，赏心宁神，只盼登临，不肯转睛。

山水画讲究"外师造化，中得心源"。读浦均的画让我对此有了更深切的理解。相较而言，其小品，多为心象；其巨制，多师造化。浦均真的是一位造境能手，设色淡雅，深浅有致，下笔果断，多用线描。其皴擦渲染，皆得心应手。概观之，山体巍峨，水波粼粼，云蒸霞蔚，生机盎然。细品之，坡岸矶坪、峰谷溪瀑、亭榭舟舍，布局井然。再审之，松竹桃柳、花草蕉荷、鹤鹭凫禽，生趣盎然。其中松树，犹得宋人笔意,让我格外生喜。

总而言之,浦均的青绿山水既有大格局,亦重小细节,足见真功夫。

这种真功夫模糊了国画中所谓写意与工笔的边界。为什么一定要说浦均的画是工笔山水呢?难道不可以说它是写意山水吗?依我看,浦均的画是工写兼具的。说其是写意山水画也未尝不可。从另一个角度看,他的画未有工笔不写意。其实又哪有工笔不写意?

作为一种传统艺术,浦均的画多有来历。论构图取势,可以看到范宽;论水榭空亭,可以看到倪瓒;论水波小舟,可以看到吴镇;论线条用笔,可以看到弘仁……他将这些符号化的元素,恰到好处地化到自己的作品中,构成了艺术传承的坚实根基。其《空谷清音》《湖光竹影》等均可为证。

当然仅有传承是不够的。山水画的困境还在于如何出新。浦均的可贵之处在于他用传统的笔墨画出了当下的心境。他营造的画境是梦境仙境,却充满人间的关怀和温暖。这一特点在中国传统绘画中往往是矛盾的。因为梦境仙境多是出世的超然的,人间温暖则是尘世的现实的,两者很难统一。浦均却神奇地将它们结合在一起。他的画境,创造了彼岸的美,激起了此岸的情和思,虽不可得,却令人神往。

《月影冷》可以说是其中的一幅代表作。画中溪山蔼蔼,月色溶溶,万籁俱静,天地祥和,笼罩着诗一样的朦胧。画名虽为"月影冷",但画境却一点也不冷。其中的树叶苇叶充满生机,山居窗户透出了温暖的灯光。画境即心境。这种矛盾其实是他内心世界里人生态度、价值取向的不自觉的流露。

浦均是温润的、可爱的,他创造的美是难得的、可贵的。

浦均的画还可以再上台阶。要在意境上求突破。意境意境,境从意出。"意"须别具一格。黄公望、倪云林、吴镇、沈周、文徵明等,各有意,才各有境。意从何来?人生修炼,悟道而已。我相信,以浦均之沉潜精修,假以时日,必成大器。即使创作提炼出浦氏独有的山水符号,亦未可知。

2022 年 7 月 18 日

莫把丹青等闲看

"百年江苏"美术创作工程是近年来江苏省委、省政府领导下的重大文化项目,是继新金陵画派"两万三千里写生"之后,江苏省组织的规模最大、参与人数最多、主题最集中、组织化程度最高的大型主题美术创作活动之一。这一工程本意是策划百个选题、组织百名画家、创作百件作品,献礼党的百年华诞。6月28日,这一工程作品展览在江苏现代美术馆开幕了。这是江苏美术家向党的百年华诞献上的一份丹青礼、致敬礼!

这些作品不仅有历史感、时代感,还有较高的学术性。从中,我们可以看到党的初心、党的奋斗、党的奉献、党的牺牲,看到党在江苏大地上建立的成就与功勋,更加感受到党的伟大与光荣。通观"百年江苏",可以说它既是一次高水准的艺术享受,也是对江苏美术界的一次集中检视,更是一堂生动的艺术党史课。莫把丹青等闲看,无声诗里颂千秋。

从布展格局看,主办方有着鲜明的党史意识。展览共分四个部分,第一部分属新民主主义革命时期,第二部分是社会主义革命和建设时期，第三部分是改革开放新时期，第四部分是中国特色社会主义新时代。四个部分由四张组画区隔开来，分别名为《起来起来》《站起来》《富起来》《强起来》，具有鲜明的历史特征和时代印记。每一个时期都抓取了江苏历史上或江苏党史上重大的历史事件和历史人物为题材，用国画、油画、版画、雕塑四种艺术形式分别加以表现。这些作品的集中呈现，将一部江苏党史浓缩在展厅之中，让观众举步之间，穿行百年风云，睹物思人，感慨丛生。

历史题材的美术创作可以分为两大类，一类是只有文字记载，没有图片参考的"纯创作"，一类是有大量史料图片或现实场景作依据的。这两类创作各有各的难处。一类要凭空想象，难；一类要形似神似，同样难。"百年江苏"在这两类创作中都取得了很好的成绩，令人称道。

国画是"百年江苏"的重头戏。一些作品具有特定的历史价值。比如，《铜山火车站党支部》将江苏首个党组织成立的瞬间定格在画面上，比如《红十四军》将当年的斗争场景再现出来。这些都是画家广泛涉猎了大量资料以后精心构思的产物。又比如，《治理淮河》《春到上塘》这样的作品，虽然有场景，或许有图片，但是要恢复当年气象，表现历史氛围，还是要下不少考证功夫的。一些作品则记录了新时代的特征，如《蛟龙号载人深潜器》用细腻的笔触描绘了海底世界的瑰丽神奇，让人大开眼界。运河系列、城市新貌系列更是让人振奋，这些作品的价值将与时俱增，用不了多久，等到第二个百年之时，那时的人们抚今追昔，一定会从中读出历史的感慨。国画中的人物画具有特殊的韵味。《张謇》不仅人物造型准确，且将张謇一生的功业作为背景,极大地丰富了画作的内涵。

油画在"百年江苏"中比重很大,其中的人物画十分抢眼。领袖人物神采奕奕,"江苏最美奋斗者"系列栩栩如生,《江苏十大科技人物》《江苏籍世界冠军》《航天员费俊龙》《王选与激光照排》等皆形神毕肖。此外,还有多幅油画作品让人印象深刻,比如《淮海战役》和《拉萨江苏路》。前者避开正面战场,对准风雪中支前的队伍,印证了淮海战役的胜利是人民群众用小车推出来的著名论断。后者选取拉萨街头行人等红灯的街景入画,散发着浓郁的青藏高原的地域特色。

就主题创作而言,版画的优势最为明显。它可以直奔主题,直接聚焦创作对象的主体,最干净、最有力。刀起刀落,放大最想突出的细节,隐去不需要的琐碎。这也是中国现代版画的传统之一。《孙津川母子诀别》《中欧班列》《禄口机场》《南京南站》等都给人强烈的视觉冲击力。

雕塑的难度大而整体水平高。《七战七捷》《抗战胜利》以点带面,将胜利的狂喜贯注于两个战士的形象之中。《血战刘老庄》则以局部带整体,用三个战士形象代表了八十二烈士。《小萝卜头》以写意手法尽显其对自由的渴望。《南京解放》避开同类题材的套路,推陈出新。

作品的学术价值主要体现在绘画语言的创新上。"百年江苏"中的一些题材是人们熟悉的,但是却画出了新意。如《常州三杰》,以没骨画风骨,其水墨功夫、造型能力让人佩服。《渡江战役》《雨花英烈》,一为国画,一为油画,但创新思维则是相似的。《南京长江大桥》，同样的画作已经可办一个专题展了，但此画视角十分独特。俯瞰全景，从江北望江南，展现了只有新时代才有的大桥景象。《沪苏通大桥》继承界画的传统，打破界画的匠气，以几何图形细描大桥雄姿，别具一格，令人称奇。

通观"百年江苏"有许多感慨，简单说三点：

一是中国现代美术的传统得到了新的传承。历史上曾有"一部江苏美术史就是半部中国美术史"之说。"五四"以后，西风东渐，中国现代美术从传统中走出，承担了启蒙、救亡、革命、建设、改革的相关任务，形成了新的传统。从"百年江苏"中，我们欣喜地看到，今天江苏美术界完好地继承发扬了这一传统，其创作力量依然是蓬勃的强盛的。

二是江苏画家在绘画语言与主题表达之间拓展了新可能，找到了新平衡，开辟了新境界。

三是美术家走出小我，画出大我，为时代画像，为时代立传，为时代明德，功莫大焉、善莫大焉，其天地之广，超乎想象。

2021 年 7 月 6 日

用优秀的精神食粮丰富人民精神世界

今天,我们在江苏省美术馆共同见证新时代颂美术摄影主题联展的盛大开幕,很有意义!这一主题联展是向党的二十大的一份献礼,是我省文艺界特别是美术界、摄影界对新时代的深情礼赞,是对中国式现代化江苏现实图景的生动描绘。这一联展规模之大、作者之众、作品之多,罕有其匹;其主题之鲜明、体裁之多样,题材之丰富,艺术之多彩,在我省文艺史上都将留下重重的一笔。人们总是在不经意间创造历史。这就是新时代的魅力。

做好这一联展,我有几点体会:

一是精心策划选题。作为主题摄影展,选题是第一位的。在省委宣传部的领导下,省文联组织省美协、省摄协精心策划选题,先后召开三次题材策划会,得到了省发改委、科技厅、工业和信息化厅、生态环境厅、住建厅、交通厅等各有关部门的大力支持。大家献计献策,将新时代以来我省建设"强富美高"新江苏的生动实践,集中起来概括起来,整理出近500个选题,反复遴选,力争重大主题全覆盖、无盲区、无遗漏,最终形成了220个创作选题。

二是精心组织创作。选题形成以后，就要排兵布阵。省美协向社会发布选题，由艺术家个人申报，各市美协把关推荐，由省美协委约创作。另一方面，省美协、省摄协又敞开大门，鼓励艺术家自主创作，自主投稿。这种委约创作和自主创作相结合的方法，既达到了集思广益的目的，又调动了广大艺术家的积极性。某种意义上，使联展活动在创作阶段就起到了艺术动员和社会动员的效果。其后，省美协各市美协又围绕选题组织了20余次采风，为艺术家创作提供了必要保障。省摄协充分发挥组织优势和专业优势，精心组织了30余次采风创作，以影像见证新时代江苏的新成就新气象。

三是严把质量关。省美协先后在常州、宿迁、南京等地召开作品审读会，从选题构图，到笔墨手法，从题款标识到作品名称，都反复斟酌，提出修改意见，对画作一审二审三审，个别作品未能达标，只能忍痛割爱。这种做法，保证了作品的艺术品质。省摄协根据自身特点，层层筛选，最终从各市摄协、省有关单位报送的3800余件作品中评选出152件作品参加省级展览。

统观这一联展，我感到这是我省文艺界的优秀成果。它继承了"笔墨当随时代"的优秀文艺传统，体现了我省艺术家紧跟时代开拓创新奋发有为的精神风貌。感谢省委宣传部坚强有力的领导，感谢省各有关部门的大力支持，感谢全省美术家摄影家的激情投入！

幸福是一种感觉。幸福需要表达。被表达的幸福，会使幸福感成倍增长。《新时代颂》美术摄影联展就是对新时代成就的艺术表达，它必将大大提高人民群众的获得感幸福感安全感。为人民提供艺术的、审美的精神食粮,一直是文艺界义不容辞的职责。让我们接续努力,团结奋斗,为讲好新时代的江苏故事,进而讲好中国故事,为"丰富人民精神世界"做出应有的更大的贡献。

2022年11月2日

国画是开在中国文化大树上的花朵

"江苏十佳"是江苏省文联继"名家名作"和"精英精品"工程之后的又一艺术工程,旨在为青年艺术家的成长打造一个崭新的平台和响亮的品牌。今天开幕的青年美术家国画展是这一工程的开山之作。这次展览由江苏省文联主办,江苏省美术家协会和省现代美术馆承办。这是江苏省现代美术馆开办六年来提升策展水平的大胆尝试,也是美术馆提高办馆水平的重要成果。

为了办好这次展览,江苏省美协和省现代美术馆综合近年创作成绩和获奖情况,在江苏省 45 岁以下的青年美术家队伍中提名二十多位候选人,经艺委会专家评审,最终选出十位佼佼者。他们的画作囊括了山水、花鸟、人物等多种绘画内容,涉及工笔、写意、重彩水墨、白描没骨等各项技法,他们是江苏省众多优秀青年美术家的代表。

这次画展所展出的 100 多幅作品给我这样几个印象:一是题材丰富,视野开阔;二是观念新颖,形式多元;三是笔法老道,技法多样。无论是带货直播的农民,还是脚手架上的工人,无论是擦肩而过的少女，还是戴手环的非洲女人，无论是山水田园，还是花鸟虫鱼，都富有时代气息，许多作品意在像外，或清新，或隽永，或悠长。

国画是名副其实的国粹，是我们民族宝贵的精神财富，在中国人审美生活中不可或缺。无论是山水、人物还是花鸟，无论是工笔、写意还是工写结合，无论是水墨、青绿还是重彩，国画中所呈现出的或者隐含着的是中国人对世界特有的认知方式、把握方式和表达方式，它时刻为我们民族提供着精神滋养。曾经有人对中国画的现状和前途提出过质疑，但是我相信只要有中国人在，就会有国画在。我们没有理由妄自菲薄，更没有理由任性懈怠。

青年国画家对传承国粹有着特别的责任和使命。从这次画展中，我感到，当代国画家要处理好三组关系，才能传承好我们的国粹。

一要处理好个人与时代的关系。鲁迅说，只有民族的，才是世界的。我们可以说，只有时代的，才是历史的。我们身处新时代，就要为时代立传，为时代画像，为时代明德，以精品奉献人民。画家要在时代中深入生活、观察生活、体验生活、感受生活，才能形成创作冲动，才能创作出富有激情的具有时代特色时代气息的好作品。只有具有时代特色和时代气息的好作品，才能具有历史价值和永恒意义。

二要处理好传承和创新的关系。国画是国粹。国粹重在传承。但仅有传承是不够的。要在传承中创新，在创新中传承。齐白石说似我者死。他强调的是出新。不过，如果一点不似也是不行的。传承和创新，似与不似，分寸拿捏，难与外人道也。我们看一幅当代国画,往往会看其有没有古意。如果说古意盎然,就是很好的评价了。但其实仅有古意还是不够的。我以为,既要古意,也要新韵。

三要处理好学养和技法的关系。中国画是开在中国文化这棵大树上的花朵。根深才能叶茂,叶茂才能花美。只有兼具深厚的学养和娴熟的技法,才能创作出精品力作甚至经典之作。深厚的学养,不仅体现在取材、立意、构图和笔墨上,甚至还表现在题款小识上。我们看一些当代国画的作品,有时会觉得浅,觉得内涵不足。有时虽然画作很好,但其中的题款却让人失望,甚至让人扼腕叹息。这其实是学养不足造成的。我觉得这也是我们常说的有高原缺高峰的一个重要原因。我希望我们的青年画家在追求技法的同时,能够不断加深传统文化的积淀,早日成为开宗立派的名家大师,早日让江苏美术既有高原,也有高峰。

2020年7月16日

最美不过人间风情
——《画说西善》观感

西善桥是南京西南的一个小镇,现在叫作街道,看上去很普通,其实大有来头。《世说新语》中著名的新亭对泣可能就在此地发生。李白在南京过江,为风所阻,留下五言古诗的新林浦,肯定就是此地。由于诸种原因,西善桥的发展曾滞后于南京主城区,但是因祸得福,现在要找老南京的味道,西善桥却是得天独厚。

我曾经因为陈建华先生的几尊雕塑到过西善桥。陈建华先生的古道驿风、李白行吟、竹林七贤三尊雕塑永久落户于这座江南古镇,让西善桥平添几多人文风韵,让我对其主事者刮目相看。我感受到西善桥在中国式现代化进程中坚定有力的步伐。

西善桥正在蝶变之中。

我觉得,正在蝶变中的西善桥值得珍视和记录。

近日,我应邀到西善桥观看《画说西善》画展,大有望外之喜。

这是画家蔡震先生潜心半年多时间,精心创作的西善桥风情画。100多幅写生佳作,荟萃一处,蔚为大观。这位画家不仅能画,而且能文。他给每幅画作都配了相应的说明文字。其文字清新质朴,干净利落。画展取名《画说西善》,真是名符其实。画西善、说西善,图文并茂,充满人间烟火气,每一幅作品都生动可感,气息动人。

我不认识画家,但从他的作品中看出他的用心,他的格高。

我以为这些作品具有认识价值、历史价值和审美价值。这是画家以他的视角和方式为西善桥做的一份艺术档案。画家以速写的方式写生,很见功力,仅用线条就勾勒了不同的世相和杂色的人物。这些世相和人物,集中体现了其认识价值和历史价值。过去,对历史的想象,我们主要依靠文字,但其实美术的功能是不可替代的。今天我们看《韩熙载夜宴图》,看《西园雅集》,其中的许多信息量,是文字所无法表达无法解读的。同样,后人看《画说西善》一定会感谢画家为他们留下了宝贵的图式,让人一目了然,省了许多可能的歧义和笔墨官司。我说《画说西善》有审美价值,是因为这些作品造型准确生动。某种意义上,生动是艺术创作的最高境界,尤为难得。

我注意到观众很多,大多是当地的居民。一些人围着画看得入神,一些人还在交谈议论。我在想,人们为什么喜欢这个画展?

艺术有一种功能,就是将熟悉的生活陌生化。西善桥的观众看画家的画,读他的文字,一定既亲切,又新奇。这就是审美的境界。有些事物,人们在生活中可能司空见惯,熟视无睹,但借助艺术可以重新发现。发现什么?发现生活的变化,发现生活的进步,发现生活的美和幸福。

我还有一个感觉,这些画虽是现实的,但又是过去的,还是未来的。因为画中的许多题材和内容既连着过去,也指向未来。一些是旧时的遗存,一些可见未来的端倪。画家的眼光是独到的,选择也是独到的。既让人回味，又给人启示。

　　西善桥在春节期间举办这样一个画展，很有意义。它接地气。文化的养成，就是这样日积月累的。慢工出细活，文火炖肉慢慢香。二十大报告提出要丰富人民精神世界，增强人民精神力量。这不是口号，不是空话，需要去一一落实。

　　这个画展就是基层最好的落实。

2023 年 1 月 18 日

梦圆小康　大美共赏

梦圆小康，大美共赏。今天，我们雅集在具有现代气息的江苏省现代美术馆，共同见证两项江苏美术界的盛事。一是举办江苏文艺大奖第三届江苏美术奖的颁奖仪式，二是举办"小康颂"第三届江苏美术奖作品展开幕式。

江苏文艺大奖是经江苏省委宣传部批准的、江苏省文联主办的江苏文艺界的最高奖项，包含了江苏美术奖在内的各个艺术门类。江苏美术奖两年举办一次，与"中国美术奖"相衔接。自2015年创办以来，遵循美术发展规律，坚守艺术审美标准，已成为推出精品力作、发现优秀人才的重要平台。这次评奖和展览，江苏省文联高度重视、认真部署，省美协精心组织、落实到位，全省美术界积极响应、热情参与，无论是征稿、评选还是策展，每个环节坚持高标准要求、高起点谋划、高质量推进。

总体上看，本届美术奖有这样几个特点：

一是作者作品面广量大。本次展览共收到投稿作品近3000件，包括中国画、油画、水彩(粉)画、版画、综合画种及美术理论6个类别。经评审委员会公开、公平、公正的严格评选和监审委员会的全程监审，最终评出入选作品400件。入展作者除了专业画家，还有县文化馆的职员，有中学美术老师，有新文艺群体工作者。

二是评选机制不断完善。江苏省美协继续采用双通道选拔机制，除各设区市美协按指标选拔送件外，作者可以选择直送作品参加初评，尽量扩大征稿范围，遴选优秀作品。这一机制使得本届美术奖有了更为广泛的群众基础和社会影响力。

三是奖项设置合理公平。本届美术奖优化了奖项设置，根据各画种的投稿、参评件数，按比例设置奖项，更好地体现合理性、公平性；同时增设了美术理论板块，推动理论研究与创作实践并行。

一句话，本届美术奖在参与度、关注度、美誉度上都获得了丰收。

作为2020年江苏紫金文化艺术节的重要项目之一，"小康颂"第三届江苏美术奖作品展，还有这样几个特点：

一是作品主题突出，礼赞全面小康。

不论是30幅获奖作品，还是400幅入选作品，都突出了小康颂这一主题。画小康、颂小康，是江苏美术家们共同的心愿。从中，我们可以看出江苏美术家们高度的政治自觉和文化自信。他们以人民为中心，以精品奉献人民；他们多视角、多方位地描绘全面小康的社会图景，展现人们努力拼搏的精神风貌，讴歌党团结带领人民为实现小康取得的辉煌成就；他们在发现中赞美，在赞美中发现，满怀新时代的豪情。作品有思想深度、有艺术高度、有情感温度。

二是充满时代气息、生活气息。

参观这一展览，扑面而来的是浓郁的时代气息和生活气息。草原欢歌、大桥工地、港口新貌、地铁高铁、中欧班列、山乡中的快递车……这些或熟悉或陌生的场景，都让人感慨感动。国之栋梁、抗疫医护、消防战士、植树的农人、赶海的渔民、游戏的儿童、送考的家长、百岁老人的肖像、城市乡村的老年乐队……这些面貌一新又似曾相识的人物，更让我们感到亲切亲近。汪曾祺先生说，文学要有益于世道人心。艺术亦当如此。这是中国古典艺术精神朴素的传统。江苏美术奖的这些作品是符合这一传统的。它们不仅给人以美，还给人力量、给人温暖。

三是艺术样式多元、艺术风格多样、艺术语言多彩。

这次美术奖包括了国画、油画、水彩水粉、版画、雕塑、综合材料等几大门类，可谓应有尽有，展示了江苏美术创作的实力。更为难得的是，相同的主题，不同的画种呈现出不同的风格、不同的题材、不同的面貌。题材拓展的别开生面和艺术语言的多姿多彩尤其让人印象深刻。从这些作品中，我们既可以看到江苏美术家对中国艺术精神的坚守和传承，对新金陵画派的传承，对悲鸿精神的传承，也可以看到他们对当代艺术、现代观念的吸取和借鉴。艺术视野的开阔、艺术胸襟的开张、艺术手法的开合，让他们在创造性转化和创新性发展上取得了令人欣喜的成绩。

今年是全面小康的建成之年。中国人的千秋大梦终于在我们这代人的手上梦想成真。"小康颂"美术展是江苏美术界献给全面小康的献礼之作、致敬之作，是这一历史节点上的一个美丽符号。

笔墨当随时代，艺术要为人民。去年是全面小康，今年是建党百年,都是我们进行主题创作的重大契机。我希望江苏美术家抓住这一机会,创作出更多更好的精品力作。美术创作也要见人见物见精神。不仅要面向当下,还要面向历史,既有现实的丰富性,又有历史的纵深感。

我也希望江苏省美协能够总结经验、完善规章,不断提高办奖水平,不断提升美术奖的感召力和影响力,使之成为江苏美术界美术创作的风向标和月旦评。

使命在召唤,梦想在延伸。我相信,会有更多的美术家在"江苏美术奖"这个舞台上,坚守艺术理想,以充沛的激情、生动的笔触、卓越的技法创作出更多传之久远的精品力作,为江苏美术事业持续繁荣贡献力量。

2021 年 10 月 22 日

什么是苏东坡的艺术精神

很荣幸参加"东坡艺境——章剑华人文空间艺术家联展"。

这是一个小型的艺术展,但很有特色,很精致,很精彩。有书法,有国画、油画、紫砂雕塑。参展的艺术家,既有业界大咖,也有以艺术为余事的领导、律师,这让我感到了艺术特有的魅力。所谓专业和业余的边界其实是不用分得那么清的。回首中国艺术史,可能真正纯粹专业的艺术家并不多,很多都有着双重身份甚至多种身份。比如书法上,创立小篆的李斯是秦国丞相,书圣王羲之担任过右将军;绘画上,两晋时期的顾恺之曾任参军、散骑常侍,唐朝的阎立本也是当朝宰相,等等,他们都不是专职艺术家,却都在艺术上扬名立万。这些有代表性的艺术大家,构成了中国艺术史的生动缩影。我以为,他们此类群体可称为文人艺术家,其艺术成就主要得益于文人的身份以及与此相匹配的深厚的文化造诣。因此可以说,今天的艺术联展很有代表性,起码它传递了一种深意,那就是艺术成就的高低,无关是否专业从事艺术创作,最终看的是艺术家个人的文化素养。

这个展览名叫"东坡艺境",寓意深刻。我认为至少有两重意思:首先,参展的四位艺术家都是宜兴人。宜兴真是一个神奇的地方,文教昌明,是全国有名的院士之乡、教授之乡、画家之乡、医生之乡,这在全国没有第二个可与之媲美的地方。这一切,也许都与苏东坡有关。我们都知道苏东坡在宜兴买田的故事,一个能让人把他乡认作故乡的地方,一定是一个了不起的地方,目之所及皆是景,竹、茶、洞、砂总关情。苏东坡的那句名诗"买田阳羡吾将老,从来只为溪山好"正是他情感的真实流露。其实,宜兴不仅溪山好,人文也俱佳。从这个展览就可以看出,宜兴是人才辈出的,信手一拈,就是书法、美术和雕塑大家;随眼一望,都是优秀作品、精品力作,甚至经典之作。

还有一层含义,我觉得更为重要,那就是四位艺术家都尊崇苏东坡的艺术精神,追求苏东坡的艺术境界。艺术讲究创新,但根子还是在传承。古人经过千百年积淀下来的成就和情怀,是我们当代人难以企及的艺术高峰,更是中华文化博大精深和灿烂辉煌之印证。所以,我们要继承、要发扬,要怀着尊崇和敬畏之心从这些古典精品中汲取养分,并融入当下创作之中。

这个展览选在常州举办,也是一种历史的渊源。延陵故郡,常州新府,是苏东坡两次上书请求养老的地方,算是他真正的终老之地。一代文豪做出这样的选择并实现了他的夙愿,这是常州无上的光荣,也是历史的巨大机缘。因此,举办这样的展览,对东坡精神的传承,对常州文化的建设,乃至对当代文艺的繁荣都善莫大焉。

那么说到底,究竟什么是苏东坡的艺术精神?这个比较难以概括。他在诗词、散文、书法、绘画诸方面都卓有成就,是个全能的艺术家,甚至在他所涉的每一种文艺门类上都可以总结出不同的特点。但总体上看,我心中的苏东坡是"率真、自由、性灵、通达、包容"的。我想,他的艺术境界是不是可以这样概括:立意高妙,深邃独到;运思巧妙,挥洒自如;意境深妙,妙趣横生。

从这个层面看,本次展览称为"东坡艺境"是名实相符的,至少我觉得继承了苏东坡的艺术精神,追摹了苏东坡的艺术境界。章剑华先生的章草,从结体到章法不仅有美感,还有很强的辨识度。蒋宜平先生的山水画,深得传统山水的精髓,达到了很高的境界。刘建平先生的油画,取材亲和,技法娴熟,色彩自然。尹祥明先生的紫砂雕塑,构思奇巧,推陈出新,自得新意。这四位艺术家在各自不同的艺术领域都取得了骄人的成就,更从不同的艺术角度诠释了"东坡艺境"的生动内涵。

东坡艺境,是对传统的回望,也是对未来的展望;是对前人的敬仰,也是对后人的鞭策。东坡艺境是个富矿,我们每一位文艺工作者都可以从中寻找到属于自己的追求和指向,从而受之感染、为之奋斗,让崇高的艺术精神大放光彩!

2022 年 7 月 20 日

得天独厚的江苏水彩画

水彩画传入中国近三百年,真正产生广泛影响才一百多年。其色彩绚丽、格调清新和自然天成的艺术效果,极大地契合、满足了中国人的审美需求,成为当今画坛活跃的画种之一。江苏被誉为"中国水彩画之乡",水彩画是江苏的三大优势画种(山水画、水印木刻、水彩画)之一,成就辉煌。二十世纪初,南京三江优级师范学堂开设图画手工科,1906年,延请外籍教授指导洋画和水彩,老一辈画家吕凤子、李叔同、徐悲鸿、李剑晨、杨廷宝等为江苏水彩画的发展做出了不可磨灭的贡献。近年来,江苏的水彩水粉画繁荣兴盛,队伍不断壮大,佳作层出不穷,在全国各类展览中屡创佳绩。

"江苏省水彩(粉)画展"已经持续四十年,至今已是第九届。虽然每届的间隔时间不一、规模不等,但都见证、促进了江苏水彩水粉画的发展和成就。本次画展更是新时代江苏省水彩水粉画的一次集中检阅。总体上看,本次展览的作品源于生活高于生活,具有较高的思想艺术水平,秉承了为时代画像、为时代立传、为时代明德的艺术使命。具体说来,有这样几个特点:一是题材丰富。不论是景物画、静物画还是人物画,都给人以望外之喜。仅以获奖作品为例,30幅作品,题材上没有雷同的。有的别开生面,是对生活的独到发现,见人之未见;有的将熟悉的题材作陌生化处理,推陈出新。二是主题鲜明。入选作品有对劳动者的歌颂,有对生产生活场景的描绘,即使一些静物画,也饱含了对美好生活的礼赞。这些主题契合且弘扬了社会主义核心价值观,值得高度肯定。三是艺术水准较高。我不是画家,不能评价具体的技法。我只觉得人物画栩栩如生,风景画如诗如歌,静物画也别有意味。一些作品还有或深邃或隽永的哲思。不论是水彩画还是水粉画都是如此,所以我有理由认为它们的艺术水准较高。四是具有较强的人民性。水彩水粉画的特点就是鲜艳、明丽,很少有晦涩难懂之作。此次入选的作品以人民为描绘对象,为人民所喜闻乐见。大多平易好懂,而且往往具有打动人心的情感力量。这是水彩水粉画人民性的体现。

　　看了这些作品,我有一种感慨。我觉得新时代的中国人真的应该有自己的文化自信。这种自信是建立在包含水彩水粉画的高水平基础之上的。历史地看,当代中国人在审美领域有着最为丰富的精神享受。即以美术为例,过去我们只有传统的国画,而现在我们不仅有国画,还有油画水彩画等外来画种。一百多年来,我们通过这些外来画种来表达我们民族的本土的生活和情感,相当成功!事实上,无论是用笔还是用水,水彩画与中国画都有着天然的亲近性。水彩画进入中国毫无违和感,就好像是长在自己的土地上一样,特别集中在写意性这一点上。这种成功,使得当代中国人最有审美的眼福,超越了我们的先辈。从空间上看,这种审美的丰富性也是其他国家和民族所不具备的。他们也许有他们的油画水彩画等画种,但肯定缺少我们的国画。即使少数西方精英认识到东方艺术的价值,但也未能将中国画引入他们的大众审美之中。文化交流的理想状态是平等的交融,但实际上处于弱势的一方更容易更愿意学习强势的一方。这是近代以来中西方文化交流史给我们的启示。因此,我们在美术方面也实行鲁迅先生所说的"拿来主义",引进了油画水彩画等外来画种。如此,我们就在世界范围内,获得了独一无二的审美丰富性。因此,与前人比,与外人比,我们都应当感到骄傲,应当有文化自信。

当然,为了巩固这一份文化自信,我们除了在创作上勇于建树多出精品以外,还要在理论上加快建构自己的话语体系。我们要有人像刘勰写《文心雕龙》那样,写中国的"画心雕龙",写中国的"水彩画雕龙"。

2022 年 9 月 7 日

作家书法家的优势所在

书法,蕴含着中华传统文化的精髓,也承载了中国人的审美意趣。可以说,书法事实上构成了每一个中国人的审美基因,也造就了每一个中国人的文化人格。书法自古以来不仅是"书斋里的艺术",也是生活中的艺术,一页尺牍,一张便签,往往蕴含着书法的神髓。书法历来就为文人们所擅长,中国古代的书法家往往首先是文人或学者。即以王右军为例,他不仅是书圣,也是散文家。人们看《兰亭序》往往集中在其书法价值上,其实它在散文史上的成就和地位,也应当受到足够的尊重。但是书写这种形式在当代却发生了变化,先是由毛笔变成硬笔,书法渐渐式微。而后是键盘取代了硬笔,书法遇到了空前的挑战。人们写字越来越少,连文化人也似乎与书法渐行渐远。正是在这一文化现实之下,今天我们有必要重提书法的生活化和文人化,尤其呼唤更多的文化人,能以各自的文化背景文化优势走近书法。

诸荣会先生是近年来江苏省涌现出的一位知名作家兼书法家,其以作家的身份切入书法研究和创作,这在今天显得十分难能可贵。他的书法研究专著《读碑记》《腕下风流》广受业界好评。

  他的书法，线条硬朗，结体有力，颇具米黄笔意，而又自成一格。他是一个长期浸淫在传统文化中的当代作家，他的书法作品有味道，耐咀嚼。

  书法是中国的国粹。在强调文化自信的今天，其价值应备受珍视。我们举办诸荣会书法展，旨在倡导更多的作家文人进入书法的世界，让书法变得更加丰富华美，也希望更多的书家增加文化的学养涵养，让书法的内涵变得更加深厚。总之，要使中国的书法跟上民族复兴的步伐。

2017 年 11 月 21 日

书法与文学的美丽联姻

兴化是一块奇异的宝地。它是地理上的洼地,却是文化上的高地。这里有创作《水浒传》的施耐庵,有"诗书画三绝"的郑板桥,还有写作《艺概》的刘熙载。一个地方如果有一位这样的文化大家,就足以让人艳羡不已。兴化,可以一口气列出一串光辉的名字,只能让人心生嫉妒了。

更为奇妙的是,兴化的荣耀不仅属于历史的天空。当下的兴化依然生机盎然,活力四射。王干、毕飞宇、费振钟、庞余亮、刘春龙、刘仁前等一大批文学大家都获得了全国性的成功和影响。

今天的主角王干先生是我的老友,也是我敬佩的文章大家。他的文学评论影响了中国文坛四十余年,这种影响力至今还在持续着。他策划过《钟山》《大家》《中华文学选刊》等多种文学刊物。他是"新写实""新状态"等文学思潮的倡导者之一。他的《废墟之花》是我读过的关于朦胧诗的最好的专著,没有之一。他的《王干随笔选》曾经获得了鲁迅文学奖。他几乎在文学的各个领域全面开花。

一个人的生命究竟能够迸发出多大的能量,创造多少奇迹?有时真的不可思议！王干在写作、编辑之余,还潜心于书法与篆刻,居然成为中国书法篆刻研究所的教授。几年前,他带给我一幅作品,我打开以后,既喜且惊,这个评论家、作家、文学家,忽然又是一个书法家了。他的字很有味道,耐看,独具一格。这里有我们看得到的天赋、才情,当然也有我们看不到的辛苦和努力。

苏童说:"他的眼睛终日闪闪发光。"这也是王干给我的第一印象,他的睿智的大眼永远精光灿灿。我觉得这是一位能够不断创造奇迹的人。我希望过一段时间他又能给我们新的惊喜。

今天参展的书法作品,都是出自文学和书法等领域的大家之手,他们的作品或精于楷隶,凝神屏气,或笔随意行,酣畅淋漓,既效法传统,又推陈出新,更将书法与文学联姻。这让王干的文学作品具有了另一番韵味,方尺之中,意境无穷。作品的思想性、艺术性、观赏性也得到了高度统一,这必将给广大文学和书法爱好者带来别有情趣的至美享受,也必将为王干的文化之旅增添亮丽的色彩。

2019 年 11 月 29 日

丑字可以休矣

有一类丑字正在大行其道,民间称为扫帚体、拖把体、彗星体、哪吒体。路边的广告牌、街头的标语、电影电视的片头、图书的封面,不时可以见到。最让我诧异的是,它居然登上了央视名牌栏目《诗词大会》的字幕。须知,《诗词大会》是以传播优秀传统文化为己任的,它的主事者都应当是一些饱学之士,怎么会对这样的丑字无感呢?

有人说,丑字的风行,是一种时髦而已,过一阵也就过去了。有人说,丑字不是书法,只是一种美术字,用不着大惊小怪。有人说丑字如同戏曲中的丑角,也有其价值。有人说,丑字好似歌坛上的流行音乐,起初不适应,看多了也可能变得美起来。

我不这样看。丑字泛滥,贻害无穷。长此以往,人们必将美丑不辨,甚至以丑为美。如此,书法国粹将难以为继矣。

汉字之美,自甲骨文始,篆隶真草,南帖北碑,经商周至晋唐,历千年而臻于至善。晋人尚韵,唐人尚法,宋人尚意,明人尚态,清人尚碑,历代书家从心所欲不逾矩,做出了许多可贵的探索。这个矩,就是美的法则。字不管怎么写，首先要好看。这个"好看"，我曾经自信地以为，已经植入我们民族的基因，即使三岁小儿，也能凭直觉判断出字的美丑好坏。但是现在面对扫帚体、拖把体、彗星体、哪吒体的横行，我觉得我还是过于乐观了。当今之世，人们对于什么样的字好看，什么样的字不美也变得浑浑噩噩了。

诚然，美丑相对，有美就有丑，有丑才有美。但是我们不能因此而混淆了美丑的价值判断。不管怎么说，我们都应当崇美贬丑，求美弃丑。书法美是有根基、有法度的。点画、线条、结体、章法，都大有讲究。可是，扫帚体、拖把体、彗星体、哪吒体，它们的根基何在，法度何在呢？

有人甚至以书法史上所谓的"丑书"来为当今的丑字遮丑。其实，"丑书"是一个并不准确的学术概念，从《石门颂》、"二爨碑"到《祭侄稿》，从金农、郑板桥到赵之谦等书家的作品，曾经都被视为丑书。但这些所谓"丑书"，其实是有大美的。它们是书家们在尊重书法根基和法度的基础上追求个性特征的极致化的产物，客观上扩张了汉字美的可能性。而扫帚体、拖把体、彗星体、哪吒体的丑字，岂可与它们同日而语？

也有人说扫帚体、拖把体、彗星体、哪吒体只是一种美术字，不是书法，不必太过在意。但是我以为我们不能这么"鸵鸟"。如果任由这种丑字泛滥，它必将极大侵害我们对书法美的既有认知。尤其在这种氛围中长大的孩子，你还怎么让他写好字练好字，传承书法这一国粹呢？

还有人说这些扫帚体、拖把体、彗星体、哪吒体也是一种创新呀,现在不是提倡创新吗？我以为对于书法来说,守正创新才是正道。先要守正,次要创新。只有在守正基础上的创新,才是有本之木,才可能获得成功。如果藐视或忽视汉字书写传统和汉字美的规律,不下苦功而只求捷径,不守法则而只求新异,只能走入误区,弄出不伦不类、非驴非马的玩意。我非常理解书家在创新方面的苦恼,汉字是线条的艺术,至精至简,今人要突破古人,创出既有美感又有辨识度的新体,何其难也。然而正因其难,对于大众书写来说,我们还是要强调守正、守正、守正！

这一类丑字究竟是如何大行其道的？据说原因很简单,它们借助了互联网的风口,以免费使用为诱饵,形成了势不可挡的力量。我想,可能没有这么简单,这里边可能有市场的、社会的、文化的,甚至管理的等多种因素的作用。要解决这一问题,一定要综合施策,至少要在舆论上有所作为。

那么,让我们大声疾呼——

丑字可以休矣！

2020 年 9 月 6 日

隽秀隽永,有法有度
——在"饮长风"西江长安诗书展览上的致辞

这个展览不同一般,它是一个诗人和一个书家的合展。我参加过好多书法展,像这样的专题展览还是第一次。长安告诉我,他用西江的诗写了100件作品,以此向党的100周年致敬。我要向书家和诗人致敬!也要向策展方致敬!

我与长安认识不久。上个月,我们一起到贵州、重庆、湖北采风,相谈甚欢,大有相见恨晚之感。在重庆,苏渝两地艺术家交流,长安一展身手,赢得满堂喝彩。我很喜欢他的字,也喜欢他书写时的状态。隽秀隽永,有法有度。他的字宗于二王,于唐人书法下了不少功夫。我觉得他的字有一种浓浓的书卷气,能够让人安静下来,是能够养心的。我之于书法是门外汉,这种判断只是我私下的直觉而已,本来不敢在大庭广众中宣讲出来。但前几天,长安到南京送来新出的这次展览的集子。我有幸读到范小青主席为他作的序,感到很欣慰,原来范主席也觉得长安的字让人安静。我顿时觉得"吾道不孤"矣。

长安凭着他的书法入选了"名师带徒"计划,有幸成为言恭达先生的高徒。恭达先生是我尊敬的闻名全国的书法大家。他对长安的书法也是褒赞有加。这不仅是老师对学生的肯定，也是一个书家对另一个书家的肯定。内行看门道。这是十分难能可贵的。中国写好字的人多了，但是许多人终其一生都是明珠暗投了。能够真正成名成家，得到社会认可的，并不多。长安能够拜恭达先生为师，真是太幸运了。有了名师指点和提携，长安的书法一定能够迅猛精进，大为提高。

我与长安闲聊的时候曾说，我对书法有两个最浅陋的要求，一要美感，二要辨识度。长安笑说，这两个要求太高了。美感是法度，是共性。其源于中国书法的传统和规范。现在强调守正创新。我觉得这四个字用在书法上实在是好。对于书法来说，守正是第一位的，只有守正，才有美感。我甚至觉得，虽然现在各行各业从上到下都在强调创新，但对于书法，还是要强调守正，甚至要慎提创新。今天书法的书写方式已经完全不同于古人的了，因而守正不易。创新一定是要在守正基础上的创新。或者说，创新是在守正继承下的一种自然生长。没有守正作前提，书法的创新，就会是野狐禅，就会是骗人的把戏。辨识度更难。辨识度就是个性，就是出新。真正的书法家都是有个性的。你看恭达先生的大篆大草，即使不署名，我们也能认得。这就是书法大家。但是做这样的大家太难了。书法艺术至精至简至微，要在点画线条之间出新，何其难也。许多人写了一辈子也写不出个性，也出不了新。不过，长安有恭达先生这样的名师指点，我相信是会写出辨识度的。

对于书法家来说，我还有一个看法是"功夫在诗外"。我以为古代几乎没有专门单一的书法家,古代的书法家大多还有一个第一身份。或者是官员,或者是诗人、画家、文学家,甚至和尚等。书法家的书法其实都是业余的。这对于今天的书法家来说应当有所借鉴。我有一个可能不被书法家接受的观点,那就是书写技巧的训练是有止境的,而书写之外的读书写作和综合修养是无止境的。现在的很多书法展览,就内容来说,没有新意,往往抄抄古人的诗词章句。一些主题性展览,有时甚至远离主题。究其缘由,就是许多所谓的书法家写不了自创的内容。虽然长安调入了江苏省书法院,成了专业的书法家,但我希望长安在书写之外,更多积累,更多开拓,更多历练,要像恭达先生一样追求学养,让我们在他的书法中读到更丰富的内容、更深刻的内涵。这一次展览是西江的诗,长安的书法。西江的诗很好,虽是新诗,却有很深的古诗的功底,难能可贵。这些作品以诗的形式、诗的语言表达了诗人对当下生活的感受和感悟,其中一些作品契合建党百年的主题,也很真诚,值得长安精心书写。但下一次展览,我期望能够看到长安"我手写我心",写出他自己的作品。

总之,我希望长安早日成为我心目中的书法家,书法大家。如果能够青出于蓝而胜于蓝,就更好了。我相信恭达先生一定与我有着同样的希望。

2021 年 5 月 31 日

生生不息的书法美

今天到场的都是南京书法界、美术界的大咖,首先向诸位大咖问好。冬日暖阳,在这个美好如三秋的初冬,我们相聚在清凉山公园共同参加张飞先生的书法展,真是一次难得的雅集。

刚才我看了楼上楼下的展览,深为震撼。展览的内容不多,但是质量很高。我本想从中挑出一点瑕疵,但是遗憾,没有找到。我感到这是张飞在"炫技"。真草隶篆行,还有篆刻,样样皆精。不管是拿笔,还是拿刀,都是游刃有余了。诸体皆擅,这是一个书法家与一般书写者的区别。张飞是可以以他的书法作品扬名立万的。

我认识张飞先生不久。今年4月,我们一起到西南地区采风。我觉得他是一个安静内向的人,与他的名字完全不符。直到在重庆,与当地书画家交流,当他提笔挥毫时,我好像看到了另一个张飞,真正的张飞。那种自信,那种潇洒,只有"俊逸"二字可以形容。

这个展览是"名师带徒"计划的汇报展。"名师带徒"计划是在江苏省委宣传部直接关心和指导下的各个艺术门类的人才培养工程。通过今天的展览,我看到了这一计划的价值所在。张飞的老师是金丹教授。从他的作品中，我看到了书法美的传承。这种书法美不仅是技法的，还是道统的。现在都在强调守正创新。我以为，对书法来说，守正是第一位的，创新在其次。书法到了晋唐，已经登顶。对于后世的书家，首要的就是传承。几年前，我在扬州参加过金丹先生的书法展，那个展览令我印象深刻，因为我看到了从黄惇先生到金丹先生的传承。今天又看到了张飞的作品，让我相信这种书法美的代代相传，将是生生不息的。

这个展览也是向社会的一种宣示——什么是书法美，什么字才是真正的好字！不要小看这种宣示的价值。现在社会上有一种不好的现象，一种被称为"拖把体""扫帚体"的丑字横行天下，许多广告牌，甚至一些重要媒体都在大量使用。这种丑字泛滥成灾，一定会冲击书法美的道统和法度。这是令人担忧的，应当引起重视。因此，我们举办"翰动若飞"这样的书法展览，就是用事实告诉人们，这才是中国的书法，这才是值得我们追求的书法美。

张飞先生的书法已经有了很好的"守正"基础。他这么年轻就已经取得了这样的成就，很了不起。他应该可以开启创新之路了。这种创新是每一个书家都梦寐以求的。我相信，张飞一定会像他的字号"天岸"一样，以天为岸，不飞则已，一飞冲天。

2021年11月27日　翌日整理

圣人立象以尽意
——感悟江苏文化名人雕塑展

对于雕塑,我是个门外汉。但正因为是门外汉,我的这一点感悟可能倒有一些原生态的价值。

江苏文化名人雕塑展,集中展示了几十位现当代江苏文化名人的塑像。这些文化名人,大多是在书本中读过,在图片、影像中看过,只有极个别的曾经见过真人,有过交往,当然,现在也都已经作古多年了。看到这些雕塑,我觉得他们生气贯注,栩栩如生,好像他们又活过来了一样。站在他们面前,凝视他们的眼神,我好像听到他们在诉说着什么。有时,甚至有一种对话的冲动。人们无法得到生命的永恒,但艺术真的能让人复活。

此次雕塑展,有写实写意两类,显然,写意的占了上风。就个人喜好而言,我觉得写意的更高一筹。写实,首先要像。像,不仅是形似,还要有神似,所谓形神兼备也。写意的,当然也要形神兼备,但首要的是神似,扑面而来的是传主的精气神,然后让你越看越像,意在象外,象有尽而意无穷。

我曾在罗丹故居看过罗丹的许多作品。大师的写实作品,让人叫绝,那大理石的肌肤,似乎是有弹性的。然而,大师晚年的巴尔扎克塑像,更让我心折。从写实到写意,罗丹完成了其艺术的一跃。

说来有趣,中西美术姿态各异。西人重实,国人尚意。但中国的雕塑好像不是如此。早期的雕塑如秦兵马俑,显然重在写实。佛教的雕塑,虽然是神像,但实际是以人为参照的,强调的还是形似。现代雕塑更是以写实为主的,如著名的泥塑收租院。回顾中国雕塑史,当然也有写意的,如霍去病墓石雕,但只是昙花一现。恕我孤陋,真正写意的现代雕塑,似自吴为山始。

十多年前,我看过一次吴为山先生的雕塑展,即被震撼了。他的齐白石、林散之等塑像,让我过目不忘。齐、林二氏,吾生也晚,只是从图片和影像中看过他们的形象,但看到吴为山的作品,觉得不仅形似,且得其神髓。

后来在禄口机场大厅多次看到他的"问道",更觉神奇。他居然将中国文化的两位巨人的相会定格下来。孔子、老子,谁也没有见过,即使描写他们的文字也寥寥无几。但吴为山的"问道",却让我相信,孔子、老子相会时的情景,就该如此。这一题材,形似似不重要,但如果没有恰当的形式,神似则难以附丽。吴为山是如何找到这一形式的呢?真鬼才也。

此次雕塑展,吴为山共有五尊人像作品展出。一为钱锺书,一为钱穆,一为徐悲鸿,一为李叔同、一为阿炳。钱锺书、钱穆、徐悲鸿都有大量图片存世。这为吴为山创作提供了便捷,但也提高了难度,因为许多观众都可以对是否形似做出判断。钱锺书的塑像显然取材于其与杨绛的合影。奇妙的是,塑像中的钱锺书,眉宇之间,依然神采奕奕。钱穆的塑像，十分饱满。饱满的不是形体和长衫，而是文化。他的睿智的双眼，仿佛有一种洞穿的力量。徐悲鸿的雕塑，作者题为"迥立向苍苍"，别有深意。这位中国现代美术的盗火者，从历史的深处走来，又向历史的深处走去。其迥立苍苍处，渗透着学贯中西的独特气质。李叔同的袈裟和夸张拉长的脖子，使整个塑像呈现出向上之势，具有一种超越尘世的力量，其慈眉善目，正可谓悲欣交集。阿炳，存世的只有一张头像，且模糊不清，但这尊雕塑却让人相信，这就是阿炳的典型形象。毡帽和眼镜是他的身份特征。行走的姿态和远望的神情，使其内涵异常丰富。看这尊塑像，我相信，《二泉映月》其实叫作《行路难》更为合适。

看吴为山的这五尊作品，感到他在创作之前，一定做了大量的案头工作，否则，断然不可能有如此生动传神的作品。

更加可喜的是，还有几尊雕塑让我以为也是吴为山的作品。比如吴冠中、金陵四老等，都十分传神。细看，却是吴为山学生的作品。虽然，齐白石说过"似我者死"，但换一个角度看，吴氏之艺，代有传人，还是让人欣慰。

相比而言，此次展览中，写实作品的水平要稍逊一些，但也有形神兼备的，比如作家张弦。张弦是我敬重的作家，音容笑貌如在眼前，这尊塑像准确地抓住了张弦的神采，我从中能读出他的热情幽默。

以雕像塑文化名人，功在当代，利在千秋。它对文化的传承和积淀，功不可没。愿这样的雕塑，不仅立在展览会上，还要竖立在城市的街口花园，让更多的观众能够看到它，欣赏它。

2017 年 12 月 27 日

名师出高徒

中秋刚过,国庆将至。我们雅集在这里,共同参加郎钺先生的雕塑展。

现代美术馆开馆以来,举办过许多展览。但为雕塑家举办个人作品展还是第一次,很有意义。这是郎钺先生的荣幸,也是江苏省美术馆的荣幸。它说明郎钺先生的艺术成就已经得到了美术界的认可,也说明现代美术馆的业务和视野又有了新的拓展。

雕塑是最古老的艺术,也是最永久的艺术。近代以来,雕塑艺术得到了长足的发展,雕塑家得到了社会广泛的尊崇。

青年雕塑家郎钺是吴为山先生的学生。名师出高徒。他的作品既有扎实的写实功底,又有较强的写意能力。形神兼备,形有尽而意无穷。无论是对英雄的礼赞,还是对生命的凝思,无论是对历史人物的追摹,还是对当代人物的还原,在他的作品面前,你都会感到一种思想的力量、情感的力量。《前赴后继》是如此,《井冈山会师》是如此,《孙武子》《王安石》是如此,《钱学森》也是如此。在这些作品中,可以看到作者扎实的技法功底和对精神内涵的深刻认识,以及对塑造语言的不断探索。

吴为山先生说："郎钺的雕塑创作与他的性格和为人一样，可以用三个词来概括：一曰诚朴扎实，二曰理性求真，三曰诗意气象。"这是权威的评价，我完全赞同。我感觉他是一个功力深厚的雕塑家。不仅有美术的功底，更有文化的涵养。其题材之丰富，形式之多样，几乎可以说是一个全能型的雕塑家。既有人物造型，也有城市雕塑，甚至还有现代装置艺术的尝试，而每一种形式都达到了相当高的水平。

更加让人振奋的是，取得这些成就的艺术家才34岁，正是青春盛年。在许多年轻人还在学步，还在懵懂之时，他就取得如此的艺术成就，真是可喜可敬，他的艺术前途真正不可限量！

我希望郎钺继续努力，勇猛精进，做有信仰有情怀有担当的艺术家，创作出更多更好的精品力作，争取在中国的雕塑史和美术史上留下重重的一笔。

2018年9月28日

小康大象　大美有形

"江苏雕塑月"已经举办了五届,前面五届主会场都在南京,有两届分会场在常州。今年是第一次将主会场放到省城以外的地方。这是江苏省雕塑家协会深入生活扎根人民的具体举措,也是连云港文联慧眼独具、重视雕塑艺术的成果。连云港观众有福了,连云港的雕塑家有福了。

本次展览由江苏省文联、江苏省雕塑家协会、连云港市文联共同主办。我们非常荣幸地邀请到吴为山先生担任学术艺术总主持。吴为山先生是驰名世界的艺术家,他欣然为展览题写了"小康大象"四个大字。这四个大字,雄强而有内涵,非常耐看,与"小康大象"的主题相得益彰,为我们的展览增添了莫大的光彩。

江苏雕塑家协会是由吴为山先生倡导创办的,多年来得到了吴为山先生的倾力支持。吴为山先生曾经风趣地说,全世界一年只有12个月,而江苏却多了一个月,就是江苏雕塑月。

"江苏雕塑月"每届活动都能够展示出一批雕塑艺术的精品力作。本届"江苏雕塑月"同样如此,不仅有连云港独具地域特色的水晶雕刻，还有宜兴地区的紫砂陶塑，更有第13届全国美展的获奖作品，如李烜峰的银奖作品《八女投江》、尚荣的铜奖作品《艺舟扬四海》，让展览更具思想的深度、文化的厚度、情感的力度。尤其吴为山先生为支持此次展览特别拿出了他的雕塑力作《举杯邀明月》，将诗仙李白的形象恰到好处地呈现在世人面前。这尊杰作神采飞扬，栩栩如生，完美地诠释了他的写意雕塑的创作理念。总之，本次展览格局宏阔，一片超迈气象，正应和了本届主题所突出的"大象"二字。

本次展览以"小康大象"为名，还有这样两层意思：一是表明这是在建成全面小康的历史节点上举办的雕塑展，二是展览中的一些精品突出了全面小康的主题。这是特别有意义的。小康生活是中国几千年来的千秋大梦，在我们这一代人手上变成了现实。从世纪之交的总体小康，到新时代的全面小康，到江苏的高水平小康，抚今追昔，真是让人感慨万千。我们的艺术家当然应该用优秀的作品反映我们伟大的时代，歌颂我们伟大的人民，纪录中华民族发展史上的盛事和伟业。

通观本次展览，我们可以发现，雕塑家们用丰富的题材、不同的视角和多元的造型语言，对全面小康进行了独特的表达。例如，周阿成的《正月》、袁超超的《国泰民安》，通过表现民风民俗、特定人群来直接反映当下生活的喜庆安乐；又如，朱智伟的《等候》、许新龙的《我的一米阳光》，看似寻常的生活，却有一派温馨与安适；再如，周存玉的《快走踏清秋》、孙建平的《逐梦》以物喻人、托物言志，表达了中国人民为追求小康社会所展现出的一种蓬勃向上的精神面貌；而高建斌的《花开富贵》、吴子建的《福寿齐天》和陈旭辉的《生生不息》，巧借传统题材和工艺表达了对小康社会的祈求与祝福。此外，抗疫题材的雕塑作品让我们深刻感受到小康生活的来之不易，例如陈亮的《铸火神》、陈健的《朝阳初上》和任艳明的《正月里的坚守》。

可以说，当代雕塑家们从不同侧面表达了自己的艺术感受和理解，使本届"小康大象"这一主题在统一中富有变化，小康社会的万象气息由此扑面而来。这样的展览陈列在连云港的街市，给美丽的港城增添了浓浓的艺术氛围，为我们鼓舞士气踏上建设全面现代化的新征程注入了强大的动力！

2020年12月2日

非遗的价值与力量

南通是我的家乡,南通大学是家乡的最高学府。南通的土地上有勤劳的人民,有许多非遗项目,诸如铜炉、风筝、木雕、刺绣、古琴,更不要说驰名中外的蓝印花布、扎染艺术了。

今天在座的还有好几位国家级工艺美术大师。这是家乡的骄傲,也是江苏的骄傲和国家的骄傲。南通大学成立非遗学院暨中国染织艺术研究中心落户南通大学,是一件很有意义的事。它将使学术研究和民间工艺的发展相得益彰。民间工艺为学术研究提供实践基础,学术研究为民间工艺提供理论支撑。可以预见,这对非物质文化遗产的保护将产生巨大的、长远的影响。

非遗这一概念在中国出现才十年左右的时间。但是类似的工作早已开始。二十世纪初,"五四"启蒙之后,知识分子开始认识到民间的价值和力量。与南通一江之隔的刘半农先生从北大回乡搜集民歌,出版了《瓦釜集》,对中国新诗产生了很大的影响。他的弟弟刘天华到北大教授二胡,成立国乐社,使二胡成为民族乐器的代表。如果没有蔡元培的慧眼,没有刘天华的努力,哪有二胡今天的地位？1950年,中央音乐学院教授杨荫浏、曹安和到无锡为阿炳录音,才有了享誉世界的《二泉映月》。这三个故事实际上都是前人保护非遗的例子,只是那时还没有非遗这一概念。

今天南通大学成立非遗研究院,既是一件开创性的工作,也是一项继承性的事业。这项工作具有这样几个特点:一是有世界的眼光。在全球化的时代,保护非遗必须具有全球的视野,世界的眼光。非遗虽是分等级的,有世界的,国家的,省级的,市级的、县级的,但其实都是世界的。二是有人类意识。保护非遗,不管你是哪个国家哪个民族,都是为全人类做贡献。三是有文化自觉。非遗全称是非物质文化遗产,保护非遗,就是保护我们的文化,保护我们的精神家园。四是有责任担当。保护非遗,不仅是非遗项目传承人的责任,也是全社会的责任,更是大学的责任,学术的责任。

正是在这四个意义上,我对南通大学成立非遗学院充满敬意!我相信在国家工艺美术大师吴元新先生领导下,非遗学院将为保护家乡的非物质文化遗产取得丰硕的成果,起到事半功倍的作用。

2015年10月20日

杏坛

诗者，心之花也

友人邀吾为李亮的诗集作序，吾岂敢？吾读过李亮的大部分诗作，也读过苏子龙先生为李亮诗所作的序。苏序说李亮诗是李白与李煜的合体，既狂放又婉约。真是深得吾心！吾已词穷矣，焉能再作续貂乎？

吾闻李亮已三十年。其时他不识我，我却慕他。他在江苏电视台文艺部任编导，才名远播。江苏台的许多晚会由他编导或者撰稿，或者作词。李亮大名，吾如雷贯耳耳。

吾识李亮已近二十年。世纪之交，他退居二线，我们居然成了一个部门的同事。先一起编杂志，又一起编报纸。以他的才情才气才华，竟认真地组稿编稿校稿，让人感动。难为李亮兄了。

吾知李亮尚不足十年。我们可以放言无忌，可以酩酊大醉，可以嬉笑怒骂。对于一些人和事，我们总有许多相同的感觉和认知。有时心照不宣，有时不平则鸣，有时话到嘴边，就发现已被对方先说了，用不着再说。他古道热肠。他心思细密。他敏感多情。他具备了一个诗人所应有的性格特质。而他的学养，他的才华，也已为他做足了成为一个诗人的准备。

　　诗者，心之花也。李亮的心中，灼灼其华，常开不凋。早年，他为金湖写荷，他为常熟写歌，激情满怀，常有锦句。此后，歌咏不断，或诗或词，妙手天成，时出珠玑。读他的诗集，你可以感到他时时有诗，事事有诗。他是一个浸泡在诗情诗意诗境中的人。吾不禁感慨，李亮生错了时代，倘生于唐代，他的诗作一定是《全唐诗》的一部分；倘在宋朝，他或许会和陆游、杨万里等成为好友。

　　去岁，忽闻李亮罹患恶疾，心中创痛。其后却见李亮兄游欧洲，上西藏，去台湾，登太行，攀黄山，一路行吟，诗囊满满。多有兴会之情，全无悲戚之色。他说要让死活得精彩，他做到了。李亮兄是参透了人生的。即使刚出世的婴儿，谁人不是向死而生？天下之人皆为同路人也。是故，人活一天，就要扼住命运的咽喉，做生命的主人。

　　古人云，人生三不朽，立德立功立言。然真正能够做到三立的，古来能有几人？即使立其一，亦足以快慰平生矣。吾以为，李亮的诗就是他的立言，是可以传下去的。

　　后人读此集可知，在二十世纪和二十一世纪的中国，曾经有过这样一个不屈的灵魂，这样一颗善感的诗心。

　　是为跋。

丙申夏中伏第十八日草于金陵
2016 年 8 月 13 日

生命的投射与自觉

——读冯诚的诗

  今天雅集的主题是读书与慢生活,让我发言,我感到很惭愧。与在座的诸位相比,我读书太少,哪有资格发言?慢生活,更是奢望。不论是个人性格,还是具体的工作境遇,都慢不下来。所以,也不敢发言。

  我还是说一点对于慢生活的感受吧。

  改革开放快四十年了,我们这一代人躬逢其盛。回首这飞速发展的四十年,要谈慢生活,真有点奢侈。但是也许缺什么就要补什么,正是由于发展太快了,人们才要求慢下来,体验慢生活。

  第一次听到慢生活这个词,是在高淳桠溪被评为国际慢城以后。那年秋天去了一趟慢城,一下子就松下来了,体会到慢生活的滋味。只是遗憾,没有像冯诚先生那样写下《我决定慢下来》这样的好诗!

  我在当时想起一则报道,说一个外国记者在丽江采访,问一个老妇人:"为什么你们的节奏这么慢?"

  那老妇人道:"什么是节奏?"

  那个记者道:"就是说一般人,外面的人生活、工作都会快很多!"

老妇人反问:"为什么要快呢?"

"为什么不要快呢?"记者大惑。

"我们纳西人有一句话:人一出生,便注定要到坟墓里去,只不过不知道是什么时候,什么地方罢了,那么,我们为什么要赶着去呢?"

是的,是的,我们都在赶什么呢?

在高速发展的时代,提出这样的问题,也许是不合时宜的。但是作为生命个体,这样的设问,无疑是有价值的,值得反思的。我们乘坐了"高铁",要的却是慢生活。

其实,我更愿意将慢生活当成是一种心态。这种心态就是在生活中别忘了观察、体验、品味,一句话,要做有心人。

冯诚先生一定就是生活的有心人,他才有了这本诗集。我曾经是新诗的忠实读者,徐志摩、戴望舒、艾青、郭小川、舒婷、北岛……都是我喜爱的诗人。但是这二十年新诗读得少了。现在读到冯诚先生的诗,有一种惊喜。冯诚先生不仅是一个新闻人,不仅是一个文化官员,更是一个名副其实的诗人。他的诗不仅有时代的大我,也有真诚的小我。意象丰沛,新语迭出,哲思深邃,感情真挚。《阅读天山》的激情,《长城豁口》的深思,《橡皮船》《大草原》的韵律让我一读再读,不忍释手。我在冯诚先生的诗中读到了戴望舒,读到了艾青,读到了郭小川,读到了舒婷,更读到了他自己。

文艺是时代的号角,诗人是时代的先知。当冯诚先生2011年写下《我决定慢下来》这首诗的时候,他不会想到,这是在替时代发声,替时代代言。这是冯诚先生的望外之喜,又是我们的敬服之处。

冯诚先生在诗集的后记中说:"写诗是一种生活情趣,一种生存状态,也是一种境界追求。对我来说,爱好诗歌,不在于写作发表了多少诗作,而是习惯陶醉于这种诗意的生活,充实的人生。"诚哉斯言,我心有戚戚焉。

我也喜欢诗,平时也学写诗。最近我将这十年的习作整理了一下,共有300多首。我诗才平平,更不通平仄,不足以示人,写诗仅为自娱。但是为了完成冯诚先生的任务,只好献丑,举几首说明观察、体验、品味的心得。

丁酉立夏小唱

桃李开后杜鹃红,禽鸟唱和子规重。

一夜笋露茅竹雨,满园花香蔷薇风。

2017年5月6日

其中"一夜笋露茅竹雨",就是观察所得。

临江仙·丙申清明

东风吹来花满地,落红疑是胭脂。

豪雨江南水成溪,百川似花蹊,一任群芳栖。

长恨春归无消息,何必匆匆如斯?

百鸟啭啭轻雷里,斑鸠牵人心,最靓是黄鹂。

2016年4月2日

这首词既是观察,更有体验。其中"长恨春归无消息,何必匆匆如斯?百鸟啭啭轻雷里,斑鸠牵人心,最靓是黄鹂"写的都是我内心的体验和感受。

卜算子·鼋头渚

我来岂为客?湖山本无主。
果真路远无轻担,且当歇肩处。
纵目水接天,驰神有若无。
但羡社燕上下舞,谁知觅食苦?

2016 年 7 月 23 日

其中"但羡社燕上下舞,谁知觅食苦?"就是品味所得。

慢生活,对每个人可以有不同的方式。有人读书,有人下棋,有人打牌,有人弹琴,有人喝点小酒,有人带孩子放风筝……不胜枚举。我以为,只要获得了生命的愉悦,都是好的,没有高下之分。写诗填词,对于我来说就是一种休息。观察、体验、品味就是我的慢生活的内容和方式。这是生命的投射,也是生命的自觉。

今天,我们提倡慢生活,是温饱以后向小康的必然要求。未来人工智能发达了,人们的闲暇时间将越来越多。生活和工作的节奏一定会慢下来。小康不仅要物质的富足,更要有精神的满足。身体的健康,可能赢得生命的长度;精神的充盈,才能延拓生命的宽度。这种生命的宽度,很多时候要靠慢生活才能获得。有意思的是,长度和宽度并不矛盾,可能更多是两全其美、相得益彰的。

人生都是没有回程的高铁,愿我们慢下来,向冯诚先生学习,多看看窗外的风景,多流连风景中的美丽,多品味美丽中的精髓,将一生一世过成三生三世。

2017 年 9 月 18 日

游历的记录　思想的文本
——评《风景河》

蒋琏先生寄来了他的新著《风景河》,打开之后,欲罢不能。

这是一本游记散文集,写了他在祖国各地旅游的见闻和观感。一口气读下来,为他的游历而赞佩,为他的文思而感动,为他的辞采而击节。

《风景河》这个书名取得好,很有诗意。风景组成的河流,既有美丽的空间感,又有流动的时间感。蒋琏说,他的家乡真的有一条同名的河。看来生活赐给的诗意,是多么让人心仪!他的家乡就是我的家乡。我为家乡有这样美丽的河而自豪,更为家乡有这样多才多情的作家而与有荣焉。

旅游是人们的共同向往。用马斯洛的需求层次理论看,它应该是人们自我实现的需求之一。古人说,读万卷书,还要走万里路。其实,走万里路,还能写一卷书,才是游记作家高于一般人的高明之处,才是真正的知行合一。蒋琏说,"入我眼者,即为我得,入我心者,是为我藏"。从这个意义上看,蒋琏先生有着特别充实的人生,他的生命是饱满的,是实现了自我价值的。

他以家乡为原点,东南西北,神游八极。笔下熔乡土风华、华夏胜景于一炉,在赏景怡情中思考社会历史和人生。以家乡为原点,以自我为参照,指点江山,议论风生,是这本游记不同于其他游记的最大特征之一,也是它让我"心有戚戚焉"的原因所在。相同的价值观、相似的生活背景、相同的方言土语,时时激起我的共鸣,其生动会心之处,非外人所能道也。

《风景河》的真诚,同样值得珍视。游记这种文体,曾经受到"假大空"的污染。有的浮光掠影,有的无病呻吟,有的大而无当,有的不着边际。即使一些大师也不能免俗。古人说修辞以立诚。文学贵在真诚。蒋琏先生是有情怀的,他情动于中,不虚饰,不矫情,不故作高深,不拿腔拿调,为文之坦荡坦诚,有时让人心惊。既承袭了中国君子文化的品格,又濡染了卢梭、雨果、蒙田等西方文人的精神。

《风景河》的文字是发散式的。它不同于一般的写景抒情的游记,更多的是写了人。写风景中的人,写历史中的人,甚至于处处写了自己。读完本书,你不仅会对作者笔下的风景留下印象,还会对风景中的人物留下印象,更会对作者本人印象深刻。有时甚至会觉得这简直就是一本作者的自传。幼年的清贫、少年的成长、青年的磨难、中年的奋斗、老来的冲淡,历历在目。从"文化大革命"大串联的传奇到插队的艰苦,从挑河的辛劳到文学改变命运的努力,总是让我想起"士,不可以不弘毅,任重而道远"的古训,一个谦谦君子的形象跃然纸上。《风景河》是作者思想的文本,记录了作者生活的时代,积淀了丰厚的历史价值。

《风景河》的文字十分精彩,让人叫绝。仅以《梦游武陵源》的结尾为例。"这就是湘西。山为魂灵,水为血脉,森林为其容颜。山与水,与森林的绝配,孕育了神奇与和谐。

"沉醉。痴迷。美到极致,飘飘然,陶陶然,荡荡然,筋酥骨软,不能自已。

"……

"终于,听到金鞭溪的水流声,如琴如瑟,如歌如诉。月亮映在溪水里,如梦,如幻,一半冷漠,一半温情。"

这样的文字在书中比比皆是,它已不是散文,而是诗;这样的文字出现在游记里,实在太过奢侈。

游记是一种重要的文体,自魏晋以降,以序记书志铭注等名目出现的山水地理游记散文,就成为中国文学史上一条不可或缺的重要线索。此后,代不乏人。柳宗元、苏东坡、王安石、袁宏道、张岱、徐霞客,以及清代桐城派直至现代文学史上的诸多大家,可谓灿若星辰,佳作如云。这些游记写景、叙事、抒情、议论,不仅具有文学价值,还有历史价值,甚至科学价值。

当代游记散文更是汗牛充栋,汪洋大海。大家名家辈出,大作名作迭出,构成当代散文甚至当代文学的独特景观。其中,蒋璀先生的《风景河》应当受到重视。

2019 年 6 月 11 日

别开生面的史与诗

——评长篇报告文学《大江之上》

继"故宫"三部曲之后,章剑华先生又完成了"大桥"三部曲的创作。这部名为《大江之上》的三部曲,以饱满的激情,叙写了武汉长江大桥、南京长江大桥、江阴长江大桥以及润扬长江大桥、苏通长江大桥等大桥的历史,读来让人心潮难平。在庆祝中华人民共和国成立70周年之际,推出这样一部长篇报告文学,正其时也。这是给中华人民共和国华诞最好的献礼。

当然,这样说,绝不是意味着这部报告文学是一部应时之作,相反,它有着不可忽视的历史价值和文学价值,放之久远,将弥足珍贵。

报告文学,既是报告,更是文学。它在现当代文学史上的繁荣与中国文史同源的传统密不可分。某种意义上说,太史公的《史记》就是最初的报告文学。《大江之上》接续了这一传统。作者是以文学的方式为共和国修史,为当代中国人立传。只不过他是从长江大桥的角度切入,别开生面。

这部三部曲共计66章,每一部22章,显然是作者精心结构的结果。第一部主要写了武汉长江大桥,第二部写了南京长江大桥,第三部写了江阴长江大桥以及其他江苏境内的长江大桥。这种结构是有节奏的,由缓到急,逐步加快,醒脑提神。总体上看,三部曲,三座桥,三个时代,将中华人民共和国70年的发展长卷展现在读者面前。长江上的大桥从无到有,一座一座又一座;共和国的历史,从弱到强,一步一步又一步。这是一种印证,一种呼应。每一位读者都会兴味盎然,感慨丛生,激情难抑。中国的发展是中国人呕心沥血奋斗出来的,不是靠什么救世主恩赐出来的。

报告写史,文学写人。对历史的尊重是《大江之上》的成功之基。无论是对武汉大桥建设中苏联的技术援助,还是对"文化大革命"中南京长江大桥工地上的派性斗争,作者都能够以历史眼光进行客观公正的描写记录。这种史笔,支撑它的是作者追求历史真实的史胆和史识。也因此,这部报告文学呈现出不同流俗的品格。《大桥之上》对人物的刻画尤其让人印象深刻。彭敏、茅以昇、李文骥、梅阳春、李国豪、林鸣、凤懋润、周世忠、陈新等桥梁专家的形象栩栩如生,他们个性分明,又共性突出。尤其是他们的内心世界,真诚、朴实、感人。他们是中国知识分子的杰出代表。除了知识分子群像,报告文学还塑造了胡宝玲等工人形象,同样感人至深。他们的家国情怀、使命担当、奉献精神,真正配得上"中国的脊梁"。没有他们,大江之上就没有这些堪称人间奇迹的座座大桥;有了他们,什么样的人间奇迹都可以创造。

文学写人,必要写情。报告文学中的情感表达不同于一般文学作品，不可能那样自由，那样任性。它必须受制于历史和人物的真实的局限。时过境迁，历史中的人物情感最难捕捉，最难描写。难方能显可贵。《大江之上》为读者揭示了真实历史人物的真实情感状态，时时让人热泪盈眶。这种情感，有的通过情节来呈现，有的通过细节来体现。比如，彭敏与苏联专家西林的友情，贯穿了武汉大桥和南京大桥的建设过程。其中，车站迎送，管柱钻孔法的论证，笔下常带深情。再如，南京长江大桥抢险事件调查的前前后后，彭敏的隐忍不屈、武竞天的实事求是、吕正操的仗义执言，可谓一波三折，动人心弦。又如，胡宝玲勇闯生命禁区，创造深潜82米的神话，真是惊心动魄。细节如李文骥辞世，坦陈了中国知识分子的爱国之情，让人泪崩。再如，李国豪身陷牛棚，破解武汉大桥晃动原因。又如润扬大桥施工，为了安定军心，林鸣坐在基坑底部陪同工人施工。此时无声胜有声。

描写工程类的报告文学还有一个难点，就是要处理好工程的专业性和作品的可读性之间的关系。《大江之上》显然经过了精心选择，人物与事件（故事）相得益彰。比如第一部《天堑通途》结尾，作者没有简单作结在武汉大桥的通车典礼处，而是忽起一笔，写了李文骥女儿要求与大桥专家们合影以告慰乃父的情景，实在是神来之笔，诗味悠长。正因如此，《大江之上》通篇写工程，却无一点艰深晦涩之感，让读者欲罢不能。

《大江之上》的语言生动晓畅，端庄大气。许多故事情节通过人物对话完成。这种写法看似平易，其实是高难度的创作。如果不是吃透内容,吃透人物,不是具有深厚的文学功力,是不可能驾驭这种创作方法的。

从这个意义上说,《大江之上》是一部不一般的报告文学,它已经具有了一定的史诗品格。

2019 年 9 月 14 日

一个人可以活几辈子？

——评《一个老兵的家国情怀》

方祖岐先生的散文集《家国情怀》让我很感动。

书的全名是《一个老兵的家国情怀》，但这不是一个普通的老兵，而是一个曾经指挥千军万马的将军。这也不是一个普通作者的作品，而是一个耄耋长者的人生结晶。

读这样的文字是足以让浮躁的心沉静下来的，读这样的文字会让人感到智慧和卓越，读这样的文字会让你的心灵得到滋补滋养。

我觉得这部作品有这样几个特点：

一是真诚。古人讲修辞立其诚。《家国情怀》正是如此，它贵在真诚。虽然作者久经沙场，戎马一生，贵为将军，但他执笔为文时却真正做到了平易近人，返璞归真，真诚坦诚赤诚，娓娓道来，如话家常。一个饱经风霜历尽沧桑的长者带着告别的心态，将人间种种情语哲思和盘托出。这种境界在当代散文创作中，难有其匹。人品即文品，文品即人品，在《家国情怀》中得到了最好的互证。这些文字的背后，一个谦谦君子的儒将形象跃然纸上，其质朴之情，直击人心。其思想的高度、情感的浓度、文字的纯度，浑然天成，读之如饮醇醪，不觉自醉。

二是满满的家国情怀。全书分为家事、国事、天下事三个部分，所言都是家国情怀。家国情怀是中国传统文化中最具有生命力的价值观之一，也是让我们与作者产生强烈共鸣的精神基础。

第一部分"家事"中，抒发的是对家乡和亲人的感情。其中对靖江、兴化的感情，对父亲的感情，对战友的感情，都真挚感人。尤其父亲不食周粟的精神传承，是对作者最初的铸魂。

第二部分"国事"主要抒发的是对国家的感情，无论是《向抗美援朝烈士致敬》，还是与"对手"的合作，无论是《大鹿岛的前世今缘》，还是"篮球赛"中的军民鱼水情，无论是《追踪虎头鞋》的沉思，还是《看〈等着我〉想到的》，作者心心念念的都是国家的富强、人民的幸福。

第三部分虽然写的是"天下事"，但萦绕其间的还是满满的家国情。当然，这种家国情浸染在浓浓的哲学氛围之中。无论是对神话与科学的思考，还是对天上的星星和人间的梦的玄想，无论是对人类家园的寻找，还是对人的本质的感悟，都建立在家国情的基点之上。正因如此，作者的家国情不同于一般意义上的忠孝之情，也不是一般意义上的爱国爱家之情，而是具有了仰观宇宙、垂怜苍生的超迈品格，读之而生一种向上升华的力量。

三是文字晓畅生动，干净洗练。只有古文修养深厚，才能将白话提纯到这种程度。这是别一样的文采斐然。

文中的诗词，信手拈来，随机而出。他的《南乡子·登高思远》大有稼轩词《北固亭怀古》的况味，他的《兴化叙怀》颇合元白诗风。

他的《东方天书赞》发思古之幽情,他的《谒杨根思墓》情动于中,几乎催人泪下。将军不仅具有诗人的情怀,更具备了让人羡慕的诗才。

有的人枉活了一辈子,有的人只活了一辈子,有的人却不止活了一辈子。

方祖岐先生就是这样的人。他是将军,又是作家,还是诗人、书画家。且每一种角色都十分到位,十分出彩!

一个人究竟可以活几辈子?

吾其心折矣!

2019 年 10 月 17 日

小康之路的真实写照
——评长篇报告文学《世纪江村》

一

一百年,在人类历史长河中,可能只是短暂的一瞬。但在中国五千年文明史中,却不可小视。尤其二十世纪以来的这一百年,有着空前绝后的意义。中国人为了民族复兴,为了小康梦,进行了史无前例的奋斗,其坎坷、其曲折、其艰苦、其牺牲、其成就、其辉煌,真可谓惊天地、泣鬼神。多少仁人志士矢志不渝,前赴后继,创造了多少人间奇迹!多少人间奇迹铺就了中华民族伟大复兴的康庄大道!

这是我读章剑华先生新近创作的长篇报告文学《世纪江村》的真实感言。

报告文学是一种特殊的文体,既要历史的真实,又要文学的生动。它要求作者不仅要有文学的天赋,还要有卓越的史才史识。章剑华擅长三部曲的创作,先有故宫三部曲,后有长江大桥三部曲,曾经摘取了徐迟报告文学奖的桂冠。现在又推出这部"小康之路三部曲"《世纪江村》,黄钟大吕,振聋发聩。该书被列为"中宣部 2020 年主题出版重点出版物"。全书由"汽可小康""上下求索""百年梦圆"三部组成,全景式地展示了费孝通先生成名作《江村经济》所述之开弦弓村的百年沧桑,是一部生动可感的小康奋斗史。

在谈到该书的写作缘起时,章剑华先生说:"我最要感谢的还是费孝通先生。我青年时代读过他的《江村经济》,使我知道了江村,并留下深刻的印象。所以,当我决定要创作小康题材的纪实文学时,我首先想到的是江村。说实话,我同时也想到了华西村与长江村。这两个村我曾多次去过,比较了解,而江村从未去过。于是我决定先访问江村。初次到江村采访,我就立即认定只写江村了。为什么呢?一是被江村的村容村貌吸引住了,这里还保留着秀丽的水乡田园风貌,还是真正的农村;二是被江村的历史文化吸引住了,这里曾经是吴头越尾的吴越战村,也是丝绸之路的丝绸之乡;三是被江村的人物吸引住了,这里不仅有勤劳的人民、著名的人物,还有他们的许许多多的生动故事。这些都为我的创作提供了丰富的题材。"

二

报告文学不同于一般的文学。作为报告,它是对历史的记录,讲究的是历史的真实。真实,是报告文学的力量所在、价值所在。三部曲长达百年,报告中的人事大多时过境迁,难存其貌,但作者深入采访,掌握了许多第一手鲜活的资料,又旁征博引,恢复了历史的真实,令人信服。在第一部中,对于二十世纪二三十年代江南农村生活的描写,让我们印证了中国新文学中现实主义乡村小说的感受,如茅盾的《春蚕》、叶圣陶的《多收了三五斗》等。在第二部中,作者没有回避"左"祸,正面揭示了"极左"给江南农村带来的戕害,让人扼腕。

这部"小康之路三部曲",选材精准,结构扎实。它围绕费达生、费孝通姐弟与江村的世纪情缘,描写了传统农桑的蝶变传奇,既有新闻价值,又有文学价值,还有社会学、经济学等多学科的价值。可以说,百年江村是江南农村的缩影,也是中国农村的缩影,或者说是中国社会的一块生理切片,具有解剖学的意义。我们从《世纪江村》中看到的不仅是开弦弓村的百年,也是中国普通乡村的百年,其典型意义不言而喻。《世纪江村》以时间为序,分为二十世纪初至中华人民共和国成立到改革开放至二十一世纪三部分,每部20章,匀称有力。

《世纪江村》的思想深邃。作者放眼世界,纵观世纪,窥一村而知全国,写百年而通变迁。描写人物,取材立意,臧否得失,皆取历史视角。从古代先民的"民亦劳止,汔可小康"的原始梦想,到费孝通先生提出的"不寒不饥,还有钱花"的基本小康,到邓小平的小康构想,到新时代高质量的全面小康,作者把几千年来小康的历史脉络和递进关系梳理出来,以此为主线、为主题,夹叙夹议,议论风生。书中60章题记,尤见功力。或提纲挈领,或画龙点睛,或引人入胜,或发人深省。

三

报告文学又不同于一般的报告,它要以情动人,要人物鲜活,要细节丰满,要语言生动。一句话,要有文学的质感。

《世纪江村》许多章节都让人有喉头哽咽之感。悲伤时如此,感动时如此,甚至成功的喜悦时也是如此。林同生失去女儿后夫妻相慰让人哽咽。费孝通痛失爱妻让人哽咽。桑叶不够难题破解让人哽咽。抗战胜利后初闻涕泪让人哽咽……鸿篇巨制而饱含深情,这是《世纪江村》最为可贵之处。

《世纪江村》的人物栩栩如生。费达生、费孝通、郑辟疆、陈杏荪是真实的历史人物,也是三部曲中着力刻画的主要人物。这些形象活灵活现,惟妙惟肖,他们的人生追求,他们的人格作育,太崇高、太伟大,仿佛是二十世纪的谪仙人,给我们深深的震撼,深深的感动。他们为蚕丝革命而生,生而为蚕丝革命,富民强国,一腔激情,九折不悔。值得一提的是,作者对中国现代知识分子题材情有独钟,特别能够深入理解知识分子的内心世界,特别善于描绘知识分子形象。故宫三部曲聚焦的是文物工作者,长江大桥三部曲聚焦的是大桥工程师,小康之路三部曲则聚焦于扶持农桑的知识分子。这些知识分子是中国近现代"三千年未有之大变局"之后产生的"特殊物种",既有深厚的传统学养,又有睁眼看世界的西学眼光;既有家国情怀,又有济世之才,堪称中西合璧的复合体,也可以说是三千年未有之国家栋梁。

《世纪江村》的细节丰富独特。江南的生活、水乡的生活、蚕户的生活,叠加起来,生动可感。养蚕的禁忌、行船的技巧、蚕食桑叶的声音、鱼跃船舱的惊喜、农民从不会鼓掌到学会鼓掌到热烈鼓掌的进步以及江南农村特有的生存状态……这些扑面而来的细节,在以采写为主体的报告文学中尤其难能可贵,这是作者调动了自身的生活积累所致。

《世纪江村》的语言优美。不时让人击节称赞,甚至拍案叫绝。叙述语言洗练晓畅,节奏舒缓,娓娓道来,如话家常。描写语言生动丰富,如诗如画,让人如临其境。如林同生坐在河边看漩涡一节,已然物我两忘,意味悠长。有时又有神来之笔,如刘春梅在开工典礼上的一句话"跟着机器好好干",谐趣之中引人深思。人与机器的关系在人类追求现代化的过程中曾经并且将要经过怎样的复杂演变,真是让人感叹。

总而言之,《世纪江村》是一部用心之作、精心之作,是一部成功的报告文学,它既是报告的成功,也是文学的成功。同时,从某种意义上说,它是以报告文学的形式创造的一部百年小康的新史诗。

2020年10月7日

乡村振兴的文学样本

——评长篇报告文学《振兴路上》

我是一字不落地读这本书的。

我是一口气读完这本书的。

它让我心潮难平,甚至有10多处泪目盈盈。

一部描写乡村振兴的报告文学,为什么具有如此打动人心的力量?

报告文学的主人公叫李全兴,是一个传奇式的农民英雄。他生长于江南农村,只读过初中二年级,却有着异于常人的眼界、思想和能力。他用短短几年时间,将自己落后凋敝的家乡改造成中国式现代化的新农村,他担任书记的村党委荣获中央表彰的"全国先进基层党组织"称号。他创造的奇迹令人感佩,应当为文学所抒写,为历史所记录。

江南是一片神奇的土地。改革开放以来,这片土地上涌现了秦振华、吴仁宝、吴栋材等一批传奇人物。他们推动了时代,时代造就了他们。我几乎读过所有描写他们的报告文学作品。我以为用报告文学来反映这些农民英雄的传奇是最直接最生动最合适因而也是最好的方式。在所有这些作品中,《振兴路上》都是相当出彩的一部,无论是它的内容,还是它的主题,无论是它的文学,还是它的思想,都经得住推敲,经得住比较,经得往品鉴。它真诚真挚,因而真实。这种真实,是生活真实和艺术真实的高度统一,是报告文学创作中难得的境界。

《振兴路上》由章剑华和孟昱联合创作。章剑华曾创作过故宫三部曲、大桥三部曲、小康三部曲等多部作品,获得过包括徐迟文学奖在内的多项报告文学大奖。孟昱是江苏"名师带徒"计划中章剑华的徒弟,曾经创作过长篇报告文学《钟山星火》。此次,这对名师高徒将目光从历史深处移出,聚焦新时代的火热生活,全情投入,创作了这部反映乡村振兴的长篇报告文学,令人惊喜。于作者,创作开辟了新领域,上了新台阶;于读者,有了新发现、新收获。

乡村振兴是新时代中国改革发展的重大任务。某种程度上,事关中国式现代化的"最后一公里"。

《振兴路上》正是以此谋篇布局。全书25章,27万字,除了第三、四两章讲述李全兴如何成为企业家的故事,其余文字都是围绕李全兴如何临危受命治理山泉村的内容而展开,所涉皆为经济、政治、文化、社会、生态等五位一体的乡村治理,深入浅出,词丰旨宏,这也是《振兴路上》的格局所在。

如果说家庭是社会的细胞,那么,乡村就是中国社会最小的单元。现代中国的乡村治理与传统中国的乡村治理截然不同,党的基层组织是灵魂是关键。《振兴路上》正是抓住了这个主题,把准了命脉。开篇"令人忧虑的抛物线"直面基层组织涣散、干群严重对立的现实,为全书营造了先声夺人的气氛,也为李全兴的出场造足了势。而后,李全兴走马上任,"在交锋中交班""许下难以置信的承诺""怒对下马威""筑起信任之桥""从小事实事做起",最终"让梦想照进现实"。李全兴整顿组织,依靠组织,在生活区、生产区、生态区的布局上持续发力,让山泉村发生了令人难以置信的变化。他遇到的困难和挑战,没有乡村生活经验的人是难以想象的。种种人际的矛盾、资金的困难、政策的瓶颈,甚至村民的刁难等都是实实在在的壁垒,需要他一个一个地去攻破和克服。然而,正是这些困难和挑战的解决,让李全兴的形象树立起来,让乡村振兴之路有了切实可行的参照。

仅以山泉新村建设为例。首先,李全兴瞄准新农村的新目标,提出50年不落后的总要求。他聘请专业团队规划设计,要让山泉村名副其实,有山有泉,宜居宜业,水电气配套,文化娱乐康养齐全,并且结合乡村生活实际,提出一楼为敬老院的创意。其次,抓住了江阴市政策试点的机会,突破了土地政策的制约。第三,为了腾出建设用地,他想尽办法吃尽辛苦动员村民拆迁。第四,最绝的是他的"三三四"模式的筹资方案,堪为"零成本"的锦囊妙计,富有启示性。他与施工单位商定,由施工方垫资建设,由自己的万事兴集团担保,建成交付后当年内付款三成,第二年再付三成,第三年付清剩余的四成。其精妙之处在于,房屋建成后即可收取村民的购房款,以此支付施工款绰绰有余。如此,他在几乎没有任何启动资金的情况下,一举完成了旧村改造,硬是将一件看起来绝无可能的事办成了,想来真是匪夷所思。

在"物的新农村"建成以后,"人的新农村"更加任重道远。相比于物质的现代化,人的现代化其实更难。《振兴路上》用《人新则乡村新》专章介绍了李全兴的尝试和成就。他修订《村规民约》,他巧用舆论监督,他借力艺术教育,他引导村民自治,妥善管理物业,使文明新风吹遍山泉,吹暖山泉。李全兴的领导艺术是植根于对村民深刻了解的基础之上的,他能够将心比心,因而受到事半功倍的效果。为了改变村民在河里涮洗拖把的陋习,李全兴煞费苦心。有人建议加大罚款力度,李全兴却以为不妥。他苦思冥想,最后找到拍照曝光的方式,根治了这一顽症。因为他深知,对村民来说,自尊比金钱更重要。从这里,我们也可以看出,李全兴的成功,是深切洞察人性后的成功。

作为一部报告文学,《振兴路上》显然还有许多匠心之处,显示出文学的力量。比如让李全兴出山的三顾茅庐,就写得特别生动,满纸生辉。"三顾茅庐"是历史上文学中常见的现象,有一个人的三顾,也有几个人的三顾。《振兴路上》的"三顾"却不同凡响,先写副镇长胡仁祥的一顾——正式邀请,再写组织委员钱丽英的二顾——激将,最妙的是三顾——某镇领导的阻挠,结果歪打正着,激起了李全兴的斗志,终于放下个人即将上市的企业,回乡担任村干部,成就了事业,成就了人生。这里,无论是钱丽英的正面激将,还是某镇领导的反面阻挠,都写得有声有色,其台词多有弦外之音,是非常有品质的文学语言。我想,这个"三顾"桥段完全可以独立出来,用其他艺术样式加以呈现。

文学是情感的艺术,《振兴路上》最大的成功在于处处以情动人。这种情感,是贯穿于全书的。比如,李全兴两段母子对话十分感人。其余诸如新村分房、拆迁动员、强逼参保、"女儿出嫁不出村"、田园综合体理念等环节都写得生动可感,动人心扉而润物无声。

在书中,我们还看到时代与个人的紧密关系。所谓英雄造时势还是时势造英雄,其实是相伴相生的,不应该成为问题。没有改革开放的大时代,李全兴就是有天大的本事,也无用武之地。但是,我们也应该看到,如果没有一个个李全兴式的英雄创造,我们的时代也会黯然失色。时代与个人是相互成就的。《振兴路上》许多章节不厌其烦地介绍改革开放以来的各项农村政策,关于村民自治的,关于土地管理的,关于乡村振兴的,可谓条分缕析,脉络分明,其用意正在于此。它将李全兴的个人努力置于国家的政策背景之下,虽然增加了一定的阅读难度,却让我们看到了个人抓住时代机遇是多么重要!

李全兴的人生选择说明了财富以外的价值更值得追求。他放弃了即将上市的公司,意味着放弃了巨额财富,但他收获了理想信念的价值,收获了另一种成功的喜悦。他赢得了党和人民的肯定,赢得了全社会的尊重。就人生的终极价值来说,这种成功更有力量,更加幸福,更为永恒!

《振兴路上》就是这样将李全兴的奋斗故事,嵌入当代中国乡村的生活场景,以独特的文学方式,破译了新时代中国的发展之谜,生动地再现了中国式现代化在乡村的蝶变传奇。

这是乡村振兴的文学样本,有道德、有力量、有温度,既写出了山泉村的"这一个"和特殊性,又为乡村振兴提供了世界观和方法论。它对于正在以中国式现代化全面推进中华民族伟大复兴历史进程来说,都具有独特的启示意义和借鉴价值。

期盼李全兴式的英雄越来越多。

期盼《振兴路上》一样的好书越来越多。

2023年3月4日

交通强国的文学解码

——评长篇报告文学《"三"生有幸》

《"三"生有幸》是著名作家丁捷先生刚刚出炉的长篇报告文学。

报告文学的主角是"江苏交控",其全称是江苏交通控股有限公司。它成立于 2000 年,是江苏重点交通基础设施建设项目省级投融资平台。虽说是投融资平台,但它还负责全省高速公路、过江桥梁的运营和管理,经营管理着若干涉及金融投资、电力能源、客运渡运、智慧交通、文化传媒等相关竞争性企业。二十多年来,围绕"交通强省"战略实施,"江苏交控"基本构建了江苏高速、江苏铁路、江苏港口、江苏机场四大板块的产业布局,初步形成了"一主两翼"的发展格局。其职工人数有 2.8 万,是国内省级交通集团中唯一一家年利润持续过百亿的企业。

一段时期以来,人们对于国企可能有着不太一样的认识和感觉,有的还存在一定程度的误解。但是像"江苏交控"这样的大型国企,无疑是我们体制优势的力量所在,是国计民生的支柱和保障,是中国式现代化的强力推手,甚至可以说是中国特色社会主义的特色之一。《"三"生有幸》为我们揭开了这家大型国企的面纱,让我们看到了它成功的原因和方法,看到了一个现代企业蒸蒸日上的精气神。读完《"三"生有幸》,有一种发现的快意,有一种解码的畅意,有一种对当下和未来都俱足的信念。

书名中的"三"是打了引号的,特指"江苏交控"党委所提出的企业文化理念,即讲好"企业有前途、人才有舞台、生活有滋味"三个故事。这三个故事其实是互为因果的。企业有前途,人才当然有舞台,人才有舞台,生活才能有滋味。反之亦然,生活有滋味,人才往往会有舞台,人才有舞台,企业才能有前途。丁捷以"聪明诀、幸福场、彩虹渡"三种意象结构全书。每一种意象中似乎都蕴含了三个故事的内涵。全书12章,写了几十个"江苏交控"的知名人物。这些人物身份众多,有工程师、收费员、清障员、服务员,有残疾者、失偶者、援藏者、献血者,有退伍老兵,有铿锵玫瑰……他们普通而不平凡,或者说他们在平凡的岗位上都做出了不平凡的业绩。他们是这部报告文学的主角,也是可读性最强的部分。

开篇《夜来风雨晨来香》写得特别艺术。作家用复调音乐的结构来写余丽琴和郑兆芳的故事。这是两个同龄同职业的女人,一个在花季失肢,一个在中年失夫。一个生命不幸,一个家庭不幸。但她们却成为生活的强者,收获了事业、爱和尊敬。丁捷说,读她们的故事会揪心,但读完她们的故事会舒心。事实确是如此。她们虽然都是高速公路上的收费员,但却把平凡的工作做到了极致。从这个章节中,我们会感到"江苏交控"一线员工的工作状态、生命状态、精神状态。她们与她们的企业其实也是相互成就的。

还有收费员钱燕,同样将平凡的工作做到极致,她在江阴大桥收费站工作，总结出"一捻、二分、三核、四唱找"的"找零四步法"，确保收费零差错。她总结的"一笑、二好、三声、四化、五帮、六勤、七心、八点"的"八点服务法"成为江阴大桥收费站的标杆服务法。在《中国高速公路》杂志寻找"亿元收费之星"活动中，她以1.4亿元的收费额荣登榜首。由于出色的业绩，她被推选为党的十八大、十九大代表。

清障员胡海平的故事同样让人印象深刻。清障说到底是跟事故打交道。没有过硬的心理素质，很难胜任这份工作。胡海平的日常工作在常人看来总是令人惊心动魄。二十年来，他带领清障队员救援3万余起，解救受困驾乘人员千余人次，成功处置了"3·29"液氯泄漏、"6·24"丙烯腈爆燃、"3·10"多车追尾、"11·1"大客车翻入边沟等特重大事故，为保障京沪大动脉安全畅通和人民群众的生命财产安全贡献了青春韶华。这些战果都是他们以命相搏拼来的。

援藏者康峰的故事别开生面。他是"江苏交控"派出的首位援藏干部，一去三年，誓言"不负组织不负己，不负青春不负卿，不驰空想不停行，不忘初心不图利"。他担任拉萨市交通产业集团的领导工作，厉行改革，解决多年的上访问题；想方设法，为驻点村脱贫解困。针对西藏地广人稀的特点，他采取多种办法，大力提高交通安全水平。三年援藏，他多次收到锦旗和哈达，为青春赢得荣誉。康峰的故事也从一个侧面形象地反映了"江苏交控"这一大型国企的体制优势和社会价值。

服务员张雪花是与阳澄湖服务区共同成长的。她从餐饮服务员成长为服务区管理处的副主任，完全靠她的勤奋、刻苦、细致、主动、上进的性格,靠她的辛苦工作、努力付出而实现的。同样,阳澄湖服务区也由一家普通的甚至简陋的服务区发展成为全国网红世界一流的明星服务区,也是由张雪花这样的员工拼搏奋斗出来的。

……

类似于开篇中的复调结构,丁捷匠心独运,在报告文学的尾部,又以琴瑟和弦的方式描写了一对青年夫妻柳林和齐秀的故事,读来让人动容。这对毕业于土木工程专业的大学生,从东北来江苏实习,而后入职"江苏交控",一个成为一线工程师,一个在后方担任内勤。他们相亲相爱,相互促进,相互支持,立业成家,为人父母,获得了事业爱情的双丰收。他们在公司的奋斗和快速成长,同样见证了路桥公司的发展壮大。

文学是人学。报告文学也是人学。人是历史的主体。《"三"生有幸》就是通过这一个个生动鲜活的人物故事、人物形象描写了历史的进程,描写了中国式现代化的一个侧面,一幅剪影。有人说,中国的现代化建设是从高速公路开始的。江苏的高速公路不论是里程、质量、还是覆盖率都是一流的。如果从基础设施的角度看,当下江苏交通的现代化水平足以让人骄傲。短短几十年,我们从一穷二白到四通八达,真有隔世之感。当我们享有现代交通的便捷畅快时,也许并不会在意这奇迹是如何发生的,不会在意是谁在管理运营着这一切。但是,其实我们应该想一想,这不是天上掉下来的,也不是什么人恩赏的,而是当代中国人栉风沐雨、呕心沥血奋斗出来的。《"三"生有幸》以其特有的方式回答了这一问题。它讲好了国企故事,也就讲好了中国故事。这也是这部报告文学的思想价值历史价值所在。

丁捷曾是著名的青春作家,以善写青春爱情俘获大量粉丝。近年创作开始脱虚向实,先是抛出《追问》《初心》《撕裂》三部曲,取得广泛影响,而今又奉献出这部重磅报告文学,读来让人振奋不已。作家写报告文学与记者写报告文学有所不同,更加注重细节和情感。37万字的《"三"生有幸》布满动人的细节和感人的力量。丁捷用一年多的时间,深入"江苏交控"所辖公路、铁路、机场、港口以及江阴大桥、苏通大桥、润扬大桥、泰州大桥、崇启大桥、沪苏通长江公铁大桥、五峰山长江大桥等机构,采访了数百名干部员工,书中有名有姓的人物就有近百位。丁捷的独有才华保证了这部报告文学的文学品位。一些章节,三言两语就能动人心弦。比如,余丽琴结婚后上下班,公婆开车接送。她因为失去了一条腿,只好靠婆婆抱她上下车。第一次她情不自禁地连喊了两声妈妈。婆婆很感动,双臂紧紧搂着儿媳……又如,张言丰到灌南扶贫,为群众办了实事,赢得了群众称赞。一句评论留言:"张言丰就是我们自己人,是乡亲的乡亲。"……又如,张雪花无声地用靠枕照顾一个犯眩晕的女客人,客人缓解后十分感动,说"你们服务区有这样的服务员,想不火都难"……诸如此类,不胜枚举。

对细节和语言的敏感是丁捷作为作家的基本功。她写余丽琴的心路历程,仅用一句话就刻画了一个生命强者的形象——"自己已有一只被拖累的腿,不能再拖大家一只后腿"。献血员周金文的父亲对他说"孩子,帮人的事,尤其是救命的事,不能算账,不能犹豫,能帮人则帮人,身体有没有害我不清楚,反正帮人一定没有害"。

收费站的大姐对刚入职的张文婷说:"丫头啊,记住姐一句话,不想生火就别想吃饼。锅不热,饼难贴;贴不紧,烙不熟。"这些人物语言写出了人物的内心,写活了人物性格。

丁捷既是一个感性丰满的人,又是一个思想和表达都十分出色的作家。比如,他描写余丽琴的爱情,这样写道:"她的恋爱期并不长,不过是一个熟透了的红苹果从新鲜到化作果泥的过程。但是这个过程热烈而又曲折。如果用显微镜看这只苹果被微生物吞噬、化解的微观世界,恐怕细节也是惊涛骇浪一般的,尽管我们远远地看一只苹果,不过就是静静地躺在那里,一天一天地、不易觉察地加深着它的颜色。"又如:"套话,不往深处想,它就真的是套话,往深处想,它绝对是真理,绝对深藏有不一般的力量。"这种质地的文学语言对于报告文学来说有点显得奢侈。

总之,《"三"生有幸》写出了"江苏交控"人的众生相,写出了当代中国人的奋进之美。这是普通人的美,是劳动者的美。这是劳动的美,创造的美,是世上最大的美,最美的美。它让我们对作家与史诗的创作又有了新的期盼。诚然,中国不乏史诗般的实践,关键要有创作史诗的雄心。新时代中国交通的发展就是一部波澜壮阔的史诗。我不敢说,《"三"生有幸》已是一部史诗,但它至少已为我们提供了一部交通强国的文学解码。

新时代援疆史诗的动人篇章

——评长篇报告文学《和你在一起》

周桐淦先生是当代著名的报告文学作家。

我读过他的多部作品,诸如《法与法的较量》《智造常州》等,都给我留下很深的印象。作家写人,也在写他自己。从这些作品中,我看到一个急公好义的人,一个慧眼如炬的人,一个多愁善感的人,一个长于表达的人。

读毕他的新作《和你在一起》,再次印证了我的印象。他的家国情怀,他的历史担当,他对经济、政治、文化、社会、生态等方面的思考与见地,都融注在这部长篇报告文学之中了。

《和你在一起》有这样几个特点:

一、题材独特而重大。

援疆援藏,实现区域共同发展,是中华民族共同体的应有之义,是中国式现代化的必然要求,是最具中国特色的中国故事。

新疆的发展有目共睹,但反映新疆发展特别是反映国家援疆政策及其成果的文学作品还很少见。周桐淦先生以非虚构写作的方式,真实真切的描写,情动于中的抒写,展示了新疆的发展进步、和谐安宁、充满希望,让读者倍感振奋。

《和你在一起》写的是南通援疆的人和事。周桐淦抓住这一题材,聚焦南通支援伊宁的种种举措和业绩,以点带面反映了中国特色社会主义制度下新疆的跨越式发展,客观而雄辩地洗涮了美国、西方污蔑新疆的种种龌龊之词。

从这个意义上说,《和你在一起》就不仅仅是一部报告文学,而是一件有力的武器了。

二、思想深刻而不凡。

任何一个题材,都要由具体的人和事构成作品的基本内容。但不同的眼界,不同的眼力,就会有不同的选择,不同的发现。周桐淦先生以援疆干部张华为主线,以张华的乡贤偶像张謇思想为背景,结构全篇,可谓独具慧眼。

《和你在一起》开篇就写了"百名南通名师进伊宁行动",而后又写了"南通的'伊宁班'和伊宁的'南通班'",再写"伊宁第二高级中学和伊宁南通实验学校",第四章写"永远的五班和100万册爱心图书"。作者以三分之一的篇幅写教育援疆,可谓用心良苦。这是看到了新疆贫困的症结所在,是对张謇的"父教育"的最好解读,是南通援疆的最大特色。就基础教育而言,业界有所谓"中国教育看江苏,江苏教育看南通"的说法。教育是南通的最大优势,南通援疆从教育着手,发挥强项,治标治本,功在眼前,利在长远。

教育之后,作者写了两章医疗援疆,从一个侧面反映了伊宁群众生活的真实面貌,提出了"'仁医'回去了'仁术'如何留下来"的问题,并通过"一次全民体检引出的'母女相认'"进行了初步的回答。

第七、八、九三章,作者细写实业援疆,用张謇"母实业"的思想诠释当下的实践。这里有"麦伇然木·赛甫丁和她的姐妹",还有"第一批吃螃蟹的企业家"。从如东纺织企业西迁变身为伊宁纺织产业园区的实践中,我们可以看到援疆干部和企业家的战略眼光与家国情怀,可以看到伊宁干部群众的心劲和干劲,可以看到实业兴疆给当地群众生活带来的可喜变化,看到新疆长远发展的希望所在。

第十、第十一两章,作者将笔触伸向伊宁的生态和乡村社区。让我们看到了"多情的土地,多情的你我",看到了"拥抱在山乡的'石榴籽'们"。这是新疆基层社会的生动写照。

第十二章《胡焕庸线和一带一路班列》具有总结性质,就像交响乐的第四乐章,是回旋曲式的奏鸣,写了张謇思想对张华的影响至深,写了前方干群的奋力拼搏和后方组织的强力支持,是对全书的回顾与展示,让读者对新疆的繁荣和可持续发展信心满满。

结构是思想的载体。百年前张謇的"父教育母实业"的思想,在新时代的援疆实践中焕发出盎然的生命力。这是一种历史的传承,也是一种时代的呼应。

三、情感动人而高贵。

文学是人学。人是情感的动物。情感是文学的母题。人类的情感丰富多彩,难以穷尽。报告文学的情感表达往往简洁而让人猝不及防。周桐淦的笔下总是花带雨露,情深款款。

比如——

援疆教师张静隐瞒了返程日期和航班,却在机场大厅遭遇了意外的送别,两个伊宁南通班的学生像小鸟一样飞到她的身边……

"永远的五班"学生深夜在姜振山老师的窗外齐诵《小石潭记》……

援疆医生李小飞的夫妻情书,让人确信爱情的美好……

身残志坚的维吾尔族小朋友夏力潘对援疆医生潘晖说:"我可以叫您一声妈妈吗?"

……

诸如此类的动情点布满全书。这种情感往往超越了普通的人际关系,独特、纯粹、醇美、芳香。

四、细节取胜。

叙事类艺术情节重要,细节同样重要,甚至更加重要。细节可以从生活经验中移花接木而来,很难虚构。报告文学的细节更是如此,只有通过采访,才能得到细节。也只有深谙此道,才能抓住细节。好的细节可以起到四两拨千斤的效果。

周桐淦最善于捕捉细节。

《和你在一起》中的一些细节令人叫绝——

李小飞的儿子土豆为他写迎接标语:"欢迎爸爸回家!"并用火腿肠、果冻、薯片等喜爱的食物在白色的瓷盘上摆出彩色的爱心造型……

两岁的女儿面对援疆归来的教师毛月美不肯相认,大声嚷嚷:"不要、不要,手机里才有妈妈"……

维吾尔族大娘为潘晖熬了一罐鸡汤。她坐在传达室的椅子上等潘晖下班,为了保温,她用自己的大衣把鸡汤罐裹了起来……

有位女工第一个月发工资时,给公公婆婆和全家人都买了一双袜子,婆婆抱着媳妇直抹眼泪……

肉孜节,张华到维吾尔家庭走亲戚,村口的电子屏上却滚动着这样的欢迎语:"热烈欢迎张华书记一行回家看看!"

……

此类细节,不一而足,都耐人寻味,经得住咀嚼。有的真情难掩——一句"手机里才有妈妈",实在催人泪下;有的微言大义——一双袜子竟让婆媳相拥,说明生活是多么不易;有的别有意味——欢迎书记回家,显然已把书记当亲人,其中"回家"二字,真正胜过千言万语,可以想见张华的奉献,群众的热情。大而言之,可以看到民族关系、干群关系的团结和谐,看到新疆长治久安的基础所在。

五、语言生动活泼,流畅干净。

周桐淦先生的文字是一种特殊的报告文学语体,深得传统文化的滋养,深得当下生活的滋养,生动鲜活、干净利落。叙事、状物、议论、抒情,皆灵动晓畅。没有欧化,没有网络化,没有被污染,是现代汉语的优秀文本。

仅举几例——

"两大家子都没有谁去过新疆,对新疆的了解加起来就这么几个字:远、高、冷。远,万里之外;高,西域高原;冷,已经飘雪……

"'父教育'与'母实业'不是先后关系,不是递进关系,而是父母之间的相互依存、相互补充、相辅相成、不可或缺的至亲至密的关系,教育可以改良实业,实业可以辅助教育……

"就像大海航行一样,对付风浪的最好办法是保持适当的速度前进。动态的稳定,是前进中的稳定,发展才是真正的稳定;而静态的稳定,是暂时的死水一潭,是以'牺牲'为前提的止步不前……

"后来几天发现,跟班师父在车间里转着'看看',就能看出问题;蹲下去'听听',就能听出问题。我们在山头放羊放牛,从来都是躺在草地上晒太阳,牛群斗殴了,先看热闹,打得不行了,再用火把隔开,哪有没事找事干的?……"

如此一气呵成、行云流水般的文字,怎么能不让人爱不释卷、欲罢不能呢?

总之,长篇报告文学《和你在一起》以其题材、结构、情感、细节和语言的魅力,成功展示了南通援疆干部、教师、医生、企业家的感人事迹和生动形象,展示了新时代新疆各族儿女的生活面貌和奋进姿态,展示了中国式现代化在新疆边地的坚实步伐,具有很强的思想性、艺术性和可读性。

中国不乏史诗般的实践,关键要有创作史诗的雄心。史诗不止一种形式,报告文学可能是当代史诗创作中最直接最自由最契合的形式。

中国式现代化的历史进程本身就是一首世所罕见、史所罕见的动人史诗。新疆的现代化更是这首波澜壮阔史诗中不可或缺的一部分。

我们完全可以说,《和你在一起》不仅是周桐淦先生个人创作的新收获,也是当代报告文学的新收获,更是新时代援疆史诗的动人篇章。

大明生活的想象与还原

很久不读小说了。

读小说是需要心境的。年轻时曾经很喜欢小说。一本小说,一天看完,不看完不睡觉。现在却读不进小说了。总觉得被小说家牵着走,有点傻,有点浪费时间。

但陈正荣的《大明城垣》却是例外。

这不仅因为作者是我的老友,更因为小说本身给了我其他文字没有的价值。我读过吴晗的《朱元璋传》,读过当年明月的《明朝那些事》,也翻过《明史》,看过若干影视剧诸如《大明王朝1566》《朱元璋》等。老实说,我对明朝,对朱元璋都没有好感,甚至只有恶感。我曾经极而言之,有明一代,我喜欢的只有明式家具。我也读过关于南京城的若干文本。按理,对这本小说应该没有多少兴趣了。

但我还是饶有兴味地读完了这本37万字的小说。这是为什么呢?

首先,我觉得对明初生活场景的"还原"是它最吸引我的原因。这种"还原"其实是传统乡村生活的复制。正荣是我的同龄人。我们这一代人是最幸运的。我们的幼年完整体验了传统农耕文明的生活状态。这对正荣下笔描绘袁州府的乡村生活无疑提供了巨大帮助。就个人阅历而言,我对窑场的经验又是陌生的。其取土、制坯、烧窑、浇水……制砖的每一个环节都是新奇的。筑城的过程同样具有魅力。明中都的始建终废,应天城的一扩再扩,其决策取舍,其役夫暴动,都让人感慨不已。大明立国之初,民间对朝代鼎革的反映,小民对徭役的态度,小说中作了生动形象的描写,这对于我来说也是相当新鲜的。

其次,《大明城垣》的人物让我印象深刻。这部小说,除了头尾,实际上5章,用的是双重结构,写了皇帝大臣,写了窑匠役作。对我来说,最有价值的是小说中对汤和七、汤丙、汤满祖孙三代窑匠的刻画。这些窑工的生活和形象,在我的阅读经验中都是新鲜的。也许可以说这是正荣对小说题材的开拓,功不可没。此外,还有朱元璋、陆良、沈万三等人物形象都塑造得比较成功。

再次,小说具有思想深度。其中对有形之城与无形之城的思辨,让人印象深刻。关于匠人匠心、艺进乎道的种种议论,几乎成了作品的主题之一。

尤其值得一说的是小说中对朱元璋心态的把握比较准确而可信。他一方面以民为本,容不得贪腐;一方面又以人命为草芥,役使之,虐杀之。

小说中汤满与明月的故事最具传奇,有"三言两拍"的余韵。

小说的文风带有电视文本的特点。这是正荣职业的痕迹。

凭着几块城砖上的名字,按图索骥,找到城砖的产地,找到六百多年前的窑场,结合相关的历史文献知识,推演想象,就编织起一部长篇小说来,可谓神奇。

我在南京也生活了三十五年了,我也曾用脚量过南京城墙,为什么我写不出这样的鸿篇巨制呢?读《大明城垣》,为正荣喝彩的时候,就更觉惭愧。

2021年5月20日

读《金色乾坤》

报告文学《金色乾坤》写的是农民企业家俞金坤的故事。看得出,书名由人名而来。或者说,这就是一本关于俞金坤的传记。

你可能不知道俞金坤,但你一定坐过高铁。高铁是中国人的骄傲。你可能知道高铁的机车是由南车、北车生产的,但你知道它的内装饰是谁生产的吗?

这本书告诉你,这是俞金坤的公司生产的。这家公司名叫今创集团。今创在这个领域是中国老大,也是全球老大。

俞金坤生于1945年,常州武进人,书只读到初一,就回家务农了。他有一身的力气,撑船罱泥,左右开弓,一天能罱13船。这个青年农民不安于贫困,用船跑运输,别人只是单程送货,他却来回捎货,效益翻倍。由于能干公道,被选为队长。改革开放,苏南乡镇企业开始萌动。大队靠一台注塑机办了一个作坊式的小厂,要俞金坤当厂长。他既当采购员,又当推销员,还当搬运工,让这个厂一年一个样,迅猛发展。当了8年厂长,俞金坤积累了经验,却被排挤出局,他只好自主创业。他从"武进剑湖五金塑料厂"办起,8万元起家,从生产挂钩、灯罩、风扇叶片等不起眼的配件开始,逐步发展,然后做电器,然后瞄准轨道交通,先是地铁,而后高铁,生产相关配套产品,企业获得爆发式的增长。俞金坤组建今创集团,先后与日本、德国、比利时等国家的知名企业合资,直至跨国收购国际知名的法国塞拉座椅公司。2018年,企业产值远超100亿元,写下了中国民营企业的传奇。

今创的事业还在发展,俞金坤的传奇还在继续,他的国际高铁园区梦正在实现。这本书只写到2018年,是为纪念改革开放40周年而写的,它的价值却不会过时。作为改革开放时期的个性样本,它的典型性和代表性必定蕴含了长久的历史价值。

这本书会让你时时感慨。俞金坤无疑是我们这个时代的农民英雄。有意思的是,这样的农民英雄不是一个两个,而是批量产生的。在中国,至少在苏南,还有一大批这样的英雄。我读过秦振华、吴仁宝、吴栋材的报告文学,他们的英雄业绩总是令人称奇,也为这个时代提供了最好的诠释。是时代成就了英雄,也是英雄推动了时代。俞金坤说,没有改革开放就没有我俞金坤的今天,没有中国共产党就没有中国的今天。这是俞金坤的肺腑之言,也是我们的共同感受。

考察英雄炼成史,我以为不外乎三个特别:一是他特别能吃苦。俞金坤受的不是一般人能受的苦。比如当年,他推销采购跑长途,经常乘火车,舍不得也买不到卧铺票,只能坐甚至站在火车上,有时一个单程就是几十个小时,晚上只好躺在座位底下,闻着别人的汗臭脚臭、听着别人的鼾声入睡。这种苦,有多少人能熬下来?二是他特别要强。这是英雄共同的性格特征,就是永不服输。俞金坤不论是当队长还是当厂长,还是当老板,都是不肯言败的。他当大队厂长时,借不到钱,受尽冷眼,反而激起了他的斗志。同样,后来当不了厂长了,他就自己创业,不蒸馒头争口气。每到困厄之时,英雄总是勇往向前向上的。三是他特别善于学习。俞金坤看起来初中只上了一年,但他一辈子没有停止学习。他向书本学习,更向生活学习。他的思维他的表达都是与时俱进的。他没读过商学院,但他的企业管理经验可以成为商学院的教学案例。这只能说明他特别善于学习。

除此以外,他的诚信,他的厚道,他的胸怀之广、眼界之宽,他的公益心都是他成功的助推力,是他成为英雄的重要元素。

成事在天,谋事在人。同一片蓝天,同一方水土,为什么只有俞金坤走出来了?为什么他能挣脱旧有意识的束缚,蜕变成一个具有中国灵魂世界胸襟时代精神的企业家呢?他的成功有什么必然性和偶然性呢?这是《金色乾坤》没有告诉我们的,但显然是值得我们思考的。

《金色乾坤》的第一作者徐良文是著名的报告文学作家,写过许多优秀的作品。此前我读过他的《傅小石传》《黄孝慈传》。我觉得他的报告文学已经形成了风格。他总是选择一些杰出的人物作传。他注重采访,尽可能掌握第一手资料。他的文字晓畅流丽,笔下常带感情,而又议论风生。他的叙事干净利落,描写准确适度,不肯夸饰。因此,他的作品可信而有感染力。

读这样的文字是让人愉悦而提劲的。

2021 年 8 月 29 日

填补空白的非虚构写作

很高兴来参加长篇纪实文学《钟山星火》的首发式和研讨会。比我自己出书还高兴。因为这不是一本普通的书,而是一本记述南京第一个党小组成立的书。这是庆祝建党百年的一份特殊的献礼。对正在开展的党史学习教育活动,也是一本很好的教材。

《钟山星火》的主人公是我党早期的工人领袖王荷波。王荷波以前被宣传得较少,十八大以后,得到了较多的关注。他曾担任党的第一个纪律检查机构中央监察委员会的首任主席。我参观过王荷波纪念馆,对他的生平有一定的了解。但是这本书的信息量要丰富得多,它为我们塑造了一个生动鲜活有血有肉的王荷波的形象。

我党是搞工人运动起家的,是搞农民运动发家的。由于历史原因,以前反映工人运动的文艺作品不多。从这个意义上说,《钟山星火》在题材拓展上有填补空白的价值。

虽然作者写作《钟山星火》之时,中央还没有提出32字的建党精神,但是由于作者尊重历史、再现历史、表现历史,以"大事不虚,小事不拘"为创作原则,使得全书不期然而然地真正反映、体现了建党精神，尤为难能可贵。因此，通读全书，我可以说，《钟山星火》是对伟大建党精神的历史表达、艺术表达、形象表达。

这本书属于非虚构写作。非虚构写作，有的叫报告文学，有的叫纪实文学。我的理解是，报告文学是具有新闻价值的非虚构写作，纪实文学是具有历史价值的非虚构写作。《钟山星火》显然属于纪实文学。看得出作者在历史方面花了不少功夫，其中对一百年前的中国社会有许多细致准确的描绘，十分生动。这对80后的年轻作者来说尤为不易。

从文学的角度看，此书也达到了较高的水平，主要体现在人物塑造上。王荷波的形象是通过其身世、经历、行动、语言、思想、性格等一点点累积完成的，直至篇末，栩栩如生，呼之欲出。其余配角，如厂长、买办、工头、军阀、官僚、警察、工人等人物都各得其所，恰如其分。对这些人物的把握，其实是有很大难度的。它需要作者对人性的洞察。书中对种种人物关系诸如夫妻、兄弟、工友、同志、劳资之间情感、情义、斗争的描摹，让我看到了与作者年龄不相称的深刻和老到。

作者小说创作的才华和经验，在本书中得到了充分的发挥，比如王荷波与交通总长叶恭绰谈判一节，读来印象深刻。作者对人物内心的挖掘和刻画，更是发挥了文学的优势。比如，第五章王荷波逃难途中的内心独白，既贴合人物情境，又文采斐然。

总之，《钟山星火》是一本质地精良的纪实文学，它选题独特、结构有力、语言优美、情节曲折、人物生动、内涵丰富。

这本书的出版还有一层意义，它是江苏文艺"名师带徒"计划的一项重要成果。作者孟昱是名师章剑华主席的徒弟。章主席是报告文学大家。三年来的言传身教,孟昱一定获益良多。名师出高徒。《钟山星火》是他对非虚构写作的成功尝试,是他创作的新的起点,可喜可贺。非虚构写作与纯文学写作,是两副笔墨,我希望孟昱在今后的创作道路上能够做到相得益彰。

2021年12月1日

美丽扬州的文学临本
——评《扬州夜访录》

今天来扬州,本来以为是来参加一个研讨会的,结果发现是一场雅集。扬州就是扬州,扬州就是不一般。在座的都是扬州文化界的名家,为了晏明先生的大作《扬州夜访录》聚在一起,品茶品书,实在雅而有致。我听了大家的发言,深有同感,也深受启发。

如果要我写一篇关于晏明《扬州夜访录》的书评,我将用"美丽扬州的文学临本"为标题。

这是一个美丽的时代。"美丽"二字是就生态文明建设而言的崭新要求。美丽中国建设正在神州大地如火如荼地开展。美丽江苏、美丽扬州,更是日新月异。短短几年,大家都有这样的感受,我们的生活、我们的环境真的变得越来越美了。扬州本来就是一座天下闻名的古城,经过这些年的努力,扬州简直就是一座花园城市、一个城市花园。今天的扬州可能是历史上最美的时候。扬州真正做到了古代文化与现代文明交相辉映。这种感觉来自现实中的扬州,也来自《扬州夜访录》。

晏明先生的《扬州夜访录》,收录了88篇美文。这88篇美文写了扬州新旧景点,琳琅满目,既有旧景新貌,又有新景美境。因此,我可以说《扬州夜访录》是美丽扬州的文学临本。

晏明先生的写作不同于传统的写作,而是典型的自媒体时代的写作。他是在自己的微信公号上发表作品的。他的公号已有10000多粉丝。每写一篇,每发一篇,就广为传播,形成风潮。据不完全统计,他的这组文章,已在全球22个国家190多个城市的读者中间转发。长此以往,"夜扬州"也许将和"扬州炒饭"一样驰名世界。更有甚者,据说还有几十位本土作者围绕晏明的"夜扬州",跟风写出大量关于扬州的文字,同样获得广泛的传播。这对扬州文化建设十分有益。要说晏明通过他的写作,构成了一种新时代的扬州文化现象,当不为过。

换一个角度,晏明的写作又是典型的传统的写作。此类笔记小品散文的文本,是有传统的。汉有《西京杂记》,宋有《梦粱录》,元有《武林旧事》,明有《西湖梦寻》,清有《扬州画舫录》《板桥杂记》等,一脉相承,不绝如缕。文学史上,它们可能没有受到足够的重视,但它们对中国人特别是中国文人的精神生活的影响不可小视。《扬州夜访录》接续了这一传统。有传统,即有根基。有没有大不一样。我们可以在比较中发现其特点和价值。它构思精巧,只写了夜扬州,可谓别开生面。这个夜扬州包涵甚广,既有历史的古扬州,又有现代的大扬州。全书以春夏秋冬四个篇章,匠心布局。四时之景不同,而文亦无穷也。晏明的文字优美,下笔成趣。他涉猎广泛,诗词典故,信手拈来,文如花径。写作是晏明先生的余事,但一点也不"业余",他的文字与专业作家相比,毫无愧色。

《扬州夜访录》还有一个特点就是具有新时代的精神特征。它不怀旧，不伤感，总是欣欣然有喜色。其文字背后所塑造的作者形象，是一个对当下、对未来、对家乡充满热爱充满感情充满信心的欣赏者的形象。面对扬州的发展和进步，其欢悦之情，由衷而发。它写的是乡情，不是乡愁。这也是一种记录，是不一样的记录。我相信，它的历史价值将为后人所珍视。就像今人读《扬州画舫录》一样，后人读《扬州夜访录》，也会得到对我们这个时代的感性的认识。

新时代是一个充满无限可能性的魅力时代。我希望《扬州夜访录》这样的作品越多越好。

2021 年 1 月 15 日

为历史保留的肉身

《黑瓦寨的孩子》是李新勇先生的长篇新作。这是一部很有特色的小说,既是一部描写少年成长的儿童文学,又具有纯文学小说的视界和质地。

这部小说有这样几点让我印象深刻:

一是小说语言清新生动。读小说有人看重的是情节,有人看重的是人物,有人看重的是思想,我读小说首先看重的是小说家的语言。李新勇的语言清新生动,直观晓畅,有时还俏皮活泼,有他自己的底色。

二是小说内容新颖别致。从沙地到边地,特别是边地生活的写实或传奇,对我来说有一种特别的吸引力,相信它也填补了许多读者生活和认知的不足。

三是小说人物栩栩如生。王嘉峪和唐古拉这两个少年的成长及其心路历程,被李新勇先生惟妙惟肖地刻画了出来。成长不易,成长可喜。苦难有时恰是成长的补药,能够催熟人的心智。友情更是成长的助力,近善则向善,人格养成,境界一新。

四是时代特征强烈。父母异地打工,孩子留守原乡,摆脱贫困、追求小康,市场经济对西部农村和农民的渗透等,甚至小说中刘佳所开办的心理咨询所都具有某种时代标签的意义。这些都表明这部小说只能是今天这个时代而不可能是其他时代的。

五是地域特色浓郁。李新勇生在西部长在西部,而今又工作在东部、安家在东部。他对西部就有了不一样的理解和认识。高天流云、青山大川、草色花香,甚至原乡的空气都让他的文字神采飞扬。

六是小说直面生活而又保持了温度和暖色。

"写出当下的实况,为历史保留一段肉身,把答案交给未来",这是李新勇在小说后记中所写的一段极为精彩的话。

通读全书,我认为他不仅想到了,而且做到了,祝贺他。

2022 年 4 月 20 日

值得珍视的《酷热的夏天》

陈明兄：

感谢荐读李有干先生的小说《酷热的夏天》。这部小说让我喜出望外，欲罢不能。

近些年小说读得少了。读书的兴趣与人的心境是密不可分的，心境与年龄又直接相关。年轻时，好读小说；年纪大了，却偏爱写史写实类的文字了，总觉得小说太虚。不过，这样的话，用在说李有干先生的大作时，实在不合适。李先生已是九十高寿，在他面前，我们都是晚辈。九十高寿仍有如此笔力，仍能写出《酷热的夏天》这样长达14万字的力作，真是不敢想象，实在让人佩服叹服折服！这一现象在中国当代文学史、现代文学史、近代文学史，甚至整个中国文学史上都可以说是奇迹。

我说《酷热的夏天》是一部力作，并不是因为它出自一个九十高寿的长者之手而有丝毫的"宽褒"或溢美。我是将它置于我的阅读范围内进行比较的。我以为这是当代文坛一个不可多得、不可再得的收获。

我说它是一部力作有这样几个理由。

一是它填补了题材的空白。《酷热的夏天》写的是华中鲁艺的故事。华中鲁艺是皖南事变后新四军在盐城重建军部时成立的艺术学院,师生达 400 多人。华中鲁艺虽然只存在了半年时间,但它的影响却是巨大的。对于盐阜大地来说,华中鲁艺就是抗日救亡的旗帜和号角。其牺牲的壮烈,更是可歌可泣,感天动地。华中鲁艺是文艺创作的宝贝资源。时隔八十年,作为后人,我们理应拾起这段历史,使之不被湮没。这一题材近年来在戏剧、音乐、舞蹈甚至杂技等领域都曾得到不同程度的关注和开掘,但在小说创作中却鲜有涉及。李有干先生对这一题材的写作有得天独厚的优势。他的家乡就在鲁艺烈士牺牲地不远的地方,他说至今还记得 1941 年夏天的枪声,那一年他才 10 岁。他是带着情感来创作这部小说的。看得出,他笔下的毕蓝、鲁平、许青这些鲁艺的人物形象都是有原型的。他的小说不仅直面描写了华中鲁艺师生在盐城宣传群众发动群众的事迹,而且更加生动地写出华中鲁艺在盐阜人民中的影响。这种影响是通过小说主人公秋燕和阳子的成长来体现的。因此,作为第一部反映华中鲁艺的小说,具有了题材的完整性。

二是塑造了鲜活的人物。人物是小说的灵魂,也是小说的标志。时过境迁,人们记住小说的往往是人物,是形象。《酷热的夏天》的成功正在于此。秋燕是一个不一般的童养媳形象。以往文学作品中的童养媳,总是苦巴巴的,不堪命运的凌虐。秋燕却是命好,遇到了一个亲妈一样的婆婆。阳子是一个顽皮的少年,起初排斥秋燕,但最后二人情同姐弟。在许先生的教育下,秋燕、阳子参加了鲁艺，秋燕因为天生一副金嗓子而被鲁艺录取，从而有了当歌唱家的梦想，阳子也由懵懂少年而逐渐开窍成长。在鲁艺的光芒照耀下，这两个乡间少年的人生有了崭新的价值和意义。小说中对秋燕和阳子心理的把握尤其值得称道。特别是阳子的心理完全符合儿童心理特征，天真、稚嫩、敏感，充满童真童趣。秋燕的养父养母的形象也很有新意。卢泰和是药店老板，福婶是乡间主妇。在许多文学作品中，这一类人物大多为富不仁。但在《酷热的夏天》中，我们却看到了一对浸润了传统文化的良人形象，可亲可信。卢泰和的中正平和、福婶的母爱都焕发出人性的光辉。还有姚老太、姚伯仁的形象也让人印象深刻。姚老太年过九十，时而清醒时而糊涂。姚伯仁人如其名，是一个爱国乡绅。他们对新四军、对鲁艺的帮助都发自内心。这些人物的心理逻辑、性格逻辑、行为逻辑因为放到了抗日救亡的大背景下，放到了民族矛盾上升为主要矛盾的历史情境中，都变得合理可信了。

三是故事情节传奇而合理。《酷热的夏天》从秋燕的身世讲起，娓娓道来，引人入胜。秋燕与黑子的传奇关系，让人匪夷所思，从中可以看到许多民间文学的影子。黑子是一条狗，但在小说中起到了甚至超过了一个人的作用。它为秋燕喂奶，它跟着秋燕到卢家，跟着秋燕到鲁艺，最后为保护秋燕而献身。阳子因为捉弄黑子而闯下大祸，又因闯下大祸而转变了与秋燕的关系。黑子的形象在小说中不可或缺，它构成了儿童文学的一大特色。小说情节处处营造预期，又时时打破预期。比如，童养媳的幸运、小丈夫的尴尬、秋燕和阳子的进入鲁艺、阳子因为红薯而被关禁闭、秋燕的牺牲，等等，都有欧·亨利小说式的逆转,让读者兴味盎然。

四是通篇情感饱满。抒情是文学的本质。小说的动人,根本在于情感的力量。《酷热的夏天》时时聚焦于人物的情感,秋燕与阳子的姐弟情、秋燕与福婶的母女情、秋燕与毕蓝的同志情、秋燕与二妈的亲情、鲁平与毕蓝的战友情都浓得化不开。比如,第六章《血衣》中,秋燕、毕蓝投奔二妈,二妈真情款待一节,那种亲情乡情催人泪下。又如,阳子从芦滩上奔过,伤脚拔刺一节,让人心惊肉跳,不忍直视。更为难得的是,这部小说的人物在情感中,景物也在情感中。王国维说,"一切景语皆情语",在李有干先生的笔下,真的达到了这种境界。他笔下的河流、芦荡、树木、村庄、祠堂、草堆……都与人物的情感,与小说的情境息息相通。他营造的文学世界是一个情感的世界。

五是创造了一流的文学语言。文学是语言的艺术。小说尤其如此。李有干先生的语言是有质地的语言,生动形象、晓畅雅致,既有节奏,又有韵味。这种语言是对苏北水乡的真切反映和最好描摹。比如,他对雷雨的描写、对帆船的描写、对风车的描写、对河中小鱼的描写等,都生动地写出了二十世纪四十年代水乡芦荡的生活经验。这些文字构成了小说的地域特色和风俗特征。可以说李有干笔下的水乡芦荡与许多文学名家笔下的原乡是完全可以媲美的。李有干的语言还有一大魅力,他特别善于将方言土语提纯为文学语言。比如,"每家盆大碗小他都熟悉""头脑不做主""舌头打个滚的事""阳子脸不是脸、嘴不是嘴地说""来作塌你了""记在心里,刻在肋骨上""儿奔生、娘奔死""好汉怕赖汉,赖汉怕死难缠"……诸如此类的民间俗语在李有干先生的笔下,总是那么妥帖,生动得让人惊喜。

陈明兄，我如数家珍地列出《酷热的夏天》的五大特色，是因为我真的喜欢这部小说，是因为我从中得到了很多的精神滋养。我觉得《酷热的夏天》是一件晶莹剔透的艺术品，似温润的美玉，似滋味久在的橄榄。

我知道这部小说是由你的淮剧《为你绽放》改写而成的。平心而论，我觉得剧本是成功的，小说也是成功的，各有各的价值。剧本为小说提供了动因和框架，小说为我们丰富了情节和细节。我们见惯了由小说而剧本的改编。后来也出现了一些由剧本而小说的改写，但那些大多是市场行为，没有多少文学价值。不过，从淮剧《为你绽放》到小说《酷热的夏天》是一次很有意义的文学实验。而这实验竟然由一个九十高寿的长者来完成，实在是新时代文坛的佳话。写到这里，我有一个小小的建议，如果将小说的名称改为《苦夏》是否更好些？

陈明兄，你曾经让我读过李有干先生的《大芦荡》。我承认，它让我为之惊艳。《大芦荡》确实是一部具有史诗品格的上乘佳作。与《大芦荡》相比，《酷热的夏天》是一部主题创作。它承袭了《大芦荡》的美，又突显了为华中鲁艺立传的主题。从这个意义上说，它已溢出了儿童文学的审美范畴。在党的百年华诞之际，推出这样的作品，正其时也。但是《酷热的夏天》绝不是一部应时之作，我相信，它一定经得住时间河流的汰洗、沉淀和检验。

匆此，祝好！

2022年1月10日

沙克，一位真正意义上的诗人

——评《诗意的运河之都》

很荣幸参加沙克诗集《诗意的运河之都》研讨会。

一个人写诗写到要开作品研讨会，这本身就是难得的成就。坦白地说，我没有读完《诗意的运河之都》的每一篇。我是随机阅读的，但是我被惊艳了。这些诗歌的水平远远超过我的想象，以至改变了我对新诗的看法或者偏见。我也是一个诗歌爱好者，我没想到沙克的诗歌能够如此生动准确而又独特地表达他的情感、他的思想、他对人生家国天下的种种思索思考思绪。他是一个诗人，也是一个思想者。诗歌是他的表达方式，也是他的生活方式。四十年来，他以诗歌发声，从未停歇。这种坚持，殊为难得。他是一位真正意义上的诗人。

《诗意的运河之都》是沙克诗歌的集结。以此命名诗集，体现诗人对故土的眷恋和自豪。诗人生长生活在运河之都，他的视野却是兼顾天下的，所以诗分五类：人文风光、家国记忆、田园情怀、城市影像、精神故土。从中可以看出沙克的触角非常广泛，视野非常开阔。古人讲修身养性齐家治国平天下，沙克诗歌的内容正是如此。我觉得他不仅是用诗歌在为河流立传,而且是在用为心灵立传的方式,为时代立传,为家国立传。我猜度,这是他的艺术初心,也是他的艺术野心。这一点从他的许多诗题中就可以看出。而翻阅这部诗集,我觉得他是实现了这一艺术野心的。

中国是一个诗歌的国度,从古诗到新诗,都极大地滋养了中国人的精神园地。如果没有了诗歌,中国的文学甚至文化是不堪设想的。与灿烂辉煌的古代诗歌相比,新诗才有一百多年的历史。新诗是新文化运动的产物,是白话文的必然伴生。一百多年来,多少诗人在新诗的道路上探索,从最初的浅白俚俗到后来的隐喻象征、唯美朦胧、各种现代派甚至后现代,可谓群星璀璨、流派纷呈。新诗在艺术观念手法方面做了最多的尝试,甚至拓宽了现代汉语的语法构成和表达方式,从个人情感的抒发到时代战斗的号角,新诗的面貌发生了多次巨大的变化。二十世纪八十年代是新诗的黄金时代,沙克从那时进入诗坛,至少说内心里一直没有离开诗歌。不管潮起潮落,沙克一直都在或明或隐地写诗。环视域中,几人能及?

四十年来,沙克的诗歌也呈现出不一样的状态,但总体上看,有这样几个特点十分鲜明。

一是语言的繁富。沙克是一个驾驭语言的高手,似乎没有什么词汇不能入诗的。这样的例子不胜枚举。他的乡间生活、他的城市生活、他的广泛涉猎以及飞速发展的时代,都为他的语言提供了最为丰厚的土壤。而沙克又是极其敏感的,他总是能将生活中的事物或者典籍中的词汇织进自己的诗作。如果做一个统计,我相信,这本诗集的用词量一定是一个十分可观的数字。

二是想象的奇特。想象是诗人的看家本领。但是沙克的想象有时还是令人称奇。比如《蹲在猫背上的启明星》。这首诗写于1985年,明显带有朦胧诗的特点。"一只屋顶的猫居然想找启明星做对象",这是诗人才有的呓语。又如《一根阳光穿透我的生命》中"遇到一根弹性很大的阳光/不远万里,突破地球和脚心/一瞬间穿透我的生命",足可证明沙克想象力的疯长。

三是意象的连绵。诗言志,诗用意象言志。不论是新诗还是古诗,这应该是诗歌不变的法则。但新诗的意象往往是连绵的、铺排的。沙克的诗就是如此。这种特点在他的许多诗作中都能找到印证。如《中国印,世纪心》《八十年代小结》《婚礼进行曲响起来》《走的人还会回来》等,可以说是信手拈来,俯拾皆是。这种连绵的铺排的意象是新诗的特长、新诗的魅力,有时会形成排山倒海的气势,有时又是一种徘徊沉郁的力量。

四是情感的真挚。这是沙克诗歌给我的最深的印象。沙克的绝大多数诗作我自以为是能够读懂的,他很少故弄玄虚。无论是"家国记忆"还是"田园情怀",无论是"城市影像"还是"精神故土",他的诗都做到了修辞立诚,真挚感人。如《候车》,诗虽短,只有两节,但却以独特的表达写出了古往今来的"别亦难","当列车开来/我却难以迈进车门/腿,如那/站台边的树根/即将生枝,长叶",真是令人叫绝。

五是思想的沉静。沙克的诗有深度,但不故作高深。如《小唱》通过"燕归来"这一意象写怀乡之情,却有隽永之思。《兄弟们都会回来》呼唤祖国统一,用的是最朴实的告白,"嫡亲的兄弟/我们的生活可以不同/心地永远相连/兄弟们都会回来/兄弟们都会回来"；又如《望乡》，"睁眼两行热流闭眼两行热流/一行乡恋，一行乡愁"。

当然，沙克有时又是幽默的俏皮的，这反映了诗人的多面性。如《所爱》写出了初恋情人的某种状态。前面三小节层层递进，最后却是"她的青枝绿叶的眉尖/含着怒火"，将少女的娇嗔之态刻画得活灵活现，让人会心。又如《月亮下的月光》，"连月亮也说不清/下面的月光是不是自己的/月光也说不清/从月亮那里除了姓氏/拿到过什么了"，这首诗几乎是一种语言游戏，但价值在于趣味，趣味也是价值。还有讽刺，《少妇在飞机上对我谈理想》，就像分行的散文，塑造了一个世俗市侩官太太的生动形象。

沙克的许多诗不仅可读而且可诵。如《梦圆大陆》《春天献词》《中国印、世纪心》《内陆河及其子孙农夫们》等，特别是"内陆河"，让我想起艾青的《大堰河——我的保姆》。

沙克对诗歌形式也做了多方面尝试。总体上看是自由的灵动的，不受拘束的。他的诗大多不押韵，但却有节奏。这种形式源于新诗的传统，更多属于舶来品，深受译诗影响。

沙克是一个真正的诗人。他有对诗歌的执念，有鲜明的风格，有多方面的才华，是完全可以卓立于当代诗坛的。

沙克对自己的诗很自信。他在《沙克在百年后》中说，他会"像一粒菜籽，在晚报的下面/从烂泥的下面听你们咀嚼他的诗经"。

我也相信，他的诗一定会流布于世、留存于世。

2022年6月下旬于南京

史诗的意义、价值及创作路径

　　史诗是什么？什么样的作品才是新时代的史诗？如何创作新时代的史诗？

　　史诗在这里至少具有两层含义。第一是作为形容词，是对伟大实践的界定。这种实践具有历史意义和审美价值。第二是名词，是一种庄严的文学体裁，内容为民间传说或歌颂英雄的长篇叙事诗。

　　作为名词的史诗，与抒情诗、戏剧并称为西方文学的三个基本类型。可以分为两大类，一是传统史诗，二是文学史诗。传统史诗，又称原始史诗或民间史诗。荷马史诗《伊利亚特》和《奥德赛》是此类史诗的代表，它们最初由民间口口相传而成。文学史诗则是由文学家创作而成的，代表作有维吉尔的《埃涅阿斯纪》和弥尔顿的《失乐园》。许多民族都有自己的史诗。比如，古巴比伦的《吉尔伽美什》，古印度的《摩诃婆罗多》《罗摩衍那》。还有中国藏族的《格萨尔》、蒙古族的《江格尔》和柯尔克孜族的《玛纳斯》等。总体上看，史诗以叙述英雄传说或重大历史事件为主。英雄往往半人半神，背景广阔无垠，情节曲折而持久，主题重大，关乎民族或宗教，有创世神话的意味。用现在的话讲,史诗是一种"宏大叙事"。

正是基于上述特点,当"史诗"转换为形容词后,其含义就变得丰富而"高大上"了,语涉伟大的、壮美的,事关国家民族的、历史进程的……

史诗本是一个外来语。中文里只有诗史,没有史诗。史诗的英文原词是 EPIC。它也有名词和形容词两个词性。名词有多种含义,一是叙事诗,或者史诗般的文艺作品,具有史诗性质的记叙文、戏剧、电影等。二是震中区。三是壮举、惊人之举。四是可写成叙事诗的一系列事件。五是美国电子性能情报中心。形容词还有三层含义,一是壮丽的、宏大的、庄严的、宏伟的、堂皇的、给人深刻印象的。二是史诗的、叙事的、具有史诗性质的、史诗般的、英雄的、有重大历史意义的、传奇般的。三是漫长而艰难的、艰苦卓绝的。

从中可以看出,除了震中区、美国电子性能情报中心这样的特定语义外,史诗(EPIC)的释义也是由史诗作品的品质衍生而来的。

有趣的是,史诗进入中国之初,也曾经被译成"诗史"。十九世纪后期,外国传教士将古希腊史诗介绍到中国,汉文译述里多译作"诗史"。这就像人们把杜甫称作"诗史"一样,是看到了其诗歌的历史价值。二十世纪初,史诗受到学界重视。梁启超在《饮冰室诗话》中,盛赞黄遵宪《锡兰岛卧佛》诗以有限的文字叙写深广的历史内涵,既具"诗情",更兼"史性",足堪"诗史"之称。王国维说中国"叙事的文学(谓叙史事诗、诗史、戏曲等,非谓散文也),尚在幼稚之时代"。胡适在《白话文学史》里指出:"故事诗(Epic)在中国起来得很迟,这是世界文学史上一个很少的现象……纯粹故事诗的产生不在于文人阶级而在于爱听故事又爱说故事的民间。"这一时期,EPIC被译作"诗史""叙史事诗""故事诗"和"史诗",未有定论。

史诗与诗史,从汉语组词的偏正结构看,一重史,一重诗。两者之别,是值得玩味的。但最终史诗这一译法占了上风,似乎意味着人们更加看重其美学价值了。

史诗曾经是人类学、民俗学的文化标本。它用诗的语言,记叙各民族有关天地形成、人类起源的传说,以及关于民族迁徙、民族战争和民族英雄的光辉业绩等重大事件,所以,它是伴随着民族的历史一起生长的。从某种意义上来说,一部民族史诗,往往就是该民族在特定时期的一部形象化的历史,也是一种历史的形象化。概而观之,史诗还有这样几个特点,它产生于民族形成的童年时期,脱胎于神话,是民族的百科全书,是庄严神圣的经典。史诗是民族生活和历史的反映,从史诗中可以看到民族的起源和发展,它对民族认同、宗教认同有着不可替代的作用。由此可见,史诗之重要性非同一般。

许多思想家、文学家都非常重视史诗。关于史诗的讨论是从《荷马史诗》开始的。马克思说它具有"永久的魅力",是一种"规范和高不可及的范本",别林斯基说它是"一本神圣的书",鲁迅说它的总体风格是"伟大而活泼的"。从中,我们可以归纳出史诗的美学风格是神圣性、庄严性和经典性。

毋庸讳言,史诗具有较强的意识形态属性。今天我们强调要创造新时代的史诗，就是要创造当代的传世经典，不断增强文化软实力，进一步加强国家意识民族意识，巩固全体人民团结奋斗的共同思想基础。

不过，我们现在使用这一概念，其语义应该宽泛得多。它不再只是一种古老的文学体裁，不再只是那种长篇叙事诗，而变成了一个美学范畴，它可以代指具有史诗品格的诸种文艺作品。这种史诗品格是传统史诗审美特征的现代转换。我将它概括为历史情境、英雄情结、家国情怀三要素。它可以是长篇叙事诗，也可以是长篇小说，也可以是报告文学、纪实文学等非虚构写作，还可以是一部戏剧、一台演出、一部电影、一部电视剧，甚至可以是一幅画、一首歌、一支乐曲。

依据这样的思路，我可以排出我心目中具有史诗品格的作品目录。小说《白鹿原》，电视剧《人间正道是沧桑》《觉醒年代》《跨过鸭绿江》《大决战》，电影《开天辟地》《开国大典》，大型音乐舞蹈史诗《东方红》，交响乐《红旗颂》，美术作品《转战陕北》《开国大典》等。在我看来，这些作品都具有历史情境、英雄情结和家国情怀，都具有神圣性、庄严性和经典性，都达到了史与诗的完美结合。

创作新时代的史诗，不仅是文学的责任，也是艺术的责任。极而言之，即使曲艺作品也可以创作史诗。陈寅恪把中国的弹词与印度和希腊史诗做比较，指出"世人往往震矜于天竺希腊及西洋史诗之名，而不知吾国亦有此体。外国史诗中宗教哲学之思想，其精深大，虽远胜于吾国弹词之所言，然止就文体而论，实未有差异"。确是精审之论。曲艺是说唱艺术，《荷马史诗》就是古希腊的说唱艺术。曲艺与史诗,有着天然的契合。评弹是曲艺的一种,故评弹与史诗亦天然契合也。

创作新时代的史诗,我们要解放思想。选题取材要解放思想。我们既要立足脚下身边,又要放眼国家世界。

2021年7月26日

主题创作的四组关系

什么是主题创作？我以为主题创作可能有这样几层含义：一是主旋律创作；二是命题创作，或者说是有组织的创作；三是重大题材创作，即围绕蕴含重要人文思想价值、体现民族精神、影响历史走向的重大事件展开的艺术创作。刚才有专家说是国家叙事、人民叙事，甚至是生命叙事。我觉得都很好。由于岗位的原因，我对主题创作的理解可能要宽泛一些，除了文学，戏剧、电影、电视、美术、书法、音乐、舞蹈、曲艺、摄影、杂技等，都有主题创作。比如舞剧《永不消逝的电波》、杂技剧《渡江侦察记》就是主题创作。主题创作在文学界实际上也是一个很大的概念，今天讨论的就既有报告文学，也有小说。主题创作应该是中国特色社会主义文艺和文化的重要组成部分。我们有过很多成功的范本，但也有不少不尽人意的例子。

就我的观察，主题创作如果要成功，不管它是哪一类的主题创作，至少有四种关系要处理好。第一是主题创作与创作主题的关系。这不是绕口令，而是一个很重要的问题。主题创作者常常会主题先行，对创作主题的深度挖掘可能有两种心态，一是不敢，二是不屑。其实，对于每一个创作者来说，都有一个创作主题的发现和发掘的问题。如果满足于给定的命题，你写出的东西可能就会平庸，很难振聋发聩。第二是主题创作与题材拓展的关系。主题和题材往往是连在一起的，如果满足于浅尝辄止，不将熟悉的题材陌生化，就难以形成创作激情，也难以创作出具有新意的作品。可能完成了创作，但满足不了读者受众求新求异的本能要求。因此必须在题材拓展上下功夫。第三是主题创作与人性深度的关系。主题创作不管是主题、题材还是人物，强调的大多是"高大上"，往往会忽视人性的关怀，但文学就是人学，情感是艺术永恒的焦点。主题创作一定要有人性深度。只有具有人性深度，主题创作才能获得感人动人的力量。第四是主题创作与艺术创新的关系。创新是创作的天然要求。不然，创作就叫制作，就叫生产，就不用这个"创"字了。就文学而言，主题创作不是纯文学，创新的压力可能会小一点。其实不然，我认为主题创作对创新的要求更高，只有努力创新，主题创作才能脱颖而出获得成功。

从这四个维度来看章剑华先生的报告文学，就会找到它成功的理由。我读过他的"故宫"三部曲、"大桥"三部曲、"小康"三部曲。今天讨论的主要是《大江之上》和《世纪江村》。这两个三部曲和这四种关系对应起来都会得到很好的印证。

第一是在创作主题上，《大江之上》并不止于写长江大桥的建设史，而是以文学的方式为共和国修史，为当代中国人立传。他只是从大桥这个角度切入。其实是写当代中国人、写当代中国发展，把几代人的奋斗历程写出来，把我们的民族精神写出来。这个主题使得整部作品提神贯气,焕然一新。再比如《世纪江村》,他没有停留在江村的发展史上,而是将中国人的百年小康梦和千年小康梦进行了梳理,从古代先民的"民亦劳止,汔可小康"的原始小康,到费孝通先生的"不寒不饥,还有钱花"的基本小康,到邓小平的小康构想,再到新时代高质量的全面小康,这条清晰的历史脉络,使得整个作品的高度就不一样了。这种对创作主题的发现和发掘,确实是令人称道的。第二是题材拓展。这一点也有两个维度可以考察,一是从题材本身。大桥也好,当代农村也好,写了哪些新的东西?二是从当代中国报告文学来看,有哪些新的发现?先看《大江之上》。写一座大桥的作品有,写几座大桥,写大桥建设史的,好像还没有。再看《世纪江村》。同样写当代农村发展的作品很多,写一个村子百年史的,不多。从小康角度写的,更是独一无二。从中足可看出作者在题材拓展上花的功夫。第三是人性深度。这主要体现在人物和情感两个方面。《大江之上》和《世纪江村》都写了一群知识分子。这些知识分子是二十世纪的"谪仙人",专为强国富民而生,九折不悔。这样一批人为国家、为民族做全身心的奉献,值得今人和后人永远学习和敬仰,作家把这些人物刻画得非常成功。这两个三部曲还写了一组工人群像和一组农民群像。值得一说的是,刻画农民群像的难度比刻画知识分子的难度还要大。这是作者调动自身生活积累经验,发挥文学创作能力达成的,其中一些篇章,让我们感到了二十世纪二十年代茅盾、叶圣陶乡土小说的味道。《大江之上》和《世纪江村》的很多段落都是令人哽咽的。由于时间关系,这里就不一一细说了。第四是艺术创新。《大江之上》写大桥。这种工程类的报

329

告文学非常难写，作者用了一个很巧妙的方式，用大量的人物对话来叙事状物。人物对话看起来很简单，其实非常难写，因为要深入到人物的内心里去，要进入人物此时此境、彼时彼境的特定状态才能写出来。读了以后非常生动，我觉得这是他的创新。另外，两部作品对史诗品格的追求，也是一种创新。史诗这两个字是对文学艺术创作的一种要求。报告文学更应该追求史诗品格。无论从作品视野、格局，还是情感来看，这两部书都具备了比较强的史诗特征。总体来看，作者善于选题、善于写史、善于写人、善于写情，是成就其史诗品格的基本要素。

如果我今天的发言要有一个题目，就是"浅谈主题创作的四组关系——以章剑华先生的创作为例"。

2021年9月29日　双门楼宾馆

融媒时代文艺评论的自处之道

很高兴参加今天的论坛。论坛的主题非常好——文艺评论的传播与抵达,这是我们平时考虑得比较少的,但实际上又是非常重要的。我以为,回答这一问题应该从几个维度来思考。

第一,为什么要繁荣文艺评论?文艺评论有那么重要吗?

小康之后,人们对精神生活的追求是不言而喻的。审美活动在人们的精神生活中不可或缺,或者说占了很大的比例,十分重要。如此,繁荣文艺评论自然成为历史的必然和时代的要求。凝聚人心,构筑团结奋斗的共同思想基础。这是当下文艺评论的任务和目的。这一点非常重要。以几部作品为例。从《觉醒年代》《山海情》《跨过鸭绿江》到《人世间》这些爆红作品,你可以看到其中蕴含的精神力量。将这种精神力量焕发出来,正是文艺评论的强项。

第二,当下的文艺评论处于什么状况?

大众评论和精英评论共同繁荣。这一局面在中国历史上是空前的,在过去是不可想象的。以往的历史,文艺评论一定只是少数贵族精英的专利,大众是无法发声的。只有在大众掌握了文化掌了媒介之后,才会发生众声喧哗的局面。这首先是可喜的。但众声喧哗中也有隐忧。这就是价值观、审美观的多元甚至芜杂。有时是理论的匮乏,有时是标准的缺失。这是其一。其二,文艺批评的不均衡不充分的问题,也仍然存在。各门类参差不齐。影视批评比较活跃,文学批评比较高端,美术、音乐、舞蹈批评则比较高冷。形成这种局面非一日之寒,要改变也非一日之功。

第三,如何传播与抵达?

大道至简,仍是指导我们搞好文艺评论的重要指南。"文艺批评是一个复杂的问题,需要许多专门的研究。"

今天讲文艺评论的传播与抵达离不开语境和生态。文艺评论在融媒体时代应该顺时而变。要尊重遵从新媒体规律。总体上看,文章要短。碎片化传播,容不得长篇大论。要图文并茂。读图时代,有图有真相。不同门类的文艺评论要探索创新不同形式。音频、视频都可以进入文艺评论。文章要真诚。不装,才能入耳入脑入心,才是真正的抵达。

要拓宽平台。巧用强势平台,增加专业平台。如学习强国、紫金文艺评论等公号。要多搞活动。创新活动形式。

我们说文艺评论遇上了最好的时代,是在历史比较中得出的观点。中央和江苏省委的重视(先后出台指导意见和实施意见),文艺创作的繁荣,大众批评和精英批评的共同努力,丰富而活跃的媒体生态,这种状况真是可遇不可求,千载难逢。当然,我们也知道文艺评论存在的不足。要构建中国特色评论话语。继承创新中国古代文艺批评理论优秀遗产,批判借鉴外国文艺理论,弘扬中华美学精神。不套用西方理论剪裁中国人的审美。建设具有中国特色的文艺理论与评论学科体系、学术体系和话语体系。这三大体系是新时代"强起来"在文化软实力方面的必然要求,又是当下最欠缺的,当然应该成为新时代文艺理论和评论工作的重中之重。

基础有了,方向有了,相信新时代文艺评论会再上台阶,长足发展。

2021年12月20日

生命的三度
（代跋）

这九天跟大家在一起走了黔、渝、鄂等地,虽然走马观花,收获却很多。听了大家的发言,深感共情共鸣。每个人都讲得很真诚,有很多同志都有金句,有的同志甚至动情得掉下眼泪。短短的时间里,大家都收获满满。

借此机会,我也讲讲几点感受：

第一个感受,就是喜出望外,扶贫脱贫工作取得的成绩实实在在。

对西南地区,我原来的印象是贫困落后。二十年前我来过湖北、来过重庆。那是到三峡工程施工现场采访,不是采风。贵州也是二十多年前来过。这次再来,看到这些年的变化,有时简直不敢相信自己的眼睛,真是感慨万千,一言难尽。据导游说,贵州所有地级市几乎都通了高铁,贵州高速公路通到每个县,高等级公路通到每个乡镇。这样的基础设施,与我们江苏已经没有差别了。我们跑到沿河,跑到黔东革命根据地旧址,那是最偏远的地方了,但没有一寸沙石路,全是柏油路、水泥路。这在以前是不可想象的。

大家到重庆，到涪陵，感受也一样。特别是涪陵，感觉一切都是新的。那天我站在长江乌江汇合处，看到青山绿水，山城新貌，美不胜收，都不想离开了。到宜昌，看了国之重器三峡大坝，更是震撼不已。

我在想，这一切都是怎么发生的？我自问自答，都是因为中国有个共产党。那么，共产党又是怎么来的呢？最近有一个电视剧叫《觉醒年代》，建议你们回去一个镜头都不要漏掉，把它看完。不仅仅是艺术的欣赏，也是一次必要的学习，我认为它是中国当前电视剧的一个巅峰之作。我们是从事文艺工作的，尤其要了解整个近代史。从新文化运动到党的诞生，这部电视剧有一个非常清晰的描述。这一次我们看遵义会议的旧址也好，看黔东革命根据地旧址也好，看歌乐山的红岩魂纪念馆也好，都感到非常真实、真切。从1921年中国共产党成立，到1949年中华人民共和国诞生，我们牺牲了多少党员？据统计，牺牲的中共党员和仁人志士加起来有两千一百多万。如果没有前人的牺牲和奋斗，是不会有现在这个结果的。没有共产党，就没有新中国；没有新中国，就没有中华民族的伟大复兴。这就是历史的逻辑。

第二个感受，就是长江大保护成果喜人。

二十年多前我看过一个内参，说重庆以下的长江已经变成了一条彩色的河流。彩色河流，这可不是什么赞美之辞！因为所有的地方都在发展经济，都在搞化工，所有的废水，五颜六色的，都在往长江里排，再这样下去长江就完了。我们这次长江行可以看到整个长江大保护所取得的成果，青山绿水真的让人欣慰。这是怎么做到的？长江生态为什么能够迅速恢复？我以为最根本的就是党中央的坚强领导。全国也群起响应，真正将长江大保护落到实处。这里边有多少地方需要协调，有多少矛盾需要化解？但是我们做到了。其实，换一个角度看，这个就是国家治理的现代化、国家治理效能的现代化。

第三个感受，就是跟你们在一起，我的心态也变得年轻起来。

你们都是江苏的宝贝。这一次采风，我们责任很重，是把江苏文艺未来十年、二十年的半壁江山集中在一起带出门。你们是各个门类的最优秀的人才。艺术是要有天赋的，不是什么人都能去做艺术的，都能成为艺术家的。这一路走过来，你们良好的素质让我感到非常欣慰，值得我学习。你们都是术业有专攻的人，很了不起。你们现在是我们省里的宝贝，我希望通过你们的努力，将来要变成国家的宝贝，变成世界的宝贝，你们要让自己成长得更好。

一个人既要有生命的长度，还要有生命的宽度，更要有生命的高度。清华大学体育教育家马约翰有一句名言，要为祖国健康工作五十年。我们每个人都要有这样的目标。这是生命的长度。生命的宽度则有多种含义，也有多种途径去实现。拥有更多的知识，拥有更广的阅历，拥有更丰富的生命体验，都是在拓宽生命的宽度。艺术家的生命不能只是一根细线，只有长度，没有宽度，而应该是"一条大河波浪宽"，滚滚向前。我们今天这样一个场合，能够把不同门类的艺术奇才聚在一起相互交流，就是增加生命的宽度。生命的高度呢，则是人生的境界。境界高低，差别太大了。我们是"名师带徒"计划的学生,要成为真正的高徒,首先就要向老师看齐,达到老师的高度,但是不能止于老师的高度,一定要再往上走,这就叫高处再攀高。

我们一定要追求生命的长度、宽度和高度。我愿以此与诸位共勉!

2021 年 4 月 23 日